David Conti

Don Cavelli und das Sizilianische Gebet

David Conti veröffentlichte bei dotbooks in der Reihe um *Don Cavelli* bisher:

Don Cavelli und der tote Kardinal – Die erste Mission
Don Cavelli und der letzte Papst – Die zweite Mission
Don Cavelli und die Hand Gottes – Die dritte Mission
Don Cavelli und das Sizilianische Gebet – Die vierte Mission

Weitere Bände sind in Vorbereitung.

Wenn Ihnen dieses Buch gefallen hat, empfehlen wir Ihnen gerne weitere Titel aus unserem Programm. Schicken Sie einfach eine eMail mit dem Stichwort »*PRINT: Don Cavelli 4*« an:

lesetipp@dotbooks.de

Wir nutzen Ihre an uns übermittelten Daten nur, um Ihre Anfrage beantworten zu können – danach werden sie ohne Auswertung, Weitergabe an Dritte oder zeitliche Verzögerung gelöscht.

Über den Autor:
David Conti wurde 1964 in Rom geboren und verbrachte dort – unterbrochen von einem mehrjährigen Aufenthalt in München – seine Kindheit und Jugend. Nach einem Studium der Theologie, Geschichte und Germanistik in Perugia, Yale und Tübingen, war er mehrere Jahrzehnte lang in verantwortlicher Position bei einer internationalen Institution in Rom tätig. Seit seinem beruflichen Ausscheiden aus dieser, verbringt er seine Zeit mit Reisen und dem Schreiben der »Don Cavelli«-Reihe. Er lebt abwechselnd in Castel Gandolfo, Zürich und Santa Barbara.

David Conti

Don Cavelli und das Sizilianische Gebet

Die vierte Mission

dotbooks.

Druckausgabe 2021

Redaktion: Ralf Reiter
Umschlaggestaltung: Wildes Blut – Atelier für Gestaltung Stephanie
Weischer unter Verwendung mehrerer Bildmotive von
© shutterstock / Malivan_Iuliia / Vladimir Sazonov / Zenith Pictures
sowie © pixabay / TeeFarm
Printed in the EU

ISBN 978-3-96655-118-2

»… Im Namen Garibaldis, Mazzinis und La Marmoras und mit Worten der Demut trete ich der heiligen Gesellschaft bei.«

Aus dem Aufnahmeritual der Mafia

Prolog

»Ich glaube an Gott, den Vater, den Allmächtigen …«

Während der alte, schmalgesichtige Priester das Gebet sprach, wurde der kostbare Sarg aus poliertem Palisanderholz feierlich in die Erde gesenkt.

»… den Schöpfer des Himmels und der Erde, und an Jesus Christus, seinen eingeborenen Sohn, unsern Herrn, empfangen durch den Heiligen Geist, geboren von der Jungfrau Maria …«

Die Sonne stand im Zenit an diesem heißen Junitag und brannte erbarmungslos auf die große Menschenmenge nieder, die sich auf Roms größtem Friedhof eingefunden hatte, dem Campo Verano, der aufgrund seiner vielen pittoresken Gräber – andere wiederum nannten sie geschmacklos überladen – trotz seiner Entfernung von Roms sonstigen Sehenswürdigkeiten auch heute wieder zahlreiche Touristen anziehen würde. Irgendwo läutete eine Kirchenglocke.

»… gelitten unter Pontius Pilatus, gekreuzigt, gestorben und begraben, hinabgestiegen in das Reich des Todes …«

Jemandem, der den Priester gut gekannt hätte, wäre möglicherweise aufgefallen, dass dieser seine Gebete heute nicht herunterleierte wie sonst, sondern jedes Wort geradezu inbrünstig akzentuierte.

»... am dritten Tage auferstanden von den Toten, aufgefahren in den Himmel ...«

Die Trauergäste schienen einen Querschnitt durch Roms bessere Gesellschaft zu bilden. Männer in teuren schwarzen Maßanzügen, Damen in noch teureren schwarzen Kostümen, eingehüllt in edle Parfums, hochrangige Polizeioffiziere in Uniform mit glänzenden goldenen Knöpfen, Politiker, Künstler und hohe Angehörige des Klerus. Darunter viele Gesichter, die man aus den Medien kannte.

»... er sitzt zur Rechten Gottes, des allmächtigen Vaters; von dort wird er kommen, zu richten die Lebenden und die Toten.«

Der selige Rosario Canova war vieles gewesen: angesehener Geschäftsmann, Mäzen, Philanthrop, Ehemann, Onkel und Großonkel. Und nicht zu vergessen: ein zutiefst gläubiger Katholik.

Außerdem war er das Oberhaupt einer der vier Mafiafamilien Roms gewesen.

»Ich glaube an den Heiligen Geist, die Heilige Katholische Kirche, Gemeinschaft der Heiligen, Vergebung der Sünden, Auferstehung der Toten und das ewige Leben. Amen.«

Der Priester schlug ein Kreuzzeichen über dem offenen Grab, und die Trauergäste, allen voran die junge Witwe, die ihr Gesicht hinter einem schwarzen Schleier verborgen hatte, begannen, einer nach dem anderen, heranzutreten, um Rosario Canova die letzte Ehre zu erweisen.

Nun ruhte er in Frieden. Für einige der Teilnehmer dieses Begräbnisses bedeutete dies, dass sie sich von nun an im Krieg befanden.

ERSTES BUCH

I

Die Anschuldigungen nahmen kein Ende. Fassungslos vernahm der Angeklagte das von dem Mann auf dem Richterstuhl mit Donnerstimme vorgetragene Urteil für die zahllosen Verbrechen, derer man ihn beschuldigte. Unaussprechliche Gewalttaten und immer wieder: Mord.

Dann wurde das Urteil über Cavelli verkündet: Tod durch Enthaupten. Mit Wucht fuhr der hölzerne Hammer des Richters nieder, wie das Beil des Henkers …

Donato Cavelli erwachte. Sein Herz schlug wie wild, und er brauchte einige Momente, um sich in der Realität zurechtzufinden. Die allerersten Sonnenstrahlen schienen in das offene Fenster seines riesigen Schlafzimmers, und abgesehen von dem warmen Wind, der die Blätter der Magnolien in den Vatikanischen Gärten zum Rauschen brachte, war es draußen vollkommen still.

Der Traum.

Da war er wieder. Cavelli träumte ihn alle paar Monate. Er stand darin vor Gericht und wurde zum Tode verurteilt. Doch er war der Falsche. Bei dem Mann, der tatsächlich eine Reihe blutrünstiger Taten begangen hatte, handelte es sich um Capitano Umberto Cavelli. Er hatte im sechzehnten Jahrhundert gelebt und galt als Ahnherr der Cavelli-Dynastie. Was genau er getan hatte, war nicht überliefert. Sicher war, dass er Papst Julius II. einige, nun ja, *wertvolle Dienste* geleistet hatte. Dienste für einen Mann, der mehr Kriegsherr als Heiliger Vater gewesen war und über den Niccolò Machiavelli, der von der Republik Florenz beauftragt war, ihn auszuspionieren, gesagt hatte: »Wehe dem, gegen den dieser wütende Greis einen Groll hegt.« Und *il terribile*, wie man ihn hinter seinem Rücken nannte, hegte gegen sehr viele einen Groll. Umberto Cavelli, den Michelangelo an der Decke der Sixtinischen Kapelle mit einem Schwert in der Hand verewigt hatte, war in seinem Sinne tätig geworden, und zwar so wirkungsvoll, dass Julius II. befohlen hatte, ihn »liberatus ab ullis calamitatibus« – also »frei von allen Nöten« zu stellen. Dies beinhaltete nicht nur eine gewaltige Menge Goldes, sondern auch Wohnrecht im Vatikan, Zutritt zu allen Räumlichkeiten und weitere Privilegien, die für ihn und seine Nachkommen bis zum Jüngsten Tage gelten sollten. Eine päpstliche Urkunde hatte dies feierlich besiegelt und wurde seitdem von der Cavellifamilie gehütet wie die Britischen Kronjuwelen.

Donato Cavelli – oder Don, wie ihn seine Freunde nannten – war der Letzte in der langen Ahnenreihe. Er war nun Anfang vierzig und hatte sein ganzes Leben in der riesigen Wohnung im dritten Stock des prächtigen Palazzos in den Vatikanischen Gärten verbracht. Oft hatte er mit seinen Eltern, als sie noch lebten, oder Freunden über Capitano Umberto Cavelli gescherzt, der ein solcher Segen für die

Familie gewesen war. Warum auch nicht? Seine Untaten lagen ein halbes Jahrtausend zurück. Wer regte sich über Taten eines Vorfahren auf, die so lange her waren? Inzwischen waren sie genauso irreal wie ein Kinofilm.

Und dennoch: Diese Träume quälten ihn. Warum nur kamen sie immer wieder? Lag es daran, dass Cavelli noch immer durch ruchlose Taten erworbene Privilegien genoss und über ein durch Zins und Zinseszins ins Gigantische gewachsenes Vermögen verfügte? War dies der Preis, den Don Cavelli dafür zu zahlen hatte? Lange hatte er es sich so erklärt. Doch mehr und mehr hatte sich eine andere Erkenntnis in ihm durchgesetzt: Irgendetwas ganz tief in Cavellis Seele wusste, dass Umbertos Blut auch in seinen Adern floss, und das nicht nur, weil seit damals alle männlichen Erstgeborenen der Cavellis mit zweitem Vornamen Umberto genannt wurden. Er verspürte eine Art Erbschuld. Eine Schuld, die niemals endete und niemals abgetragen werden konnte.

Auf der anderen Seite hatte es ein paarmal in seinem Leben Augenblicke gegeben, in denen er über sich hinausgewachsen war, und dies mit einer Kraft und Waghalsigkeit, die ihm niemand, am wenigsten er sich selbst, zugetraut hatte. In diesen Momenten hatte er sich vollkommen von einer unbekannten Kraft durchdrungen gefühlt und eine direkte Verbindung zu seinem berüchtigten Urahn gespürt. Später dann pflegte er sich regelmäßig selbst auszulachen angesichts solcher esoterischer Überspanntheiten. Nicht einmal engsten Freunden hatte er jemals davon erzählt und schon gar nicht den Kollegen oder seinen

Studenten, die ihn nur als seriösen Geschichtsprofessor der altehrwürdigen Sapienza kannten, der von Papst Bonifatius VIII. im vierzehnten Jahrhundert gegründeten, ältesten Universität von Rom, in der er seit vielen Jahren für ein symbolisches Jahresgehalt von einem Euro arbeitete.

Er sah auf die altmodische rechteckige Armbanduhr, die auf seinem Nachtisch lag. Sieben Uhr zwanzig. Es lohnte sich nicht, weiterzuschlafen. Er schwang die Beine aus dem Bett und trat, nur mit seiner Pyjamahose bekleidet, auf die für ihn allein geradezu absurd große Terrasse, die Platz genug für die pompösen Festbankette Rodrigo Borgias geboten hätte und einen überwältigenden Blick über die Vatikanischen Gärten erlaubte. Nachdem er sein übliches Programm an Bizeps-, Trizeps- und Bauchmuskeltraining absolviert hatte, ging er ins Badezimmer. Während er sich nass rasierte, fiel ihm auf, dass der Teil des Bartes, der aus weißen Stoppeln bestand, schon wieder etwas größer geworden war. Aber in seinen schwarzen Haaren war davon noch fast nichts zu sehen. Noch immer verfügte er über diese frappante Ähnlichkeit mit dem früh verstorbenen französischen Filmstar der sechziger Jahre, Gérard Philipe, auf die er gelegentlich angesprochen wurde. Meistens von älteren französischen Touristen, die ihn für das Original hielten, ohne zu bedenken, dass der echte ja bereits uralt sein müsste.

Prüfend strich er mit dem Finger über eine bestimmte Stelle des Waschbeckens. Vor ein paar Wochen war ihm das Zahnputzglas aus der Hand gefallen und hatte im Becken ein kleines Loch verursacht. Normalerweise ein Grund, das Becken komplett auszutauschen, aber Cavelli zögerte noch. Wie vieles im Vatikan waren große Teile der Wohnung noch im Originalzustand der dreißiger Jahre des letzten Jahrhunderts, was gelegentlich eine Einbuße an modernem Komfort bedeutete, aber es hatte eben dieses ganz besondere Flair, das er so mochte, und er hatte es daher nicht über sich gebracht, zu dieser endgültigen Maßnahme zu greifen. Stattdessen nahm er alle paar Tage ein weißes Stück Seife und rieb damit einige Male über das Loch, bis es nicht mehr vorhanden war. In solchen Augenblicken wurde ihm zuweilen bewusst, wie sehr er vom Vatikan geprägt war. Auch dort scheute man vor radikalen Veränderungen zurück und behalf sich viel lieber mit kleinen Modifikationen, die gerade groß genug waren, um ein Problem fürs Erste zu lösen. Auch Cavelli entschied, dass bis auf Weiteres kein Handlungsbedarf bestand. Er ging in die Küche, kochte, während er eine dicke Scheibe Wassermelone aß, einen vierfachen Espresso, schüttete ihn in seine, von ihm so genannte, Grummeltasse, deren dreidimensional aus der Tassenwand herausblickendes schlecht gelauntes Gesicht ihn jeden Morgen daran erinnerte, nicht selbst ebenfalls so zu gucken, kippte den Espresso hinunter, zog seine grauen Trainingssachen an und machte sich auf den Weg zu seiner täglichen Joggingtour zum Villa-Borghese-Park. Ein nicht immer geliebtes Pflichtprogramm, das er aber seit Jahren eisern durchzog. Er sprang die Treppen hinunter, verließ den Palazzo, grüßte im

Vorbeilaufen den wachhabenden Schweizer Gardisten an der Porta Sant'Anna und überquerte in lockerem Trab den noch beinahe leeren Petersplatz. Es würde ein heißer Tag werden.

II

Die seltsame Form des abgelegenen Gebäudes im Osten Roms, das aussieht wie ein Kreuzfahrtschiff, welches sich wie eine Schlange windet, hätte man für ein avantgardistisches Museum oder eine andere harmlose Kultureinrichtung halten können. Doch die allgegenwärtigen Metallzäune, die zusätzlich mit Stacheldraht gesichert waren, die zahllosen Kameras und die strengen Sicherheitskontrollen an Zufahrt und Eingang sowie der Umstand, dass sich an den zahlreichen Bürotüren im Inneren keine Namensschilder, ja nicht einmal Nummern, befanden, entlarvten dies schnell als Irrtum. In der Tat handelte es sich um den Hauptsitz der DIA, der *Direzione Investigativa Antimafia*, dem italienischen Kriminalamt zur Bekämpfung der Mafia. Es verfügte über elf weitere Filialen, die strategisch über das ganze Land verteilt waren, und war direkt dem Innenministerium unterstellt.

Ein Klopfen an seiner Bürotür ließ Colonnello Matteo Rietti auf den kleinen Schwarzweißbildschirm blicken, der an der Wand befestigt war. Erst nachdem er sich vergewissert hatte, dass es sich bei dem Besucher um jemanden handelte, der ihm persönlich bekannt war, drückte er auf den weißen Knopf unter seiner Tischplatte, und die kugelsichere Metalltür entriegelte sich mit einem scharfen Klicken. Ein Bürobote, der wie alle Personen, die sich im Gebäude aufhielten, einen laminierten Dienstausweis mit Foto an der Brusttasche seines Hemdes trug, trat ein, übergab ihm stumm einen gepolsterten Umschlag und verschwand wieder, wobei er darauf achtete, die Tür wieder ins Schloss zu ziehen. Ein dezenter Geruch von Eau de Travail (wie Riettis Mutter den Geruch von Schweiß mit vergifteter Zurückhaltung gern bezeichnet hatte) blieb im Büro zurück. Wie alle Sendungen, die bei der DIA eingingen, war auch dieser Umschlag durchleuchtet worden. Seit 2002 wurde auch geprüft, ob die Umschläge verdächtiges Pulver wie zum Beispiel das hochgradig toxische Rizin oder andere Giftstoffe enthielten. Alle Sendungen, die dicker waren als ein gewöhnlicher Brief, wurden zudem geöffnet und auf Sprengvorrichtungen untersucht. Rietti wusste, dass er sich keine Sorgen machen musste, als er den Inhalt des geöffneten Umschlags auf seinen Schreibtisch kippte. Es handelte sich um ein Wegwerfhandy und einen quadratischen Zettel. Der in Druckbuchstaben geschriebene Text darauf war kurz:

PIN: 230592

Für einen kurzen Moment setzte Riettis Herzschlag aus. Diese spezielle PIN war mit Sicherheit absichtlich gewählt worden. Kein Mitarbeiter der DIA würde diese Zahl je vergessen. Es handelte sich um ein Datum, und es bezeichnete den schwärzesten Tag, den Italien im Kampf gegen die Mafia je erleben musste. Am dreiundzwanzigsten Mai 1992 war Untersuchungsrichter Giovanni Falcone mit seiner Ehefrau und drei Leibwächtern auf dem Weg zu seinem Wochenendhaus in Palermo auf der Autobahn A 29 durch eine ferngezündete Fünfhundertkilobombe TNT, die in einem Drainagerohr versteckt war, ermordet worden. Falcone war der erfolgreichste und berühmteste Mafiajäger gewesen, den es bis dahin gegeben hatte. Eine Legende. Bei der Bevölkerung war er sehr beliebt gewesen. 1992 war Siziliens Flughafen nach ihm und seinem ebenfalls bei einem Sprengstoffanschlag ums Leben gekommenen Kollegen Paolo Borsellino in *Aeroporto Palermo-Punta Raisi Falcone e Borsellino* umbenannt worden.

Die Maßnahmen für Sicherheit und Geheimhaltung bei der Verfolgung der Mafia waren schon damals hoch gewesen. So wurde 1986 beim sogenannten Maxiprozess in Palermo, bei dem rund vierhundert Mafiosi angeklagt waren, in einem im Inneren eines Gefängnisses gebauten Bunker verhandelt, der sogar Raketenbeschuss standgehalten hätte. Das Gelände drum herum wurde von fünfhundert Sicherheitskräften und einem Panzer geschützt. Der Luftraum war weiträumig gesperrt worden.

Seitdem waren die Sicherheitsvorkehrungen auf immer größere Bereiche ausgedehnt und weiter verschärft worden; so sehr, dass mancher schon den Kopf über eine derartige Paranoia schüttelte, aber ganz sicher arbeiteten diese Personen nicht für die DIA.

Rietti ergriff das Handy, schaltete es an und gab die PIN ein. Er lehnte sich in seinem Drehstuhl zurück und fuhr sich nachdenklich mit der Hand durch seinen graumelierten Dreitagebart. Wer mochte ihm das Handy geschickt haben? Zumindest zwei Dinge über diese Person waren ihm jetzt schon bekannt. Es handelte sich um jemanden, der etwas von Interesse wusste, und um jemanden, der äußerst vorsichtig war. Durchaus zu Recht. Die Ehrenwerte Gesellschaft hatte ihre Informanten überall. In der Politik, beim Militär und auch bei der Polizei. Nicht einmal bei der DIA würde Rietti für sämtliche Mitarbeiter die Hand ins Feuer gelegt haben. Genau genommen hätte er das nur für zwei Männer getan. Nicht weil sie seine engsten Mitarbeiter waren, sondern weil er seit über dreißig Jahren mit ihnen befreundet war. Rietti stand auf und sah aus dem Fenster auf den trostlosen Parkplatz unter ihm. Er zwang sich, seine Erwartungen herunterzuschrauben. Es wäre nicht das erste Mal, dass ein Mafioso, der mit seiner baldigen Verhaftung rechnete, im letzten Moment versuchte, der Anklage zuvorzukommen, indem er eine umfangreiche Aussage gegen die Bosse in Aussicht stellte, dann aber, wenn es ans Liefern ging, nur mit unbedeutendem Kleinkram aufwartete, der kaum zu Verhaftungen führte. Meistens war es so, doch die Hoffnung starb bekanntlich zuletzt. Als das Telefon nach über einer Stunde endlich stumm vibrierte, wartete Rietti eine halbe Minute, bevor er das Gespräch entgegennahm.

»Pronto?«

Die weibliche Stimme am anderen Ende war leise und angespannt. »Colonnello Rietti?«

»Ja.« Rietti würde nicht fragen, mit wem er es zu tun hatte. Zum gegenwärtigen Zeitpunkt hatte alles zu unterbleiben, was den Gesprächspartner nervös machen konnte. Diese Anruferin schien genau das allerdings aus dem Konzept zu bringen. Sie hatte wohl erwartet, Fragen gestellt zu bekommen. Für einige Momente blieb es ruhig im Hörer. Dann war die Frau wieder zu hören. Jetzt noch leiser und noch vorsichtiger: »Ich will eine vollständige Aussage machen. Alles, was ich weiß.«

Rietti rollte mit den Augen. Das hier klang nicht sehr vielversprechend. »Und das wäre?«

»Ich bin die Witwe von Rosario Canova.«

Rietti brauchte mehrere Sekunden, um die Information zu verdauen. Er wechselte das Telefon von der rechten in die linke Hand und rief am PC die Akte Rosario Canova auf. Ungeduldig scrollte er nach unten, bis auch Fotos von Canovas Ehefrau Theresa auftauchten. Einige heimlich auf große Entfernung aufgenommene, die sie zeigten, wie sie eine Modeboutique verließ, und ein sehr gutes Porträtfoto, auf dem sie in die Kamera lächelte, das wer weiß wie besorgt worden war. Alle Fotos zeigten eine ziemlich attraktive blonde Frau Ende dreißig. Gewohnheitsmäßig bedeckte er mit der Hand ihr Gesicht bis auf die Augen, die nun im Gegensatz zum Mund eher traurig aussahen. Rietti atmete tief durch. Falls diese Person wirklich die war, die sie behauptete zu sein, hatte sie womöglich weitreichende Informationen. Im Geiste sah Rietti die DIA einen Schlag gegen die Mafia führen, welcher die Ehrenwerte Gesellschaft bis in ihre Grundfesten erschütterte. Er versuchte, sich seine Aufregung nicht anmerken zu lassen, aber seine Stimme wurde um einige Grade freundlicher. »Ich bin ganz Ohr, Signora Canova.«

»Ich werde Ihnen alles sagen, was ich weiß, und Sie können sicher sein, das ist mehr, als Sie sich vorstellen können.« Die Stimme der Frau klang etwas hölzern. Als hätte sie sich diesen Satz schon vorher zurechtgelegt. Wieder trat eine Stille ein, und für einige Momente war nur der altersschwache Deckenventilator zu hören. Auch Rietti schwieg, da er das Gefühl hatte, dass die Frau am anderen Ende der Leitung noch nicht fertig war. Sein Instinkt täuschte ihn nicht, und nun lag eine bisher nicht vorhandene Entschlossenheit in ihrer Stimme: »Doch bevor ich das tue, stelle ich eine Bedingung. Wenn Sie die nicht erfüllen, werde ich auch nicht aussagen. Basta!«

»Ich bin sicher, wir kommen zu einer Einigung.«

»Das hoffe ich.«

Dann nannte sie die Bedingung.

III

Langsam stieg Colonnello Rietti die zwanzig steinernen Stufen zu dem berühmten Bronzetor hinauf. In seinen dreißig Jahren Polizeidienst, davon achtzehn bei der *Direzione Investigativa Antimafia*, hatte er eine ganze Reihe haariger Situationen erlebt, aber er musste ziemlich lange zurückdenken, um sich an einen Moment zu erinnern, bei dem er sich derartig beklommen gefühlt hatte wie jetzt gerade. Lag es daran, dass er außer reden nichts tun konnte, um sein Ziel zu erreichen? Anschließend würde alles völlig von der Gnade seines Gegenübers abhängen. Ein Szenario, das er in der Vergangenheit fast immer erfolgreich zu vermeiden gewusst hatte. Er versuchte, es nicht allzu sehr an sich heranzulassen. Man musste positiv denken, schließlich hatte er sich gründlich auf dieses Gespräch vorbereitet, es würde schon gut gehen, das *musste* es einfach.

Sein Besuch im Apostolischen Palast war angekündigt, doch als er dem wachhabenden Schweizer Gardisten mit der altertümlichen Hellebarde seinen Dienstausweis zeigte, kam Rietti sich gegenüber dem jungen Mann – im Grunde ein Kollege, der zudem rangmäßig weit unter ihm stand – wie ein Bittsteller vor. Normalerweise war dieser Ausweis so eine Art Zauberstab, mit dem man Respekt oder sogar

Angst hervorrufen konnte. Hier nicht. Die italienische Polizei durfte zwar noch auf dem Petersplatz aktiv sein, doch an den Stufen des Petersdoms war Schluss. Ab hier waren nur noch die Kräfte des Vatikan einsatzberechtigt. Der Gardist studierte den Ausweis höflich, aber sorgfältig, dann ließ er Rietti durch das Bronzetor eintreten. Hier herrschte Stille. Am Fuße der von Bernini erschaffenen Scala Regia war ein weiterer Gardist mit Hellebarde postiert, der ihn militärisch grüßte. Ein dritter Gardist forderte ihn auf, ihm zu folgen. Während Rietti die links und rechts von Säulen gesäumte lange Treppe hinaufstieg, kam ihm sein Vorhaben mit jedem Schritt, dessen Echo von den hohen Marmorwänden zurückgeworfen wurde, irrsinniger vor. War nicht schon die Wahl seines Gesprächspartners der erste große Fehler? Der offizielle Weg wäre gewesen, ein Gespräch mit einem hochrangigen Mitarbeiter des Governatorats, der Regierung des Vatikanstaates, zu suchen. Aber genau diesen offiziellen Weg hatte er zu vermeiden versucht. Er kannte niemanden im Governatorat persönlich, aber sein Eindruck von außen war, dass die Männer dort nicht gerade aufgeschlossen waren für alles, was irgendwie aus dem Rahmen fiel. Daher war er auf die Idee verfallen, sich an den Ersten Sekretär des Papstes zu wenden. Auch den kannte er nicht persönlich, aber es existierten zahlreiche wohlwollende Presseartikel über ihn – meist mit einem Foto garniert, das ihn verschmitzt lächelnd zeigte – die vermuten ließen, dass Monsignore Joseph Mattlin, trotz seiner hochrangigen Funktion an der Seite des Heiligen Vaters, keineswegs die Bodenhaftung verloren hatte, sondern mitten im Leben stand. Ein Mann, mit dem man reden konnte. Und der Anfang sah durchaus vielversprechend aus. Mattlin hatte, nach einigem Hin und Her mit dem Vatikanischen Telefonisten, nicht nur Riettis Gespräch persönlich entgegengenommen, sondern darüber hinaus auch zugestimmt, ihm noch am selben Tag volle zehn Minuten seiner knapp bemessenen Zeit zu schenken. Und dies, obwohl Rietti nur sehr allgemeine Andeutungen gemacht hatte, worum es in diesem Gespräch gehen würde.

Der Gardist führte ihn über weitere breite Treppen bis in das oberste Stockwerk des Apostolischen Palastes. Sie durchquerten einen langen Gang, dann zwei leere Vorzimmer und gelangten schließlich zu einer hohen Doppeltür, vor der wiederum ein Hellebardier stand. Rietti schluckte. Ihm war klar, wo er sich befand. *Il Appartamento.* Die Gemächer des Papstes.

Rietti war nicht besonders religiös, trotzdem ließ etwas in ihm seine Hand vorsichtiger anklopfen als üblich. Ein heiseres »Avanti« forderte ihn auf einzutreten. Rietti durchquerte ein winziges Wartezimmer, das gerade Platz für vier rotgepolsterte, antike Stühle bot, und trat durch eine offene Tür in Monsignore Mattlins Büro ein. Abgesehen von einem Bild des Papstes an der Wand und einem silbernen Kreuz, das auf dem Schreibtisch stand, ließ nichts darauf schließen, dass er sich hier im Zentrum der Macht befand. Rietti registrierte beiläufig, dass es nach frischen Kopien roch. Irgendetwas in ihm war überrascht. Was hatte er hier für einen Geruch erwartet? Weihrauch?

Monsignore Mattlin erhob sich hinter seinem von Aktenstapeln bedeckten Schreibtisch und empfing Rietti mit ausgestreckter Hand und einem herzlichen Lächeln, das nicht aufgesetzt wirkte. Seine Art, Gesprächspartnern wirklich zuzuhören und deren Probleme ernst zu nehmen, waren ein Teil des Geheimnisses, das seine große Beliebtheit erklärte. Rietti war überrascht von dem ungewöhnlich festen Händedruck des Geistlichen. Als Nächstes fielen ihm dessen neugierige, aber müde Augen auf, und er meinte sich zu erinnern, dass der Arbeitstag im Vatikan teilweise schon um vier Uhr dreißig in der Frühe begann. Mattlin wies auf einen der zwei Stühle gegenüber seinem Schreibtisch, dann kam er sofort zu Sache. Offenbar hatte ein Mann in seiner Position keine Zeit für Smalltalk: »Wie kann ich Ihnen helfen, Colonnello Rietti?«

Rietti räusperte sich. »Nun, die Sache ist ein wenig heikel.«

Monsignore Mattlin lächelte nachsichtig. Anscheinend hörte er diesen Satz nicht gerade zum ersten Mal.

»Ich … oder besser gesagt die DIA ersucht den Vatikan, einer Person für einige Wochen oder so Asyl zu gewähren.« Dass es auch einige Monate werden konnten, behielt Rietti lieber erstmal für sich. Mattlin nickte aufmerksam. Bislang schien er an diesem Wunsch nichts ungewöhnlich zu finden. Auch im Zuge der Flüchtlingskrise hatte der Vatikan einige Familien aufgenommen, die teilweise immer noch dort lebten.

Rietti atmete einmal tief durch. »Es handelt sich um Theresa Canova.«

Auch das schien Mattlin nicht aus der Ruhe zu bringen. Allerdings wohl nur, weil er nichts mit diesem Namen verband.

»Theresa Canova«, fuhr Rietti fort, »ist die Witwe des kürzlich verstorbenen Mafiabosses Rosario Canova.«

Mattlins Augenbrauen gingen langsam in die Höhe und verharrten dort einige Sekunden. Ein Hauch von Unbehagen legte sich über seine Gesichtszüge. Aber noch immer sagte er nichts. Er wartete offenbar auf die Begründung dieses reichlich unverfrorenen Ansinnens. Nun würde es sich erweisen müssen, ob Riettis Vorbereitungen gründlich genug gewesen waren.

»Theresa Canova hat sich bereiterklärt, mit der Direzione Investigativa Antimafia zusammenzuarbeiten. Durch ihre langjährige Ehe mit Rosario Canova weiß sie fast alles, was er wusste, auch über die drei anderen Großfamilien Roms. Cigno, Castellani und Scalfari.« Rietti hielt einen Moment inne, um dem nächsten Satz mehr Gewicht zu verleihen. »Und sie ist zu einer umfangreichen Aussage bereit. Dies könnte der größte Schlag gegen die Mafia werden seit dem Maxiprozess von 1986. Allerdings wird es eine gewisse Zeit brauchen, ihre Aussage, die sehr umfangreich sein wird, aufzunehmen und den Prozess vorzubereiten. In dieser Zeit ist Signora Canova äußerst gefährdet. Die drei Familien werden alles daran setzen, sie zum Schweigen zu bringen. Natürlich haben wir ihr angeboten, sie rund um die Uhr unter Polizeischutz zu stellen. Doch das will sie unter keinen Umständen. Sie befürchtet, dass auch die DIA von der Mafia unterwandert ist, und so leid es mir tut, das sagen zu müssen, ich verstehe sie. Ich kann es mir zwar von niemandem vorstellen, den ich persönlich kenne, aber Signora Canova möchte begreiflicherweise nicht ihr Leben darauf verwetten. Somit scheiden ihre eigene Villa und auch sämtliche Safe-Houses der DIA aus.«

Obwohl Monsignore Mattlin die Antwort kannte, stellte er die Frage trotzdem. »Ich verstehe, aber warum glaubt diese Dame, ausgerechnet bei uns im Vatikan sicher zu sein?«

Riettis Antwort fiel wie erwartet aus: »Weil es heiliger Boden ist. So verrückt es klingt, die allermeisten Mafiosi hier in Italien sind sehr religiös. Jedenfalls die alte Garde. Sie erinnern sich wahrscheinlich noch an den Skandal, als herauskam, dass der Mafiaboss Enrico De Pedis es irgendwie bewerkstelligt hat, sich in der Krypta von Sant'Apollinare beisetzen zu lassen. Ich weiß nicht, wie, aber irgendwie schaffen diese Leute es, in ihren Taten keinen Widerspruch zum Katholischen Glauben zu sehen, im Gegenteil, sie sind sogar davon überzeugt, dass die Mafia bis auf Petrus zurückgeht, aber zweifellos wissen Sie das alles selbst.«

Mattlin nickte unbehaglich, er hatte das auch schon gehört. Es war unerträglich. Erst kürzlich hatte der Vatikan sich gegen den im Land weit verbreiteten Brauch gewendet, dass Marienprozessionen vor dem Haus des örtlichen Mafiabosses haltmachten und sich dort verneigten.

»Vielleicht ist es Ihnen nicht bekannt, Monsignore«, fuhr Rietti fort, »weil es vor Ihrer Zeit war, aber Anfang der neunziger Jahre hielt Johannes Paul II. auf Sizilien zwei Predigten, in denen er die Mafia zur Umkehr aufforderte.

Ich muss gestehen, wir bei der Polizei haben damals darüber gelacht. Aber über ein Dutzend Mafiosi sind daraufhin dem Kronzeugenprogramm beigetreten, darunter das Oberhaupt der Camorra, Carmine Alfieri, der berüchtigte Killer Salvatore Grigoli und …«

»Ich weiß, ich weiß.« Mattlin hob nachdenklich die Hand. »Der Vatikan tut sein Möglichstes im Kampf gegen die Mafia. Immer wieder hat der Heilige Vater öffentlich verkündet, dass schon die Mitgliedschaft dort Gotteslästerung ist, und ohne Zweifel hat das auch manchen auf den richtigen Pfad zurückfinden lassen. Doch unser Weg ist auch hierin ein spiritueller. Asyl hingegen für eine …«

»Es wäre nicht das erste Mal«, fiel ihm Rietti, so höflich er konnte, ins Wort. »Darf ich Monsignore daran erinnern, dass der Vatikan während des Zweiten Weltkriegs über zwölftausend Flüchtlingen Unterschlupf in Castelgandolfo gewährte und weiteren im Vatikan? Unter ihnen viele Juden und Oppositionelle, die von den Nazis gesucht wurden. Insofern ist es eine ehrwürdige Tradition, dass der Heilige Vater Verfolgte bei sich aufnimmt.«

»Verfolgte, ja … natürlich«, wandte Mattlin mit erhobenem Zeigefinger ein, »… aber die Ehefrau und zweifellos auch Komplizin eines Verbrechers? Das ist doch etwas gänzlich anderes.«

»Zweifellos war sie das, oh ja, doch nun bereut sie. Sie ist eine reuige Sünderin, was könnte christlicher sein?« Rietti blickte Mattlin treuherzig in die Augen, bevor er zu seinem letzten Schlag ausholte: »Heißt es nicht *Gott hasst die Sünde, aber er liebt den Sünder*?«

Einige Momente kehrte Stille ein, und nur das leise Ticken der goldenen Tischuhr war zu vernehmen. Dann seufzte der Mann in der schwarzen Soutane resigniert. Riettis Argumenten war nichts entgegenzusetzen. Monsignore Mattlin stellte noch einige formale Bedingungen, die zu erfüllen wären, aber innerlich waren ihm zwei Dinge längst klar: Erstens, dass er Signora Canova das Asyl im Vatikan nicht versagen konnte, und zweitens, dass er den Heiligen Vater mit diesen unerfreulichen Neuigkeiten nicht behelligen würde.

Il Appartamento hatte entschieden.

IV

Sämtliche Männer hatten sich mehr oder wenig freiwillig einem Lügendetektortest unterzogen. Auch Colonnello Rietti selbst hatte ihn abgelegt. Paradoxerweise war der volkstümliche Name des Geräts selbst eine Lüge, denn der Polygraph, so der offizielle Name, war keineswegs in der Lage, Lügen zu erkennen. Lediglich registrierte er bei der getesteten Person ein bei ihr vom Üblichen abweichendes Erregungsmuster. Rietti wusste, dass es verschiedene Methoden gab, das Gerät auszutricksen. Das reichte vom Einnehmen diverser Beruhigungsmittel über die Reißzwecke vorne im Schuh, die bei jeder Frage denselben Schmerz und die damit verbundene Erregung auslöste, bis hin zu der Technik, bei Fragen, bei denen man es vorzog zu lügen, diese Fragen im Kopf gegen eine andere zu ersetzen und dann diese Frage wahrheitsgemäß zu beantworten. Bei Soziopathen und Psychopathen, die immerhin etwa zwei Prozent der Bevölkerung ausmachten, war der Polygraph ohnehin nutzlos. Diese Menschen logen so selbstverständlich, wie sie atmeten, ohne dass eine messbare körperliche Veränderung in ihnen vorging.

Dennoch fühlten sich an diesem Tag alle Beteiligten sicherer so. Vor allem die Person, auf die es am meisten ankam: Theresa Canova.

Alle Männer trugen schusssichere Westen und standen über den Knopf im Ohr in ständiger Verbindung mit dem gesamten Team und der DIA-Zentrale, von wo Riettis Stellvertreter, Orso Zizola, die gesamte Operation technisch koordinierte.

Um drei Uhr sechsundzwanzig in der Nacht erreichte die Kolonne aus acht gepanzerten Fahrzeugen das weitläufige, luxuriöse Anwesen der Canovas am Stadtrand von Rom. Die letzten achthundert Meter war man ohne Licht gefahren. Alles war minutiös geplant. Rietti sah auf die Uhr. Es war vier Minuten vor der verabredeten Zeit. Er gähnte. Es war die Stunde, in der der Mensch die größte Müdigkeit verspürte, und genau deshalb hatte Rietti sie ausgewählt. Theresa Canova würde ihr Anwesen verlassen, ohne dass die Angestellten und vor allem die treuen Soldaten ihres verstorbenen Mannes, die jetzt theoretisch ihr gehorchten, davon Wind bekamen. Rietti kaute auf seinem koffeinhaltigen Kaugummi herum und fragte sich nicht zum ersten Mal, wie sie das bewerkstelligen wollte. Zweifellos gab es rund um die Uhr Wachen, wie wollte sie unbemerkt an denen vorbeikommen? Er konnte nur hoffen, dass sie die Gefahr nicht unterschätzt hatte. Dass die Männer im Hause ihrem verstorbenen Mann loyal gedient hatten, hieß nicht, dass diese Loyalität automatisch auf seine Witwe übertragen würde. Er verdrängte den Gedanken, dass alles vorbei sein konnte, bevor es überhaupt richtig angefangen hatte. Ein Klopfen an der Wagenscheibe direkt neben seinem Kopf ließ ihn zusammenzucken. Theresa Canova stand auf der Straße, ohne dass jemand sie kommen gesehen hatte. Hatte sie das Grundstück durch einen geheimen Fluchttunnel verlassen? Es gab Gerüchte, dass die meisten Mafiabosse entsprechend vorgesorgt hatten. Und Theresa Canova wusste offenbar davon. Rietti musste sich eingestehen, dass er sie unterschätzt hatte. Er ermahnte sich, es nicht noch einmal zu tun, auch wenn sie alles dafür tat, absolut harmlos zu wirken. Sie trug ein elegantes, dunkelgraues Kostüm, ihre blonden Haare waren hochgesteckt, und sie war dezent geschminkt. Mit ihren zweifellos echten Diamant-Ohrclips und dem Louis Vuitton-Koffer in ihrer Hand wirkte sie eher wie jemand, der eine Luxuskreuzfahrt antreten wollte, und nicht wie eine Kronzeugin gegen die Mafia. Wenn dies ein Kinofilm gewesen wäre, hätte Rietti gelacht, aber jetzt kam es ihm nicht in den Sinn, allerdings fragte er sich, wie eine so verdammt attraktive Frau mit so einem Widerling wie Rosario Canova hatte verheiratet sein können.

So lautlos wie möglich ließ er sie einsteigen und verfrachtete ihr Gepäck in den Kofferraum. Mit den Männern in den anderen Wagen verständigte er sich per Handzeichen. Es galt hier absolute Funkstille, da nicht auszuschließen war, dass die Wachen im Haus routinemäßig auf allen Frequenzen mithörten. Langsam setzte sich die Wagenkolonne in Bewegung, noch immer ohne Licht. Erst nach einem Kilometer wagte man, es einzuschalten und mit normaler Geschwindigkeit zu fahren. Rietti warf einen Blick in den Rückspiegel. Theresa Canova saß mit wächsernem Gesicht auf der Rückbank und blickte durch die dunkel getönte Scheibe neben ihr in die Dunkelheit. Rietti überlegte, ob er sie fragen sollte, wie sie es unbemerkt nach draußen geschafft hatte, unterließ es dann jedoch. Dafür würde noch genug Zeit sein.

Dreißig Minuten später erreichte die Wagenkolonne die Porta Sant'Anna, das Haupttor des Vatikan. Die wachhabenden Gardisten waren absichtlich nicht vorab informiert worden. Rietti wies ein Schriftstück von Monsignore Mattlin vor, doch der Hellebardier bestand darauf, sich telefonisch zu vergewissern. Rietti dachte an die müden Augen des Monsignore. Diese Nacht würde sogar noch kürzer sein als üblich.

Die Wartezeit kam ihm geradezu ewig vor. Wachsam wanderten seine Blicke über die menschenleeren Straßen links, rechts und hinter ihm. Irgendwo in der Ferne bellte ein Hund. Nach zwei Minuten kam das telefonische Okay von Mattlin, und man ließ sie passieren. Langsam fuhren die Wagen in das Innere des Vatikan, und das große Tor hinter ihnen wurde wieder verschlossen.

Endlich hatte Rietti das Gefühl, wieder frei atmen zu können. Bisher hatte er alles richtig gemacht.

Zumindest *fast* alles. Die beiden Yuneec-H520- Hochleistungsdrohnen, die dem Wagen vom Canova-Anwesen bis zum Vatikan abwechselnd in großer Höhe gefolgt waren, hatte er nicht bemerkt.

V

Der Tag, vor dem Cavelli seit Monaten gegraut hatte, war gekommen. Nun gab es kein Entrinnen mehr. Heute würde er sein Versprechen einlösen müssen, mit seinen Studenten das Vatikanische Geheimarchiv zu besichtigen, oder, wie die Veranstaltung offiziell im Vorlesungsverzeichnis hieß, sie in dessen Nutzung einführen. Aber natürlich hatten nur sehr wenige Studenten Professor Cavellis Seminar *Die Geschichte des Papsttums* belegt, weil sie es für ihre berufliche Laufbahn benötigen würden. Die große Mehrheit von ihnen, da machte er sich gar keine Illusionen, wurde angelockt von seiner nach außen für viele mysteriös wirkenden Anwesenheit im Vatikan sowie den Gerüchten über seine geheimnisumwitterten und teilweise auch übertrieben dargestellten Privilegien, und sie hofften, nach der Lektüre einschlägiger Dan-Brown-Romane, nun auf echte Insiderinformationen aus erster Hand und Zugang zum Vatikan.

Beides sollten sie heute bekommen.

Um Zutritt zum Vatikanischen Geheimarchiv zu erhalten, war normalerweise ein seriöses Forschungsvorhaben und ein Abschluss in einem mindestens fünfjährigen Universitätsstudium nachzuweisen. Für Cavelli, der dort ohnehin jederzeit Zutritt hatte und seit Jahren ein und aus ging, um für seine »Vollständige Historie der Päpste« zu forschen – zurzeit saß er an Band XIV – hatte man eine Ausnahme gemacht. Zwar mussten alle Studenten, wie es üblich war, ein Gesuch direkt an den Papst richten, doch dann war allen eine befristete Sondergenehmigung *sine causa*, also *ohne Grund* erteilt worden. Die kleinen eingeschweißten Ausweise mit Passbild, die von Cavelli eine Woche zuvor im Seminar verteilt worden waren, hatten, auch wenn sie nur einen Tag gültig waren, selbst bei den verderbtesten Atheisten für glänzende Augen gesorgt. Wurde ihnen nun doch Zutritt nicht zu irgendeinem Archiv des Papstes gewährt, sondern zum »Geheimen«. Dass »geheim« nur ein altertümliches Wort für »privat« war und dass dort überhaupt nichts geheim war und dass Teile dessen, was er ihnen zeigen würde, nicht zum Geheimen Archiv, sondern zur Apostolischen Bibliothek gehörten, und vor allem, dass das Geheimarchiv 2019 in Vatikanisches Apostolisches Archiv umbenannt worden war, hütete sich Cavelli, seinen Studenten auf die Nase zu binden. Warum ihnen die Freude verderben?, sagte er sich. Hatte nicht schon Jesus gesagt: »Selig sind die Armen im Geiste.« Wer war er schon, etwas anderes zu behaupten? Dennoch hatte er seine Entscheidung, diese Exkursion durchzuführen, seitdem schon zahllose Male bereut, würde doch etwaiges respektloses Verhalten seiner Studenten auf ihn zurückfallen und sein Ansehen im Vatikan nicht gerade verbessern.

Zu seiner Überraschung hatten sich alle Studenten geradezu vorbildlich an den vom Vatikan vorgeschriebenen »angemessenen« Dresscode gehalten, der für das Betreten des Archivs Bedingung war und den er ihnen vorher eingeschärft hatte. Als er sie pünktlich um zehn an der Porta Sant'Anna abgeholt hatte, war einigen der weniger gut über ihn informierten Studenten buchstäblich die Kinnlade runtergefallen, wie sie ihren Professor aus dem Inneren des Vatikan angeschlendert kommen, ein paar lockere Worte mit Schweizer Gardisten, die ihn alle zu kennen schienen, wechseln sahen und sie daraufhin passieren durften. Cavelli konnte fast körperlich spüren, wie sein Ansehen unter den Studenten gerade sprunghaft gestiegen war. Er führte die Gruppe zum zweiten Kontrollpunkt, etwa fünfzig Meter weiter, an dem man sie ebenfalls passieren ließ. Erst jetzt befanden sie sich in dem für die Öffentlichkeit wirklich unzugänglichen inneren Bereich des Vatikan. Cavelli wies auf die linker Hand liegende Vatikanbank hin, was einige Studenten verschwörerische Kennerblicke wechseln ließ – glich die Bank von oben betrachtet nicht einem großen »D«, und stand dieses »D« nicht für »Diabolo«? – doch niemand wagte einen Kommentar. Durch ein weiteres Tor betraten sie den Belvederehof, wandten sich nach rechts und waren am Hauptgebäude des Bibliothekskomplexes angelangt. Nachdem sich in der Haupthalle alle außer Cavelli in das große Buch eingetragen hatten, das die Anwesenheit dokumentierte, alle Smartphones, Stifte, Lebensmittel und andere verbotene Gegenstände in Schließfächern deponiert worden waren und man ihnen ihre Zugangsausweise abgenommen hatte – erst beim Verlassen der Bibliothek würde man sie ihnen zurückgeben – führte er sie durch den *Salone Sistono* mit seinen verzierten Säulen und geradezu atemberaubenden Wand- und Deckengemälden sowie durch mehrere Räume mit zehntausenden in Leder gebundene Folianten, die diesen speziellen Geruch verströmten, den er so sehr mochte, und sodann über mehrere Treppen und Gänge immer tiefer in das Gebäude hinein, bis in ein Gewölbe, dessen hohe Regale mit verschnürten Leinenpaketen gefüllt waren, wobei er unterwegs grundlegende Fakten des Archivs referierte: »Die Bestände des Vatikanischen Geheimarchivs füllen zurzeit über fünfzig Kilometer Bücherregale, trotzdem ist sie bei weitem nicht die Bibliothek mit den meisten Büchern – das ist die *British Library* – aber immerhin das größte Urkundenarchiv der Welt. Wobei Urkunde eben nicht Urkunde ist. Hier liegen Briefe von Persönlichkeiten wie Galileo, Napoleon und Michelangelo oder auch der Brief, in dem Heinrich VIII. um die Annullierung seiner Ehe bat. Eine Bitte, die bekanntlich vom Papst abgelehnt wurde, weshalb England heute ein protestantisches Land ist. Kurz: Urkunden, die Weltgeschichte geschrieben haben. Obwohl unzählige Bibliothekare seit Jahrhunderten versuchen, hier ein System reinzubringen, gibt es kein Gesamtverzeichnis wie in anderen Bibliotheken. Es existieren nur die sogenannten Fondi, die Hauptgruppen. Sie sind meist handschriftlich. Jeder Fondo ist für ein bestimmtes Gebiet oder eine bestimmte Abteilung. Wer hier nach Informationen sucht, muss bereits viele haben. Sucht man etwas über eine bestimmte Person, muss man zum Beispiel wissen, wo im Vatikan sie genau gearbeitet hat, und das entsprechende Fondo studieren. Aber natürlich können

Informationen über diese Person auch noch in ganz anderen Fondi enthalten sein, die man nur mit viel Glück findet. Ein Personenregister gibt es hier ebenfalls nicht. Man muss sich klar machen, dass die Katholische Kirche die einzige Institution ist, die seit über zweitausend Jahren existiert. Gehen Sie mal auf die offizielle Webseite des Vatikan. Kennen Sie noch eine andere Organisation, bei der es die Suchfunktion *nach Jahrhunderten filtern* gibt? Und von Anfang an hat die Kirche nicht nur alles aufbewahrt, sondern auch dafür gesorgt, dass es erhalten bleibt. Wie Sie alle wissen«, bemerkte Cavelli, ohne eine Miene zu verziehen, »ist die Bibliothek von Alexandria, die größte Bibliothek der Antike, durch einen Brand vernichtet worden. Dieses Schicksal wollte man hier unter allen Umständen vermeiden. Bisher mit Erfolg. Heute sind hier die modernsten Brandschutzvorrichtungen der Welt installiert, früher griff man zu anderen Methoden. So durfte beispielsweise im Turm der Winde, in dem ebenfalls Dokumente lagern, niemals Licht gemacht werden. Wer dort etwas suchte, hatte sich im Dunkeln zurechtzufinden. Bis heute gibt es dort kein Licht. Also, falls Sie da mal reindürfen, bringen Sie Ihre Taschenlampe mit.«

»Was war denn dort gerade so Wertvolles?«, tönte die Stimme eines Studenten respektlos laut von hinten, sodass ein Saalwächter Cavelli einen indignierten Blick zuwarf, den dieser mit zerknirschtem Lächeln erwiderte.

»Interessante Frage«, erwiderte Cavelli, »und die Antwort darauf lautet: keine Ahnung. Das weiß niemand, aber als man dort im Meridianraum eine vergessene Tür öffnete, stieß man auf einen kleinen Raum, in dem neuntausend Päckchen mit unerforschten Dokumenten lagerten. Ähnlich wie die hier in diesem Raum. Frage an alle: Was schätzen Sie, wie lange es dauern würde, diese Päckchen im Turm der Winde zu katalogisieren? Wohlgemerkt: nur katalogisieren, nicht lesen.«

»Sechs Monate«, sagte eine asiatische Studentin, die ganz vorne stand und ihn durch ihre weiße Brille ernst ansah.

»Wer bietet mehr?«

»Zwei Jahre!«, rief jemand.

»Zwanzig!«, rief der Student, der nach dem Turm der Winde gefragt hatte. Es war offenbar als provokativer Scherz gedacht.

Cavelli winkte ab. »Alles falsch. Die richtige Antwort lautet: hundertachtzig Jahre. Und das ist nur *ein* kleiner Raum. Es gibt zig solche Räume. Und es kommen immer wieder neue Räume dazu, die bei Umbauten und Renovierungsarbeiten, die hier praktisch ständig stattfinden, plötzlich hinter Wänden gefunden werden. Und das wird noch sehr lange so weiter gehen. Keiner weiß, wie viele Schätze noch eingemauert auf ihre Entdeckung warten. Übrigens nicht nur hier, sondern auch im Apostolischen Palast. Aber auch viele der Werke, die bereits hier lagern, hat seit Jahrhunderten niemand in der Hand gehabt. Allein über Pius XII. existieren hier sechzehn Millionen Seiten. In Buchregale umgerechnet etwa einskommasechs Kilometer. Das meiste in Latein. Um alles bereits Vorhandene im Päpstlichen Geheimarchiv nur zu katalogisieren, wohlgemerkt: ohne es zu lesen, würde man über tausend Jahre brauchen.«

»Wozu denn katalogisieren?«, rief der Student aus der letzten Reihe. »Der Papst ist doch allwissend. Der weiß doch, wo alles steht.« Einige Studenten kicherten verhalten. Diesmal war der Blick des Saalwächters schon als deutliche Warnung zu verstehen. Eine weitere Entgleisung würde nicht geduldet werden.

»Der Papst ist nicht allwissend«, erwiderte Cavelli geduldig und in gedämpftem Ton, der sich, wie er hoffte, auf den Klassenclown übertragen würde, »sondern seit einem dogmatischen Beschluss von 1870 unfehlbar, und das auch nur in Glaubensfragen.«

»Sag ich doch!«, ulkte der Student, allerdings tatsächlich sehr viel leiser, wobei er einen altersschwachen, kurzsichtigen Papst mimte, der mit zittriger Hand nach einem Buch griff: »Ich *glauuube*, das Buch steht *hier*.« Allgemeine Heiterkeit war die Folge.

Cavelli hielt es für angeraten, die Führung an dieser Stelle zu beenden und die Studenten nach draußen zu führen. Aus irgendeinem Grund kam ihm dabei Papst Leo X. in den Sinn, der seinen Clown auspeitschen ließ, wenn dieser nicht lustig genug war.

VI

Ein wesentlicher Grundsatz der Jurisprudenz lautet, dass zwei Parteien keine Vereinbarungen zu Lasten einer Dritten schließen dürfen. Hingegen ist es ein wesentliches Merkmal der Mafia, dass sämtliche Treffen untereinander oder zwischen deren Großfamilien *ausschließlich* diesem Zwecke dienen.

Das vielleicht folgenreichste Treffen, das jemals zu Lasten Dritter stattfand, wurde vom zehnten bis vierzehnten Oktober 1957 im *Grand Hotel des Palmes* in Palermo abgehalten. Organisiert worden war dieses Gipfeltreffen sizilianischer und amerikanischer Mafiosi von Guiseppe – Joe Bananas – Bonanno, dem Boss der Bosse der fünf New Yorker Mafiafamilien. Eine Entscheidung von historischer Tragweite stand auf der Tagesordnung. Da das FBI Drogenhandel in den USA scharf verfolgte, hatte sich die dortige Mafia bis dato auf Glücksspiel und Prostitution konzentriert. Das sollte sich nun ändern. Mit den sizilianischen Bossen vereinbarte man, den größten Heroinring aller Zeiten aufzuziehen. Und das tat man auch. Zu Beginn der sechziger Jahre begannen frisch in die USA eingewanderte Sizilianer in den gerade überall aufkommenden Pizzerien zu arbeiten. Diese dienten nicht nur als Vertriebsstellen für das Heroin und als Rechtfertigung für gewaltige Lieferungen von Tomaten und Käse aus Sizilien, mit denen gleichzeitig auch tonnenweise die Droge selbst ins Land geschmuggelt wurde, sondern auch als Geldwaschanlagen, mit denen die gigantischen Gewinne aus dem Heroinhandel einen sauberen Anstrich bekamen. Die US-Mafia machte sich dabei nicht die Finger schmutzig und kassierte lediglich einen Anteil dafür, dass man auf ihrem Territorium tätig war. Womit sie nicht gerechnet hatte, war, dass immer mehr Sizilianer ins Land kamen und nach und nach die amerikanischen Mafiosi verdrängten. Eine Entwicklung, die bis heute Bestand hat. Die amerikanischen Strafverfolgungsbehörden gaben dem Ganzen einen harmlos klingenden Namen: Pizza-Connection. Er kann jedoch nicht darüber hinwegtäuschen, dass es sich dabei um ein Milliardengeschäft handelt. Drogenhandel ist heute der profitabelste Geschäftszweig auf dem Planeten. Mehr als dreihundert Millionen Menschen weltweit sind heute abhängig, und täglich werden es mehr. Eine fatale Entwicklung, die ihren Anfang bei jenem Mafiatreffen im Jahre 1957 auf Sizilien nahm.

Das Treffen, das über ein halbes Jahrhundert später auf einem Landsitz in Fiumicino stattfand, war von wesentlich geringerer Tragweite, allerdings kaum weniger hochkarätig besetzt. Die Bosse von dreien der vier römischen Mafiafamilien würden zusammenkommen, um etwas zu Lasten einer dritten Partei zu besprechen, oder in diesem Fall: der vierten.

Während Don Cavelli etwa dreißig Kilometer weiter sein Seminar abhielt, wartete Agostino Castellani, der Boss des westlichen Territoriums, auf der breiten Treppe vor seiner sündhaft teuren, aber hoffnungslos geschmacklosen Villa. So, wie er dort in feierlicher Anspannung dastand, einige Meter von dem friedlich auf dem Vorplatz sprudelnden Springbrunnen entfernt, hätte er der Außenminister eines Landes sein können, der einen wichtigen Staatsgast erwartet. Aber dort endeten die Gemeinsamkeiten auch schon. Anders als bei politischen Konferenzen konnte hier jeder Fehler, jede Unaufmerksamkeit das Ende bedeuten. Nicht sofort, aber bald. Castellani setzte sein breitestes Lächeln auf, als die zwei gepanzerten Limousinen, jeweils begleitet von je zwei schwarzen SUVs, die Auffahrt heraufkamen. Die Bosse des südlichen und des östlichen Territoriums, Gabriele Cigno und Dario Scalfari, sowie ihre Bodyguards. Castellanis eigene Männer befanden sich strategisch verteilt in der Villa. Unsichtbar, aber jederzeit einsatzbereit. Langsam kamen die Fahrzeuge auf dem weißen Kies zum Stehen, und die beiden Bosse stiegen aus. Beide grinsten breit. Doch das war nur Fassade; Castellani versuchte dahinter zu blicken. Er hatte die Hoffnung, dass er mit Scalfari schon irgendwie klarkommen würde. Der Mann war bei aller nötigen Härte für seine Besonnenheit bekannt. Mit Cigno verhielt es sich anders. Wie viele besonders kleine Männer litt er unter einem Minderwertigkeitskomplex, den er durch Größenwahn überkompensierte. Allein schon seine extravagante Art, sich zu kleiden, war ein Zeichen, dass der Mann nicht ganz richtig im Kopf war. Ein

Sechzigjähriger, der sich wie ein Dreißigjähriger kleidete. Außerdem trug er ein Toupet, was nur er allein für ein Geheimnis hielt. Abgeleitet von seinem Nachnamen Cigno, also Schwan, gab es einen allgemein bekannten Spitznamen für ihn: Il Pavone – der Pfau. Natürlich wagte niemand, ihn von Angesicht zu Angesicht so zu nennen, denn es war bekannt, dass Cigno davon wusste und den Namen hasste. Castellani erwog die Möglichkeit, dass man bei ihm mit Schmeicheleien weiter kam als mit Drohungen. Ebenso breit lächelnd ging er den beiden entgegen. Du lieber Himmel, war Cigno etwa geschminkt? Castellani schob den Gedanken schnell zur Seite.

Auch wenn die Begrüßungen wie unter alten Freunden wirkten und mit Umarmungen und Wangenküssen nicht gespart wurde, lief auf einer unsichtbaren, aber dennoch sehr realen Ebene alles nach einem strengen Zeremoniell ab. Ein Zeremoniell, das nirgendwo schriftlich festgehalten war, ja, über das niemand je gesprochen hatte noch sprechen würde, und doch war jedem klar, was wann und wie zu geschehen hatte. Es ging darum, Respekt zu zeigen. Seit acht Jahren war es das erste Treffen der Cupola, des obersten Mafiagremiums, das für gewöhnlich keinerlei Beschlüsse fasste, sondern vornehmlich darauf achtete, dass sich die einzelnen Territorien nicht in die Quere kamen.

Castellani hatte beschlossen, das Gespräch mit den zwei anderen Bossen nicht wie bei sonstigen wichtigen Besprechungen in seinem im ersten Stock gelegenen Arbeitszimmer mit dem riesigen Schreibtisch, den er nie benutzte, und dem fulminanten Meerblick, sondern im Erdgeschoss in seiner Privatkapelle zu führen, in der normalerweise nur seine Frau und seine Kinder, an Feiertagen ein Priester (und jeden Dienstag Maria, die Putzfrau) Zutritt hatten. Es war eine besondere Auszeichnung, ein Zeichen des Vertrauens. Ein Zeichen, das gerade deshalb so wichtig war, weil hier niemand niemandem vertraute.

Nachdem sich die drei Bosse vor dem Altar bekreuzigt und auf den gepolsterten, goldfarbenen Stühlen Platz genommen hatten, die dort statt Holzbänken standen, eröffnete Castellani die Besprechung mit Smalltalk. Die Kinder, Fußball, die Gesundheit.

Erst als die Atmosphäre ausreichend gelöst schien, kam Castellani auf den seligen Rosario Canova zu sprechen. Wieder bekreuzigte man sich. Auch das eine Frage des Respekts, doch auf einmal schien ein eisiger Hauch der Anspannung in der Luft zu hängen. Gabriele Cigno fixierte Castellani mit zusammengekniffenen Augen, sagte aber nichts. Dario Scalfari lächelte seltsam schief, während sein Mund von Zeit zu Zeit nervös zuckte. Castellani hielt eine kleine Rede, die er sich zuvor zurechtgelegt hatte und in der er darlegte, dass mit dem Tode Canovas ein Vakuum entstanden sei. Canova hatte weder einen Sohn noch hätte einer seiner Capitanos das Format, die Führung zu übernehmen. Scalfaris Lächeln hatte sich verflüchtigt, und Cignos Augen glichen nur noch Sehschlitzen.

»Ich bin sicher, dass wir einen gerechten und für alle vorteilhaften Weg finden werden«, fuhr Castellani fort, »doch der Tag dafür ist nicht heute. Zunächst haben wir ein anderes Problem. Eines, das uns alle unmittelbar betrifft und das Vorrang vor allem anderen hat: Theresa Canova hat heute Nacht ihr Anwesen verlassen und arbeitet nun mit der DIA zusammen. Was das für uns bedeutet, muss ich niemandem erklären. Wir müssen schnell handeln. Sehr schnell.«

Dario Scalfari zuckte mit den Achseln. »Sicher. Aber jeder von uns hat genug Verbindungen zur Polizei. In spätestens vierundzwanzig Stunden kennen wir ihren Aufenthaltsort und dann …«

»Der Aufenthaltsort«, fiel Castellani ihm ins Wort, »ist uns bereits bekannt. Und genau da liegt das Problem. Theresa Canova befindet sich im Vatikan.«

Einige Augenblicke herrschte Stille in der kleinen Kapelle. Dario Scalfari sah ihn ungläubig an, während Gabriele Cigno einen monströsen Fluch ausstieß, der bei jedem anderen Mann, der sich so affektiert gab, lächerlich gewirkt hätte.

Agostino Castellani hob beschwichtigend die Hände. Er zweifelte nicht daran, dass eines schönen Tages einer von ihnen dreien – er ging davon aus, dass er es selbst sein würde – die anderen beiden töten würde. Doch hier und heute musste eine gemeinsame Lösung gefunden werden.

VII

Colonnello Matteo Rietti hatte die Vatikanischen Gärten durch das Museum betreten. Ein außerordentlicher Passierschein, ausgestellt und unterschrieben vom Ersten Sekretär des Papstes, Monsignore Joseph Mattlin, sorgte dafür, dass er durchgelassen wurde, ohne einer Touristengruppe anzugehören. Auch der Gang durch den Metallscanner war ihm erspart geblieben, was ihm ermöglichte, seine Beretta 92A1 zu behalten. Er war selbst erstaunt, wie einfach das alles war. Der Passierschein von Mattlin schien ein magisches Sesam-öffne-Dich zu sein. Was er nicht wusste war, dass *Il Appartamento* selbst für hochrangigste Kurienbeamte eine Terra incognita war, bei der niemand unterscheiden konnte, welche Anordnungen von den beiden Sekretären verfasst wurden und welche vom Heiligen Vater. Infolgedessen wurde sicherheitshalber *alles*, was von dort kam, behandelt, als käme es vom Papst persönlich. Niemand wagte nachzufragen.

Riettis Umweg durch die Vatikanischen Museen war eine von vielen Vorsichtsmaßnahmen. Niemand sollte den obersten Mafiajäger der DIA jeden Tag den Vatikan betreten sehen, und dies auch noch über mehrere Wochen. Denn so lange würden sich die Verhöre der Canova mindestens hinziehen. In einer so beträchtlichen Zeitspanne konnte vieles schiefgehen. Gerüchte entstanden schnell und verbreiten sich exponentiell wie ein hochinfektiöses Virus.

Darum war er in der Nacht auch nicht mehr in seine Wohnung zurückgekehrt, sondern logierte unter falschem Namen in einem billigen Hotel, das nicht zu nahe am Vatikan lag. Die DIA-Zentrale würde er in der nächsten Zeit ebenfalls nicht mehr betreten. Sein Stellvertreter Vice Questore Orso Zizola hatte auch ohne ihn alles im Griff, und das Risiko, dass man ihn beobachtete und von zu Hause aus oder von der DIA-Zentrale zum Vatikan verfolgte, mochten andere als so gut wie nicht vorhanden ansehen, ihm selbst war es zu hoch. Außerdem ersparte ihm das täglich mehrere Stunden Fahrzeit in Rom. Zeit, die er auf das Verhör von Theresa Canova verwenden konnte. Je schneller das hier alles vorbei war, desto besser für alle Beteiligten. Auch hatte er Monsignore Mattlin gebeten, dass im Vatikan niemand über Signora Canovas Anwesenheit informiert werden dürfe. Ein Punkt, mit dem er sich zu seinem Leidwesen nicht vollständig hatte durchsetzen können. Mattlin hatte drauf bestanden, den Kommandanten der Schweizer Garde, Oberst Durand, ins Vertrauen zu ziehen, und Rietti hatte schließlich nachgeben müssen. *Was soll's?*, dachte er sich, das Risiko, dass Durand im Sold der Mafia stand, konnte wohl als nicht existent angesehen werden. Ansonsten galt nach wie vor die oberste Sicherheitsstufe. Elektronische Kommunikation per Mail oder Telefon zwischen Theresa Canova und ihm oder anderen

Mitarbeitern der DIA würde es nicht geben. Rietti allein würde sie jeden Tag außer sonntags im Vatikan aufsuchen und mit ihr sprechen. Für den äußersten Notfall hatte er zwei neue Wegwerfhandys besorgt und ihr eines davon gegeben.

Es war nur wenige Stunden her, dass er sie zuletzt gesehen hatte. Die Nacht ihres Eintreffens im Vatikan. Monsignore Mattlin persönlich hatte die nächtlichen Besucher in Empfang genommen und Theresa Canova unter Riettis Aufsicht in eine riesige Wohnung im obersten Stock eines Palazzos geführt. Ja, er hatte ihr sogar seine dienstliche Durchwahl gegeben, für den Fall, dass sie anfänglich Probleme hatte, sich im Vatikan zurechtzufinden. Rietti war beeindruckt, wie sehr sich Mattlin, trotz seiner ursprünglichen Bedenken, nun für diese Sache einsetzte; das nötigte ihm Respekt ab.

Noch mehr jedoch hatte ihn Theresa Canova beeindruckt, die während allem gefasst und überlegt geblieben war, selbst dann noch, als seine Männer sie und ihr gesamtes Gepäck wenig zartfühlend auf Waffen, Drogen und Kommunikationsmittel durchsucht hatten. Da hatte Rietti schon ganz andere Pentiti, also reuige Mafiosi, als Kronzeugen erlebt. Männer, die ohne mit der Wimper zu zucken, Dutzende von Morden begangen hatten und dann am ganzen Leib zitterten, als es ernst wurde. Wahrscheinlich konnte sich niemand aussuchen, ob er ein Feigling war oder nicht, aber Rietti hatte diese Männer immer verachtet. Wie hatte noch Falcones Partner Borsellino gesagt: »Wer Angst hat, stirbt jeden Tag, wer keine Angst hat, nur einmal.« Genau so sah

Rietti es auch. In gemütlichem Tempo durchquerte er die Vatikanischen Gärten, wobei er jedes Verhalten vermied, das irgendwie bemerkenswert sein konnte. Das Prinzip des *Grauen Mannes.* Jemand sein, der niemandem auffiel und an den sich niemand erinnern würde, unscheinbar sein. Es war wesentlich anspruchsvoller, als es sich anhörte, und gehörte zur Standardausbildung der DIA. Er trug die gleiche Arbeitskleidung wie die zahlreichen Vatikanischen Gärtner. Mattlin hatte ihm zwei Original-Garnituren zugeschickt. Zunächst hatte Rietti auch mit dem Gedanken gespielt, eine Soutane zu tragen, die Idee aber dann schnell verworfen. Einen Priester auch nur halbwegs überzeugend darzustellen, hätte längerer Vorbereitung bedurft. Gärtner war einfacher. Außerdem waren Gärtner unauffälliger. Niemand beachtete sie. Rietti hingegen hatte alles im Blick. Er hielt es für praktisch ausgeschlossen, dass die Mafia im Vatikan zuschlagen würde, zumal man ja nicht einmal ahnte, dass Theresa Canova sich hier aufhielt, aber seine inzwischen in Fleisch und Blut übergegangene Paranoia hatte ihm schon oft gute Dienste geleistet. Bislang war ihm allerdings nichts aufgefallen, was ihn hätte beunruhigen müssen.

Fünf Minuten später erreichte er den Palazzo. Den Zweitschlüssel, den er sich für alle Fälle von Mattlin hatte geben lassen und von dem Theresa Canova nichts wissen musste, benutzte er nicht; stattdessen klingelte er in der mit ihr besprochenen Weise. Zweimal lang, dreimal kurz, zweimal lang.

Während er wartete, atmete er tief durch und vergegenwärtigte sich nochmal, dass er völlig entspannt wirken musste. Er durfte Theresa Canova nicht in die Defensive treiben. Es war kein Verhör, es war eher wie ein Gespräch mit einem Therapeuten. Ohnehin war die Art von Verhören, wie man sie aus Filmen kannte, in denen man die Verdächtigen anbrüllte oder sogar körperlich bedrohte, inzwischen veraltet. Schon seit Jahren galten auch bei der DIA die modernen Verhörtechniken, die das FBI entwickelt hatte, als neuer verbindlicher Maßstab. Eine psychologisch bis ins Letzte ausgearbeitete Fragestellung, die dem Verhörten suggerierte, dass die Beamten ohnehin schon alles wussten, verbunden mit dem Angebot, ihm zu helfen, doch dazu müsse zunächst der Sachverhalt »geklärt« werden. Es war wie ein umgekehrter Zaubertrick: unspektakulär anzusehen, aber spektakulär in seiner Wirkung. Bei Theresa Canova allerdings musste diese Technik ins Extrem getrieben werden. Er war ein Freund, der ihr helfen wollte. Nichts weiter.

Der Summer ertönte, und die Tür des Palazzos sprang auf.

VIII

Gazzo war Gazzo. »Ein Unikat«, wie manche sagten. »Zum Glück!«, wie wiederum andere sagten. Ein Genie. Ein Spinner. Ein widerlicher Messie. Ein Philosoph. Ein Winkeladvokat. Der wahrste Gläubige unter den Gläubigen und übelster Gotteslästerer. Wahrscheinlich alles zusammen und noch einiges mehr. War Gazzo sein Vor- oder Nachname? Hieß er überhaupt so? Niemand wusste es.

Er mochte etwa sechzig Jahre alt sein. Seinen maßlos verfetteten Körper schleppte er mit Hilfe zweier antiker Spazierstöcke durch seine verwahrloste alte Villa am Ledrosee, in der er gemeinsam mit seiner geistig behinderten Tochter und tausenden von Büchern lebte. Telefon, Internet und ähnlichen überflüssigen Firlefanz besaß er nicht. Er verließ nie das Haus. Wer aus irgendeinem Grund mit ihm sprechen musste, war gezwungen, ihn dort aufzusuchen. Ob arm oder reich, jung oder alt, Mann oder Frau, mächtig oder machtlos, Gazzo behandelte alle gleich. Gleich schlecht, denn er hasste jeden. Jemand musste schon einen sehr triftigen Grund haben, seine stinkende Höhle, die er niemals lüftete, zu betreten. Agostino Castellani, Gabriele Cigno und Dario Scalfari hatten einen solchen Grund.

Die Zusammenkunft der drei am Vormittag hatte noch mehrere Stunden gedauert. Es stand außer Frage, dass Theresa Canova sterben musste, aber ebenfalls außer Frage stand, dass der Vatikan unverletzlich war. Heiliger Boden. Hier war die Grenze. Noch lange hatten die drei Männer diskutiert, es war hitzig geworden, besonders, als Gabriele Cigno durchblicken ließ, dass er es sich in dieser Notlage durchaus vorstellen konnte, einmal eine Ausnahme zu machen. Schließlich hatte Dario Scalfari sich genötigt gesehen, Gazzo ins Spiel zu bringen, einen Mann, der unter Umständen eine Lösung zu finden in der Lage sei. Castellani war Scalfaris deutlicher Widerwillen aufgefallen, mit dieser Information rauszurücken. Es war nicht zu übersehen, dass es Scalfari gewaltig gegen den Strich ging, diesen Mann oder auch nur die Kenntnis über seine Existenz mit anderen zu teilen. Verständlicherweise. Gazzo gehörte nur ihm, denn er war etwas Besonderes. Natürlich hatten sie alle drei jede Menge Leute, die für sie arbeiteten. Vom einfachen Fußsoldaten und Dienstboten über die Capitanos und andere wichtigen Personen bis hin zu hochqualifizierten Finanzberatern und Anwälten. Doch nur Scalfari hatte einen Gazzo.

Gazzo war Scalfaris Anwalt gegenüber Gott.

Richter und Polizisten ließen sich bestechen, Zeugen einschüchtern oder töten, das alles war kein Problem; Scalfari war immer zuversichtlich gewesen, niemals ein Gefängnis von innen sehen zu müssen. Aber Gott? Der ließ sich nicht einschüchtern oder bestechen. Gott wusste, was Scalfari tat, das war ihm immer klar gewesen, und es hatte ihn mit Schrecken erfüllt. Für ihn stand fest, dass er eines Tages in der Hölle landen würde.

Doch dann hatte er Wege gefunden, seine Taten in Einklang mit Gott zu bringen. Genauer gesagt, Gazzo hatte diese Wege gefunden. Gazzo kannte die Bibel vorwärts und rückwärts auswendig und war über den Vatikan besser informiert als mancher Kardinal. Scalfari konnte sich noch gut an den Tag vor über zwanzig Jahren erinnern, als er Gazzo das erste Mal gesehen hatte. Einer von Scalfaris Capitanos hatte ihm von einem Mann erzählt, der allabendlich in einer Osteria große Reden führte und es liebte, wahlweise erklärte Atheisten oder katholische Priester so lange mit seiner messerscharfen Logik zu provozieren, bis diese aufgaben oder die Nerven verloren. Scalfari war neugierig gewesen, sich dieses Spektakel anzusehen. Noch am selben Abend hatte er mit Freunden in dieser Osteria gespeist und Gazzo in seinem Element erlebt. Gazzo war damals noch schlank und sehr gutaussehend gewesen und hatte ihn gar an den Filmschauspieler Vittorio Gassmann erinnert.

Ein arroganter junger Student hatte Gazzo herausgefordert und behauptet, dass es keinen Gott gäbe, sähe man schon daran, dass Papst Johannes Paul I. schon nach dreiunddreißig Tagen im Amt verstorben sei. Schließlich, so führte der Student aus, hieß es doch, dass Gott selbst den Kardinälen im Konklave die richtige Wahl eingebe. Doch die Wahl dieses Papstes sei eindeutig die falsche gewesen.

Eine ganze Reihe von Leuten in der Osteria hatten vor

Freude gejohlt und dem jungen Mann applaudiert. Gazzos Antwort kam souverän und ohne zu zögern, als wäre er vom Anbeginn der Zeit bereit gewesen, sie zu geben. Er legte dar, dass Gottes Wege unerforschlich seien und dass man ihn nur – wenn überhaupt – verstehen könne, wenn man das Gesamtbild betrachtete. Gottes Ziel sei es von Anfang gewesen, Karol Wojtyla zum Papst zu machen. Dieser habe zwar unter den Kardinälen großes Ansehen genossen, sei aber mit seinen achtundfünfzig Jahren nach normalen Maßstäben viel zu jung gewesen, um gewählt zu werden; doch nachdem der vor dem Konklave bereits kränkelnde Albino Luciani nach nur gut einem Monat im Amt gestorben sei, habe man es plötzlich für richtig gehalten, nun einen verhältnismäßig jungen und geradezu vor Kraft strotzenden Mann zum Papst zu machen. Dies sei die Stunde Wojtylas gewesen.

Der Student hatte eingewandt, dass es ja nicht gerade sehr christlich von Gott gewesen sei, Luciani zu töten, um Wojtyla ins Amt zu hieven, doch wieder hatte Gazzo augenblicklich pariert: Luciani wäre sowieso gestorben. Gott habe dies gewusst und diesem verdienten Mann noch dreiunddreißig Tage als Papst geschenkt. Dreiunddreißig, also genau so viele, wie die Soutane des Heiligen Vaters Knöpfe hat, denn so viele Jahre hatte Jesus Christus gelebt. Gazzo hatte dann noch weitergesprochen, aber der Rest war für Scalfari zu hoch gewesen. Eine Weile lang hatte er Gazzo noch öfter in Bestform erlebt und es jedes Mal genossen, wie dieser seine Gegner mit seiner brillanten Logik und scheinbar unendlichen Kenntnissen in Grund

und Boden argumentierte. Dann, plötzlich, war Gazzo auf einmal wie vom Erdboden verschluckt gewesen. Manche behaupteten zu wissen, er sei krank, aber niemand wusste Genaueres, und Scalfari hatte nicht weiter an ihn gedacht.

Schließlich, einige Jahre später, kam Scalfaris fünfzigster Geburtstag. Ein Tag, den er bis an sein Lebensende nie würde vergessen können. Er war aufgewacht und hatte gewusst, ja definitiv *gewusst*, dass er in der Hölle landen würde. Wochenlang war er nur noch ein Schatten seiner selbst gewesen. Er hatte wieder und wieder zu Gott um Vergebung gebetet, aber Gott hatte ihm nicht geantwortet. Doch dann war ihm plötzlich dieser Gazzo in den Sinn gekommen und er hatte seine Leute nach ihm suchen lassen. Es hatte Monate gedauert, bis sie ihn fanden. Irgendwas war in der Zwischenzeit mit ihm geschehen, er hatte sich in die Natur zurückgezogen, weitab von Rom, und war ein fetter und kranker Misanthrop geworden. Es hieß, dass seine schöne junge Tochter Cosima einen Unfall gehabt hatte und nun geistig behindert sei, und einige wollten sogar wissen, dass Gazzo selbst diesen Unfall verschuldet hatte und dass dies der Grund für seinen Verfall sei. Doch sein genialer Geist war offenbar ungebrochen. Scalfari hatte ihn persönlich aufgesucht und ihn geradezu angefleht, ihm zu helfen. Gazzo hatte zunächst abgelehnt, doch dann war etwas Merkwürdiges geschehen. Scalfari war konkret geworden und hatte ihm all das gebeichtet, was er noch niemandem je anvertraut hatte. All seine gotteslästerlichen Taten. Und das hatte die Wende gebracht,

Gazzo hatte zugestimmt, ihm zu helfen. Nicht aus Angst vor Scalfari, er schien keine zu kennen, vielmehr war er offenbar von der Herausforderung dieser schier unlösbaren Aufgabe fasziniert. Gazzo hatte Scalfari einen langen Vortrag gehalten, den dieser damals nur teilweise verstanden hatte, aber er konnte zumindest Gazzos Bewunderung für die jüdischen Schriftgelehrten heraushören, die nichts anderes taten, als die Thora Wort für Wort zu studieren und nach Schlupflöchern zu suchen, die den Juden das Leben mit den religiösen Gesetzen erleichterten. Zum Beispiel der sogenannte Sabbat-Fahrstuhl, der am Sabbat die Türen selbständig öffnete und schloss und alle Stockwerke anfuhr, sodass es den Benutzern erspart wurde, einen Knopf zu drücken, was wegen des Auslösens eines elektrischen Impulses streng genommen auch so etwas war wie Feuermachen, das im Sabbat nun einmal für Juden verboten ist. Viele Nichtjuden machten ihnen Vorwürfe deshalb – in völliger Verkennung der Gedanken dahinter. Sie verstanden nicht, dass das Judentum keine Schönwetterreligion war, in der sich die Sünder gut einrichten konnten. Während beispielsweise die italienischen Katholiken zur Beichte und jeden Sonntag zur Kirche gingen, aber ansonsten ein sündhaftes Leben führten und nicht zuließen, dass Gott ihnen dabei in die Quere kam – an dieser Stelle hatte Gazzo Scalfari mit einem durchdringenden Blick angesehen – akzeptierten diese Juden die Existenz ihres Gottes ohne Wenn und Aber. Er war da, ob sie es nun wollten oder nicht, und seine Gesetze waren zu befolgen. Und das taten sie auch. Buchstabengenau. Nicht weil sie es gern taten, sondern weil sie es mussten. Weil sie im wörtlichen Sinne gottesfürchtig waren. Allerdings hat auch das beste Gesetz Lücken und kann in vielem so oder so interpretiert werden, und hier kamen die Schriftgelehrten ins Spiel. Sie ermöglichten den strenggläubigen Juden, mit den Gesetzen Gottes, die sie auch dann absolut befolgten, wenn sie diese nicht mochten, einigermaßen angenehm zu leben.

Und genau das war es auch, was Gazzo all die Jahre für Scalfari getan hatte. Er hatte für den Mafioso Wege gefunden, wie dieser tun konnte, was er nun mal tat, doch ohne gegen die Gesetze der Katholischen Kirche zu verstoßen. Zumindest nicht formal. Äußerst fragwürdige Wege waren dies meist, aber hatte die Kirche es nicht selbst vorgemacht? Hatten nicht in früheren Jahrhunderten die spanischen Inquisitoren vielen verhafteten und gefolterten Frauen versichert, sie würden sie nicht zum Tode verurteilen, wenn sie gestünden, eine Hexe zu sein? Und hatten diese Männer nicht, nach einem solchen im Vertrauen auf ihre Worte abgelegten – und natürlich falschen – Geständnis, den Fall an einen anderen Inquisitor übergeben, der dann an deren Stelle das Todesurteil sprach? Anständig war das keineswegs, aber ihr Wort gebrochen hatten sie nicht. Gazzo hatte für Scalfari im Laufe der Jahre hunderte solcher – wie er es nannte – Brücken gebaut. Womit er sich indirekt denselben Beinamen wie der Papst gab, da das Wort Pontifex ja nicht anderes bedeutete als Brückenbauer. Man konnte beinahe auf den Gedanken kommen, dass sich Gazzo als eine Art von Antipapst sah. Zumindest innerlich, denn äußerlich wäre der Vergleich allzu abwegig gewesen.

Dario Scalfari hatte sich an den Anblick und die Unordnung in der Villa gewöhnt, und auch an die beschwerliche Anreise, doch Agostino Castellanis und Gabriele Cignos Ekel wurde nur durch ihre Erschöpfung abgemildert. Die sechshundert Kilometer von Fiumicino zum Ledrosee hatten sie in Scalfaris Wasserflugzeug zurückgelegt. Scalfari selbst hatte am Steuerknüppel gesessen. Gabriele Cigno hatte immer noch Schmerzen in der Wirbelsäule von der Landung auf dem See, die zu seiner Überraschung keineswegs weich, sondern bretthart gewesen war. Angeschlossen hatte sich noch ein zwanzigminütiger Fußmarsch zu Gazzos verfallener Villa durch ein schlammiges Waldstück, der Cignos maßgefertigte Wildlederschuhe ruiniert hatte, was er Scalfari persönlich übelnahm. Hatte der wirklich gesagt, dass er sich das Wasserflugzeug eigens zugelegt hatte, um diesen Gazzo zu besuchen? Dann war Scalfari ein Vollidiot, entschied Cigno. Es würde nicht mehr lange dauern, bis er Scalfari zeigen würde, wo sein Platz war. Sehr bald schon.

Doch vorerst standen er und Castellani wie zwei Fremdkörper in dem dunklen Salon mit der von den Wänden abblätternden Tapete und vermieden es, sich hinzusetzen oder irgendetwas anzufassen. Gazzo hatte es entweder nicht registriert, oder – was sehr viel wahrscheinlicher war – es war ihm egal. Wie ein Buddha thronte er – halb sitzend, halb liegend – auf einer alten Récamiere und monologisierte seit einer halben Stunde unter halbgeschlossenen Augenlidern über Grundsätzliches, während seine Tochter Cosima wie ein Geist im Hause umherhuschte und dabei ängstliche Blicke auf die fremden Männer warf. Dann endlich kam Gazzo auf das vorliegende Problem zu sprechen.

IX

Cypriano liebte diesen Ort. Die Papstkapelle *Sancta Sanctorum* – die Allerheiligste – war ein Teil des mittelalterlichen Papstpalastes in Rom und das Vorbild für alle anderen Kirchen auf der Welt. In ihr fand man die Inschrift

NON EST IN TOTO SANCTIOR ORBE LOCUS.

»Es gibt keinen heiligeren Ort auf dem ganzen Erdkreis«.

Doch diese Kapelle war nicht der Grund, warum es seit Jahrhunderten Gläubige aus aller Welt hierherzog. Es war die Treppe, die zur Kapelle hinaufführte. Die Treppe war heilig. Sie gehörte zum Palast des Pontius Pilatus, und auf ihr hatte der Kreuzweg Jesus Christi seinen Anfang genommen. Sein Blut war auf ihre Stufen getropft. So sagte es zumindest die Überlieferung. Kaiserin Helena, die Mutter von Konstantin dem Großen, dem römischen Kaiser, der das Christentum zur Staatsreligion erklärte, hatte der Legende nach die Treppe im Jahre 326 von einer Reise nach Jerusalem nach Rom mitgebracht. Dort befindet sie sich bis auf den heutigen Tag in der Basilika S. Giovanni in Laterano, die zum exterritorialen Gebiet des Vatikan gehörte. Gläubige und Pilger bestiegen sie seit Jahrhunderten. Ausschließlich auf Knien. Inzwischen waren die achtundzwanzig Marmorstufen davon so abgerieben, dass sich darin bis zu fünfzehn Zentimeter tiefe Löcher befanden. Daher hatte man die Treppe im achtzehnten Jahrhundert mit Nussbaum verkleidet und nur bei der zweiten, elften und achtundzwanzigsten ein Sichtfenster offengelassen. Die Kirche gewährte allen Gläubigen, die auf jeder der Stufen ein Vaterunser sprachen, einmal im Jahr und zu bestimmten Feiertagen einen Generalablass, bei dem zwar nicht, wie viele glaubten, die Sünden vergeben, aber immerhin die Strafen für diese erlassen wurden, was für manche Sünder aber auch das Wichtigere war.

1993 war vor dem Lateranpalast eine Autobombe explodiert. Es hatte vierzehn Verletzte gegeben, und die Fassade war schwer beschädigt worden. Eine Warnung der Mafia an Johannes Paul II., der es gewagt hatte, auf Sizilien gegen die Mafia zu predigen.

Eine Reaktion, die Cypriano zwar in gewisser Weise verstehen konnte, aber dennoch aus tiefstem Herzen missbilligte. Es hätte andere Wege gegeben, dem Heiligen Vater eine Botschaft zu senden. Ja, falls unbedingt nötig, auch mittels einer Bombe, aber keinesfalls an diesem besonderen Ort. Cypriano kam mindestens einmal pro Woche, um die Heilige Treppe auf seinen Knien zu ersteigen und dabei mit seinen von einem Messerschnitt entstellten Lippen auf seine charakteristische, bei manchen Buchstabenkombinationen schwer zu verstehende Art zu beten. Heute war es wieder so weit. Inzwischen hatte er die Schmerzen in seinen Knien lieben gelernt. Sie waren kein bedauernswerter

Mangel einer ansonsten guten Sache, ganz im Gegenteil. Die Schmerzen waren eine Möglichkeit, die Leiden des Herrn zumindest ein bisschen zu teilen. Er bedauerte, dass die Renovierung der Treppe vor einiger Zeit nur zwei Monate gedauert hatte. In dieser Zeit war die Holzabdeckung entfernt worden und man hatte direkt auf dem heiligen Marmor knien dürfen, auf dem Jesus gewandelt war. In dieser besonderen Zeit war Cypriano sogar täglich hierhergekommen.

Schon sein Vater und sein Großvater waren Mafiosi gewesen. Er war praktisch in die Ehrenwerte Gesellschaft hineingeboren worden. Der Gedanke, einen anderen Beruf zu ergreifen, war ihm niemals in den Sinn gekommen. Auch wenn er wusste, dass er *anders* war. Viele seiner Mafiakumpane gingen ebenfalls sonntags zur Heiligen Messe, bekreuzigten sich bei jeder Gelegenheit und hatten im Wohnzimmer eine Ikone der Jungfrau Maria stehen. Doch nach Cyprianos Einschätzung waren sie nicht wirklich Gläubige, auch wenn sie selbst dachten, es zu sein. Sie hatten Respekt vor der Kirche, das schon, aber im Grunde verhielten sie sich nur aus Tradition so und weil es eben dazugehörte.

Cypriano dagegen war ein wahrer Gläubiger. Er hatte in den neunundzwanzig Jahren, in denen er dabei war, genau einhundertfünfzehn Männer getötet – nicht, dass er Buch führte oder gar stolz darauf war – er hatte getan, was man ihm befohlen hatte. Er hatte es nicht genossen, sondern ausgeführt, weil es notwendig war. Er war nie grausamer gewesen als erforderlich, und in jedem einzelnen Fall hatte er die Tat bei der allernächsten Gelegenheit einem Priester gebeichtet. Er hatte alles richtig gemacht. Sein Herz war rein.

Als er sein vierundzwanzigstes Vaterunser betete, war der Schmerz in seinen Knien kaum noch erträglich. Noch vier Stufen, dann würde es vollbracht sein. Dann begann in seiner Hosentasche das Handy, das er niemals abschalten durfte, zu vibrieren.

X

Was Cavelli betraf, gab es in der Kurie zwei Sorten von Männern. Einmal diejenigen, die ihn als Bedrohung sahen; als jemanden, der umfangreiche Privilegien besaß, die in vielem über ihre eigenen hinausgingen, und der auf der anderen Seite in keiner Weise in die Vatikanische Hierarchie eingebunden war. Was sie aber, auch wenn sie das niemals zugegeben hätten, am meisten erbitterte, war, dass Cavelli länger im Vatikan lebte als irgendjemand sonst. Er hatte sein ganzes Leben hier verbracht, und das waren an die zehn Jahre mehr, als das längste Pontifikat aller Zeiten gedauert hatte, und zwar das von Pius IX., der fast zweiunddreißig Jahre regiert hatte. Cavelli war schon im Vatikan herumgelaufen, als die heute höchsten Kurienmitglieder noch Theologie studiert hatten. Das war etwas, was sie ihm niemals verzeihen konnten. Natürlich äußerten sie diese Vorbehalte nicht gegenüber anderen, und niemals hätten sie Cavelli einen Wunsch offen abgeschlagen, schließlich besaß er von Papst Julius II. garantierte Rechte, die nicht in Frage zu stellen waren. Allerdings verstand man es meisterlich, Cavellis Anliegen mit diebischer Freude und treuherzigem Blick unter einer Vielzahl freundlicher Worte auf die lange Bank zu schieben und bis zum Sankt Nimmerleinstag immer wieder gute Gründe zu finden, warum diese Angelegenheit noch nicht bearbeitet werden konnte. Man sähe sich gezwungen, damit noch zu warten, doch es werde – so lautete eine gern verwendete rhetorische Glanzleistung der Kurie – »ein tätiges Warten sein«.

Natürlich hatte Cavelli dieses Spiel schon durchschaut, bevor sie selbst darauf gekommen waren; er hatte es schon mit ihren Vorgängern gespielt.

Und dann gab es noch die *anderen* Mitglieder der Kurie. Diejenigen, die ihn nicht als jemanden sahen, der ihre Autorität in Frage stellte, sondern die ihn einfach mochten und die gerade an seiner einmaligen Position zwischen allen Stühlen Gefallen fanden. Daran, dass sie einerseits mit ihm über alle Vatikanischen Probleme reden konnten wie mit ihresgleichen, weil er diese im Gegensatz zu Außenstehenden völlig verstand, sie andererseits aber auch kein Blatt vor den Mund nehmen mussten, wie bei vielen ihrer Kollegen. Natürlich hätte niemand auch nur im Scherz behauptet, Cavelli sei der Beichtvater der Kurie, aber zumin dest ein Körnchen Wahrheit wäre doch darin gewesen.

Heute war wieder so ein Abend, den Cavelli mit einem der *Anderen* verbrachte. Dafür hatte er das Ringer-Training ausfallen lassen, zu dem er zweimal in der Woche bei einem kleinen Verein in Trastevere ging. Ein allzu großes Opfer war es nicht. Eigentlich passte er dort nicht hin, es war nicht gerade die Zentrale der Feingeister, aber er tat es, um sich fit zu halten und weil ihm mal jemand erklärt hatte, dass bei Turnieren, in denen Kämpfer verschiedener Kampfsportarten gegeneinander antraten, fast immer die Ringer gewönnen. Er hatte schon ein paarmal überlegt, es sein zu lassen, aber es widerstrebte ihm aufzugeben. Aus einem guten Grund nicht hinzugehen war allerdings etwas anderes, und so hatte er sofort zugesagt, als Joseph Mattlin ihn vor einer Stunde angerufen und gefragt hatte, ob er auf ein Schlückchen Wein vorbeikommen dürfe. Er hatte bedrückt geklungen, und das war alles, was Cavelli als Entschuldigung brauchte, um sich vor dem Training zu drücken.

Mattlin hatte sich für zweiundzwanzig Uhr dreißig angesagt. Für Cavellis Geschmack schon ein bisschen spät, aber das war nicht zu ändern. Monsignore Mattlin hatte dem Heiligen Vater zur Verfügung zu stehen, bis dieser zu Bett ging, für gewöhnlich – wie die meisten Bewohner des Vatikan – gegen einundzwanzig Uhr. Danach war Mattlin üblicherweise noch ein bis zwei Stunden damit beschäftigt, E-Mails zu beantworten und den nächsten Arbeitstag vorzubereiten. Selten bekam er mehr als fünf Stunden Schlaf.

Als er schließlich mit fünfzehn Minuten Verspätung bei Cavelli eintraf, ließ er sich mit einem schweren Ächzen in einen der vier Teakholzsessel fallen und kippte sogleich das Glas Tignanello hinunter, das vor ihm stand. Cavelli, sonst ein guter Gastgeber, wartete lieber noch etwas mit dem Nachgießen. Er nippte an seinem eigenen Wein und ließ die nächtliche Stille der Vatikanischen Gärten für sich sprechen. Mattlin goss sich ein weiteres Glas Rotwein ein und nippte gedankenverloren daran. »Ich könnte eine Woche schlafen«, sagte er schließlich.

»Mehr Stress als sonst?«, bohrte Cavelli vorsichtig.

»Fragen Sie mich nicht, Don, fragen Sie mich nicht. Fragen Sie mich *bloß* nicht.« Er schüttelte erschöpft den Kopf und ließ sich mit geschlossenen Augen gegen die Sessellehne sinken.

Dreimal hintereinander »fragen Sie mich nicht«. Eine eindeutigere Aufforderung, doch endlich zu fragen, konnte sich Cavelli kaum vorstellen. »Okay, Joseph, raus mit der Sprache, bevor Sie noch platzen vor Anspannung.«

Mattlin warf ihm einen Blick zu, der dankbarer ausfiel als geplant.

Dann sah er um sich, als wolle er sich vergewissern, dass niemand lauschte. Eine etwas absurde Geste auf Cavellis Terrasse, aber eine in Fleisch und Blut übergegangene Übervorsicht ließ sich nun mal nicht auf Knopfdruck abschalten. Schon immer hatte der Vatikan alles darangesetzt, dass kein Außenstehender mehr als nötig erfuhr. Nicht umsonst gab es hier in den Gärten über hundert plätschernde Brunnen, die schon seit Jahrhunderten so manchen neugierigen Ohren das Zuhören schwer gemacht hatten. Mattlin zog seinen Stuhl so dicht an Cavellis heran, dass sich ihre Gesichter fast berührten. »Ich hoffe, ich habe nicht einen riesigen Fehler gemacht.«

Cavelli nickte aufmerksam, sagte aber nichts.

»Ich habe entschieden, einen Gast bei uns im Dorf aufzunehmen.« »Dorf« war Insiderjargon der Einwohner, damit war der Vatikanstaat gemeint. Cavelli verzog das Gesicht, als könne er das nicht als besonders großes Problem sehen.

»Den Heiligen Vater habe ich damit nicht behelligt. Er trägt schon genug Lasten auf seinen Schultern. Und vor allem …« Monsignore Mattlin griff erneut zum Weinglas und nahm einen großen Schluck. »Wenn etwas schiefgeht, darf nichts auf ihn zurückfallen. Das ist meine Verantwortung, und ich muss dafür geradestehen.«

Cavelli nippte ebenfalls an seinem Wein. »Was sollte denn schiefgehen?«

Mattlins Stimme hatte nun etwas Flehendes. »Don, diese Person wird von der Mafia verfolgt.«

»Was?« Cavelli hoffte, sich verhört zu haben.

»Nun, wahrscheinlich haben Sie ja in der Zeitung gelesen, dass kürzlich …«

»Nein, hab ich nicht«, unterbrach ihn Cavelli. Er hatte schon vor Jahren entschieden, auf Zeitungen und Fernsehsendungen zu verzichten, und es nie bereut. Das meiste war entweder Unsinn oder deprimierend.

»Wie auch immer«, fuhr Mattlin fort. »Sie ist auf Wunsch der Polizei hier, eine Kronzeugin mit jeder Menge Informationen, Sie hätten mal die Wagenkolonne sehen sollen, mit der sie mitten in der Nacht hierhergebracht wurde.«

»Zumindest hab ich sie gehört, bin davon aufgewacht. Und wo ist die Dame untergebracht? Oder nein«, korrigierte sich Cavelli sofort, »sagen Sie's mir nicht. Ich will es gar nicht wissen.« Er bedauerte bereits, überhaupt gefragt zu haben, was Mattlin auf dem Herzen hatte. Auf diese beunruhigende Information hätte er gerne verzichtet. Im nächsten Moment ging ihm auf, dass er diese Frau bereits in der Annona, dem Vatikanischen Supermarkt, gesehen hatte. Hier hatten nur Vatikanbewohner Zutritt, und ein neues Gesicht fiel sofort auf. Eine auffallend schöne Frau, die er auf Ende dreißig geschätzt hatte. Cavelli hatte sie dort sogar zweimal gesehen, beim zweiten Mal hatte er zunächst gar nicht verstanden, dass es sich um dieselbe Frau gehandelt hatte, da sie sich stark verändert hatte. Etwas kürzere Haare, nun braun statt blond, kein Schmuck und kaum Make-up, außerdem schlichtere Kleidung. An einem Ort außerhalb des Vatikan hätte er wahrscheinlich gar keinen Zusammenhang herstellen können. Er erinnerte sich daran, dass sie fast sofort bemerkt hatte, dass er sie beobachtete, und ihn mit erschrockenen Augen angestarrt hatte. Für einige Minuten hatte er darüber spekuliert, was es wohl bedeuten könnte, doch dann hatte er den Gedanken wieder aus den Augen verloren.

Cavelli und Mattlin redeten noch eine ganze Weile über diesen ungebetenen Vatikanischen Gast, wobei Cavelli mehr erfuhr, als ihm lieb war. Dennoch versuchte er, beruhigend auf Mattlin einzuwirken: Bald würde Theresa Canova wieder verschwunden sein, und bis dahin würde gar nichts passieren.

Später – Mattlin hatte sich bereits verabschiedet – stand Cavelli noch mit seinem Weinglas an der steinernen Brüstung der Terrasse und blickte auf den Petersdom. Der Vatikan als letzte Zuflucht vor einer Welt von Feinden? Fast sechzig Jahre lang war er das schon einmal gewesen.

Nach der Auflösung des Kirchenstaates im Jahr 1870 hatte sich der Papst Pius IX. zum »Gefangenen im Vatikan« erklärt. Ihn und seine Nachfolger, Leo XIII. und Benedikt XV., hat kein Gläubiger je gesehen. Sie haben den Vatikan nie verlassen. Stattdessen versuchte man die Welt in den Vatikan zu holen und ihn mit allem auszustatten, was den Päpsten angenehm war. So war es im Jahre 1905 beispielsweise dazu gekommen, dass in den Vatikanischen Gärten eine genaue Kopie der Grotte von Lourdes errichtet wurde. Erst mit den Lateranverträgen, die der Vatikan mit Mussolini geschlossen hatte, änderte sich dies, aber noch Johannes XXIII. hatte die Schweizer Gardisten als »meine Gefängniswärter« bezeichnet.

Längst vergessene Kindheitserinnerungen kamen in Cavelli hoch. Erinnerungen an *Onkel Casimir*. Eigentlich hieß er Paul Marcinkus, aber Cavelli und seine wenigen Spielkameraden im Vatikan (ausnahmslos die Kinder von verheirateten Schweizer Gardisten) kannten ihn nur unter seinem zweiten Vornamen. Er war Amerikaner, Erzbischof und der Chef der Vatikanbank. Leider hatte er Geschäfte mit dem von der Presse sogenannten Bankier Gottes, Roberto Calvi, gemacht, der höchst zwielichtige Transaktionen für die Mafia betrieben hatte und schließlich tot von der Londoner Blackfriars Bridge baumelnd aufgefunden wurde, während seine Sekretärin am selben Tage aus einem Fenster in Mailand zu Tode stürzte. Es stellte sich heraus, dass Calvi über zweihundert fiktive Banken gegründet hatte, die teilweise auch in Geschäftsbeziehungen mit dem IOR standen, dem Institut für Religiöse Werke, wie der offizielle Name der Vatikanbank lautete. Die italienische Polizei hatte daraufhin einen Haftbefehl auf Onkel Casimir ausgestellt, doch der hatte nicht die Absicht gehabt, diesem nachzukommen, woraufhin er den Vatikan, der mit keinem Land der Welt ein Auslieferungsabkommen unterhielt, mehrere Jahre nicht mehr verlassen hatte. Als Kind hatte Cavelli das ganz normal gefunden, zumal Marcinkus bei den Kindern immer zu Späßen aufgelegt war. Allerdings konnte er auch sehr impulsiv handeln, oder wie er es nannte: »spontan«. Bei einem Staatsbesuch in Manila hatte er zum Beispiel eigenhändig einen Messerangriff auf Papst Paul VI. abgewehrt. Er war einfach überhaupt nicht, wie man sich einen Erzbischof vorstellte. Der ein Meter vierundneunzig große Mann hätte eher in einen John-Wayne-Film gepasst. Unvergessen war sein Ausspruch »Mit Avemarias lässt sich die Kirche nicht regieren.« Cavelli dachte gern an ihn zurück und hielt es immer noch für unwahrscheinlich, dass Onkel Casimir je selbst etwas Kriminelles getan hatte. Man hätte ihn nur nie zum Bankdirektor ernennen dürfen, denn dafür hatte er, abgesehen von einer einwöchigen Einführung, gar keine Ausbildung. Cavelli war überzeugt davon, dass es sich genauso verhielt, wie Marcinkus immer gesagt hatte, nämlich, dass er zu gutgläubig gewesen sei und die absichtlich kompliziert gestalteten Transaktionen Roberto Calvis nicht durchschaut habe. Obwohl am Ende gegen Marcinkus und das IOR kein einziger Beweis vorlag, hatte der Vatikan versucht, die Affäre, die ein gefundenes Fressen für die internationalen Medien darstellte, ein für alle Mal zu beenden, indem er eine moralische Mitschuld einräumte und zweihunderteinundvierzig Millionen Dollar an die von Calvi geprellten Gläubiger bezahlte. Der Haftbefehl gegen Marcinkus war schließlich aufgehoben worden. Onkel Casimir hatte sich nie beklagt, nach außen hin wirkte er immer robust und optimistisch, aber jetzt, als nun Erwachsener, fragte sich Cavelli, wie er sich als Gefangener im Vatikan all die Jahre wohl gefühlt haben mochte.

Cavelli beschloss, schlafen zu gehen, er hatte zu viel Wein intus und wurde sentimental. Was für eine Rolle spielte das alles noch? Marcinkus hatte seinen Ruhestand in Amerika verlebt und war vor Jahren dort verstorben. Letztlich war es gut für ihn ausgegangen. Und auch Monsignore Mattlin musste sich keine Sorgen machen. Diese Theresa Canova würde ein paar Wochen in der friedlichen und sicheren Welt des Vatikan verbringen und dann wieder gehen. Dies war schließlich die Realität und kein Gangsterfilm. Alles würde gut gehen. Das hatte er auch Joseph Mattlin gesagt. Und er glaubte es auch. Nur sein Unterbewusstsein befürchtete, dass es anders kommen könnte.

XI

Sowohl der gutaussehende Ettore als auch der hässliche Ettore blickten durch die Frontscheibe des Caravans stoisch auf die Autobahn Richtung Mailand und schwiegen. Sie waren seit Mitternacht unterwegs und verdammt müde. Man hätte sie – in Ermangelung einer besseren Idee – für ein schwules Pärchen halten können, das in den Campingurlaub unterwegs war. Jemand, der sich mit Caravans auskannte, hätte wahrscheinlich noch vermutet, dass die beiden Männer recht gut betucht sein mussten, denn bei dem Fahrzeug handelte es sich um einen schwedischen Kabe-Tower 880. Eines der größten und luxuriösesten Wohnmobile der Welt, für das man einhundertfünfzigtausend Euro auf den Tisch blättern musste. Weiter hätte man vielleicht angenommen, dass die beiden einen heftigen Beziehungsstreit gehabt hatten, denn sie schienen sich überhaupt nicht auf ihren Urlaub zu freuen, aber all diese Annahmen wären falsch gewesen. Die beiden Ettores waren keineswegs schwul, und jeder, der ihnen gegenüber eine solche Vermutung geäußert hätte, wäre seines Lebens nicht mehr froh geworden. Die beiden Männer in den teuren Ledersesseln kannten sich gar nicht. Sie waren nur in derselben Branche tätig, wenn auch für konkurrierende

Unternehmen. Der hässliche Ettore war seit vielen Jahren ein enger Vertrauensmann von Dario Scalfari, während der gutaussehende Ettore für Gabriele Cigno arbeitete. Da Gazzo moderne Technik ablehnte, hatte Scalfari vorgeschlagen, der hässliche Ettore solle, ausgerüstet mit einem Satellitentelefon, in dessen Nähe stationiert werden, sodass Gazzos Rat auch in den kommenden Tagen jederzeit verfügbar sein würde. Gabriele Cigno, wie immer von pathologischem Misstrauen gepeinigt, hatte die anderen beiden davon überzeugt, dass dies ein Zwei-Mann-Job war, und als Bonbon zum gutaussehenden Ettore noch seinen persönlichen Caravan dazugegeben. So würde er nun zumindest immer aus erster Hand wissen, was dort vor sich ging.

Seit dem Morgengrauen waren die beiden nun unterwegs, und der hässliche Ettore hatte mehrfach versucht, ein Gespräch zu beginnen, war aber nur mit einsilbigen Antworten und Brummtönen abgespeist worden, sodass er seine Bemühungen schon vor Stunden eingestellt hatte. Wenn der andere nicht reden wollte, war ihm das im Grunde auch recht. Sie würden voraussichtlich mehrere Tage zusammenwohnen müssen. Sicher, der Caravan war extrem geräumig – für einen Caravan – aber dennoch konnte er sich Angenehmeres vorstellen. Das Beste würde sein, sich so gut es ging aus dem Wege zu gehen.

Am Horizont waren nun die ersten Sonnenstrahlen zu sehen, was in dem hässlichen Ettore so etwas Ähnliches wie Optimismus weckte.

XII

Der Papst vertraute nicht nur bei seinem Schutz den Schweizern, sondern auch bei der Versendung von Post in fast alle Länder. Alle ausgehenden Sendungen (außer nach den drei Hauptempfängern USA, Deutschland und Frankreich) wurden kollektiv in die Schweiz geschickt und von der dortigen Post weiter versendet. Die Vatikanische Post galt als extrem zuverlässig und effizient. Die vierundzwanzig Briefkästen auf dem winzigen Staatsgebiet und am Petersplatz wurden fünfmal am Tag geleert und von den sechzig Mitarbeitern in der Sortierstelle bearbeitet. Nicht umsonst verschickten auch viele Italiener wichtige Sachen lieber mit der Vatikanischen Post, die als wesentlich zuverlässiger galt als die italienische und einen reibungslosen Ablauf garantierte.

Doch jetzt stutzte Maurizio Bovo. Vor fünf Minuten hatte er begonnen, die Post für seine tägliche Route zu sortieren. Für gewöhnlich eine Aufgabe, die er im Schlaf erledigen konnte, denn sie war denkbar einfach. Die etwa dreißigtausend Postsendungen, die jeden Tag im Vatikan eingingen, und die etwa zehntausend, die intern unterwegs waren, wurden zunächst in vier Hauptgruppen sortiert. Der Löwenanteil ging an den Apostolischen Palast und das Governatorat. Ein dritter, deutlich kleinerer, aber immer noch beachtlicher Stapel ging an die Vatikanbank. Und dann gab es noch den ganzen Rest. Für ihn war Maurizio Bovo zuständig. Briefe an die Schweizer Garde, die Apotheke, das Mosaikstudio sowie andere kleine Abteilungen und natürlich an die achthundertfünfundzwanzig Einwohner des Vatikanstaates. Maurizio Bovo arbeitete seit vierzig Jahre hier und verdiente aufgrund des Umstands, dass im Vatikan die Gehälter hauptsächlich auf der Anzahl der Dienstjahre und nicht auf der Aufgabe selbst beruhten, mehr als mancher Kardinal. Er kannte praktisch jeden Fußbreit hier und selbstverständlich auch jeden Einwohner. Mit etwa der Hälfte von ihnen duzte er sich. Das Sortieren der im Schnitt dreitausend Sendungen täglich dauerte bei ihm selten länger als eine Stunde, und jemand mit einem entsprechenden Sinn dafür hätte in dem rasenden Tempo, in dem er die Post ordnete, vielleicht sogar etwas Künstlerisches, wie bei einem guten Jongleur, entdecken können. Doch nun verharrte Bovos Hand bereits seit mehreren Sekunden in der Luft. Die Postkarte in seiner Hand war adressiert an *Signora Theresa Canova, 00120 Città del Vaticano*. Was fehlte, war die Angabe des Gebäudes. Normalerweise hätte Bovo dies nicht eine Sekunde aufgehalten, er wusste auch so, in welchem Büro oder welcher Wohnung jeder hier zu finden war. Aber der Name Theresa Canova war ihm unbekannt. Er stand auf und ging zu dem kleinen Tisch, auf dem ein ziemlich veralteter und fast nie benutzter Computer stand. Er rief die alphabetische Liste auf, in der sämtliche Einwohner und Angestellten des Vatikan von der

Aushilfsputzfrau bis zum Papst mit Namen und Adresse verzeichnet waren. Die Liste war immer tagesaktuell. Er tippte den Namen Theresa Canova ein, erhielt aber keinen Treffer. Bovo runzelte die Stirn. Offenbar war die Frau erst seit heute Morgen hier und die Liste war noch nicht aktualisiert worden. Eine andere Möglichkeit gab es nicht. Er betrachtete die Postkarte. Sie war unfrankiert, doch das war in Ordnung, denn der Postversand innerhalb des Vatikan war gratis. Offenbar war sie vom Absender selbst in einen der Vatikanischen Postkästen gesteckt worden. Dann überflog er den Text. Er tat das wie ein Arzt, ganz neutral, nur um zu sehen, ob dieser Anhaltspunkte bot, die ihm die Zustellung ermöglichten. Dies war nicht der Fall, es waren nur ein paar floskelhafte Grüße darauf, wie sie auf Millionen von Urlaubspostkarten zu finden waren. Bereits im nächsten Moment hatte er alles davon vergessen. Auch das Bild auf der Vorderseite half nicht weiter. Ein düsteres Schwarzweißgemälde von einem besonders hässlichen Judas, der Jesus auf die Wange küsste. Für eine Zehntelsekunde durchfuhr Bovo der Gedanke, dass dies eine reichlich seltsame Wahl für eine Grußkarte war. Dann steckte er die Karte in ein Seitenfach seiner abgeschabten Posttasche. Er würde einfach während des Austragens ein bisschen herumfragen. Ein neues Gesicht im Vatikan fiel immer auf, irgendjemand wusste mit Sicherheit, wo sie zu finden war. Bovo lächelte zufrieden. Die Dame würde nicht lange auf ihre Postkarte warten müssen.

XIII

Der Himmel über Rom war wolkenlos und strahlend blau, und obwohl es noch nicht Mittag war, schien die Sonne bereits mit voller Kraft. *Was für eine Kitschpostkarte,* dachte Matteo Rietti, als er das kleine Hotel verließ, in dem er unter falschem Namen abgestiegen war, und auf seinen Wagen zusteuerte. Es war erst der zweite Tag, an dem er Theresa Canova im Vatikan aufsuchen und sie verhören würde, aber er bemerkte, dass seine Nerven dieses Mal früher dünner wurden, als er es erwartet hatte. Es war offensichtlich, dass Theresa Canova niemandem traute. Auch ihm nicht. Zumindest nicht mehr, als sie es aufgrund der Situation musste. Das erste Verhör – denn das war es, auch wenn er sich hütete, es vor ihr so zu nennen, und versuchte, es eher wie eine zwanglose Unterhaltung wirken zu lassen – war nicht sehr ergiebig gewesen. Sie hatte Verschiedenes angedeutet, was von einigem Interesse für die DIA war, aber noch nicht wirklich etwas gesagt, das er nicht schon vorher gewusst hatte. Offenbar hatte sie das Gefühl, dass es besser für sie war, nicht gleich alle Trümpfe aus der Hand zu geben. Eine Verhaltensweise, die Rietti nur teilweise nachvollziehen konnte. Schließlich gab es nichts mehr zu verhandeln. Für ihre Kooperation war ihr volle

Immunität zugesagt worden. Mehr konnte sie nicht erreichen. Es war wohl eher eine emotional bedingte als eine rational gesteuerte Verhaltensweise. Der Versuch, in einer beängstigenden Situation zumindest einen letzten Rest an Kontrolle zu bewahren. Aber die Wahrscheinlichkeit, dass irgendetwas passierte, wuchs mit jedem zusätzlichen Tag. Und mit ihr Riettis Nervosität.

Die Zuversichtlichkeit seiner ersten Jahre bei der DIA war ihm längst abhandengekommen. Sie hatte nur auf Unerfahrenheit beruht. Wie seine jungen Kollegen hatte er sich für eine Art von unverwundbarem Ritter gehalten, der das Böse bekämpft. Nun, für unverwundbar hielt er sich schon lange nicht mehr, dafür hatte er zu viel erlebt. Attentate, Fehlschläge und Pech. Und Verrat. Und was den Ritter anging – es gab Momente, wo er seine Tätigkeit als sinnlos empfand. Dann versuchte er sich klarzumachen, dass es sich nur so anfühlte. Ohne Beamte wie ihn wäre alles noch viel schlimmer. Er hoffte natürlich immer das Beste, aber Illusionen machte er sich nicht. Auch nicht in *diesem* Fall. Die Information, dass Theresa Canova sich nicht mehr auf ihrem Anwesen aufhielt, war spätestens am Mittag nach ihrem Verschwinden der Gegenseite hinterbracht worden. Es gab zu viele Personen, die es wussten, angefangen bei ihren Hausangestellten, und irgendjemand redete immer. Dass sie sich im Vatikan aufhielt, nun, diese Tatsache konnte vielleicht zwei oder drei Tage geheim bleiben. Aber dann?

Er musste der Gegenseite immer einen Schritt voraus sein. Ihre Pläne bereits kennen, bevor sie selbst daran dachten. Gegenüber Monsignore Mattlin war er so aufgetreten, als ob es sicher sei, dass die Mafia den Vatikan respektieren würde. Doch was war schon sicher? Die halbe Nacht hatte Rietti wach gelegen und sich überlegt, wie *er* es anstellen würde, wenn er Theresa Canova beseitigen wollte. Zwei Probleme gab es dabei zu lösen. Das eine bestand darin, sie innerhalb des Vatikan aufzuspüren, doch dazu mussten sie zunächst erst einmal hineingelangen. Natürlich wurden sämtliche Zugänge zum Vatikan von der Schweizer Garde bewacht. Und zwar strenger, als viele dachten, die sich von den pittoresken Uniformen täuschen ließen. Die hundertfünfunddreißig Mann starke Garde war in Nahkampftechniken ausgebildet, verfügte über allermodernste Technik und war seit dem Pontifikat von Benedikt XVI. auch mit Pistolen ausgestattet.

Allerdings gab es ein paar Wege für Außenstehende, Zutritt zu erlangen. Da war einmal das Fotostudio, in dem sämtliche Fotos, auf denen der amtierende Papst (und seine Vorgänger bis zu Pius IX.) abgebildet war, aufbewahrt wurden. Es waren Millionen. Wer sich seit dem Pontifikat von Johannes Paul II. irgendwann in der Nähe eines Papstes aufgehalten hatte, musste dort nur Datum und Uhrzeit dieses Ereignisses angeben und konnte dann die entsprechenden Bilder erwerben.

Eine weitere Zutrittsmöglichkeit bot das Segensbüro, bei dem man zu Anlässen wie Taufe, Firmung, Kommunion oder Hochzeit einen Päpstlichen Segen als künstlerisch gestaltete Urkunde bestellen und abholen konnte. Für beides erteilte die Schweizer Garde an der Porta Sant'Anna auf

Anfrage umstandslos Zutritt. Für das Segensbüro vormittags, für das Fotostudio nachmittags. Allerdings befand man sich dann erst im äußersten Ring des Vatikan. Und auch, wenn man sich dort scheinbar unbewacht bewegen konnte, befanden sich auch dort, wie überall im Vatikan, zahlreiche der über fünftausend Kameras.

In den nächsten Ring konnte man gelangen, wenn man ein gültiges Rezept – ob inländisch oder ausländisch spielte keine Rolle – für ein Medikament vorwies. Dies verschaffte einem Zutritt zur Vatikanischen Apotheke im Palazzo Belvedere. Eine Möglichkeit, die täglich zweitausend bis zweitausendfünfhundert Menschen nutzten, was sie zur meistbesuchten Apotheke der Welt machte, zum Teil wohl deshalb, weil alle Artikel steuerfrei verkauft wurden.

Und noch eine Möglichkeit gab es. Wer vormittags am Petrianus- Tor, links vom Petersplatz, in deutscher Sprache Einlass zum Campo Santo Teutonico, dem deutschen Friedhof, begehrte, der zwar auf Vatikanischem Gebiet lag, aber rechtlich nicht dazu gehörte, wurde meist eingelassen. Und dann gab es natürlich noch die Generalaudienzen des Heiligen Vaters, die bei schlechtem Wetter in der riesigen Audienzhalle stattfanden, die ebenfalls in der Nähe des Petrianus-Tores gelegen war.

Jedoch schieden alle diese Wege aus, denn bei aller scheinbaren Unkompliziertheit wurde streng darauf geachtet, dass niemand weiter vordrang, als es ihm erlaubt war. Und das Gleiche galt auch für die vormittäglichen touristischen Führungen durch die Vatikanischen Gärten.

Wer unerlaubt in den Vatikan eindringen wollte, musste schon einfallsreicher sein. Und manche waren es. Rietti wusste, dass es immer wieder Männer gab, die versuchten, den Vatikan als Priester, Bischof oder gar als Kardinal zu betreten. Aus welchen Gründen auch immer. Doch das war bislang jedes Mal gescheitert. Sicher, die entsprechenden echten Soutanen konnte man direkt in einem der vielen Geschäfte vor der Porta Sant'Anna kaufen. Doch der Teufel lag im Detail. Wer sich nicht perfekt auskannte, machte immer einen oder mehrere Fehler bei seiner Kostümierung. Oft nur Winzigkeiten, aber für die geschulten Augen der Schweizer Gardisten waren sie so unübersehbar wie ein großes rotes Blinklicht. Auch ein direkter Sturmangriff schied aus. Die Garde war auch mit Kriegswaffen ausgestattet und würde im Notfall nicht zögern, sie einzusetzen. Aber das war ohnehin ein extrem unwahrscheinliches Szenario. Doch dann war Rietti eine Lösung eingefallen, deren Einfachheit ihn selbst erschreckt hatte: Kraftfahrzeuge, die entweder ein Kennzeichen mit den Buchstaben SCV, für Status Civitatis Vaticanae, bei Dienstfahrzeugen oder CV bei Privatfahrzeugen von vatikanischen Angestellten aufwiesen, wurden am Tor einfach durchgewinkt. Wer die Familie eines solchen Angestellten als Geisel nahm, konnte diesen zwingen, jemanden im Kofferraum in den Vatikan zu bringen, und war drin. Rietti hoffte, dass alle ober- und unterirdischen vatikanischen Parkplätze mit Kameras überwacht wurden.

Er stieg in seinen Wagen vor dem kleinen Hotel und suchte nach einem Zettel, um sich zu notieren, Monsignore Mattlin noch heute darauf anzusprechen. Ein Detail von vielen. Es gab so viel zu bedenken, und es hörte nie auf.

Die Bombe, die durch das Starten des Wagens gezündet wurde, hinterließ einen achtzig Zentimeter tiefen Krater in der Straße und Trümmer im Umkreis von dreihundert Metern.

XIV

Seit ein paar Tagen waren Sommerferien, und der Touristenandrang am und um den Petersplatz nahm mal wieder kein Ende. Cavelli hatte einige Erledigungen in der Stadt zu machen und umging, wie so oft, die Massen, indem er die Vatikanischen Gärten durchquerte, um den Vatikan am Petrianus-Tor, links vom Petersdom, zu verlassen. Doch ungestört war er auch hier nicht, es war einer dieser Tage, an denen es in den Gärten von Mücken nur so wimmelte. Sie wurden angezogen von der guten Luft und den vielen Brunnen. Cavelli konnte gut verstehen, dass Papst Pius XII. vor seinen Spaziergängen immer erst ein schweißnasses Pferd durch den Garten hatte führen lassen, damit sich die Mücken satt trinken konnten. Eine ziemlich gute Idee, wenn auch nicht eine besonders christliche.

Cavelli passierte eine der beiden Vatikanischen Tankstellen und erwiderte im Vorbeigehen mit gemischten Gefühlen den Gruß des Tankwarts. Der Mann erinnerte Cavelli an einen wunden Punkt. Vor einem Jahr hatte Cavelli eines Tages das Verlangen überkommen zu malen. Er hatte sich für über tausend Euro alle möglichen Utensilien besorgt, sich eine Stelle in den Gärten gesucht, die eine besonders schöne Perspektive des Petersdoms bot, und hatte eine

Woche lang mit Ölfarben und zunehmender Begeisterung herumgekleckst. Danach hatte er zwei weitere Wochen darauf verwandt, dem Gemälde den allerletzten Feinschliff zu geben. Dabei herausgekommen war aber kein Feinschliff, sondern nur das Allerletzte. Das Bild sah schlimmer aus als vorher. Schließlich war ihm aufgegangen, wie lächerlich, ja geradezu vermessen es war, ausgerechnet hier, wo Künstler wie Michelangelo, Raffael und Bernini gewirkt hatten, zu versuchen, es ihnen nachzutun. Er hatte das Bild zu den Mülltonnen hinter dem Palazzo, in dem er wohnte, gestellt und sich umgehend sehr erleichtert gefühlt. Er musste nicht auch noch ein schlechter Maler sein, es genügte völlig, wenn er ein schlechter Klavierspieler war und alle paar Wochen auf seinem antiken Flügel etwas herumstümperte, der angeblich noch ein Relikt aus dem Jahr 1866 war, als Franz Liszt ein Jahr lang im Vatikan gelebt hatte.

Allerdings hatte diese Erleichterung nicht lange angehalten. Als er ein paar Tage später im Vatikan getankt und anschließend das kleine Kassenhäuschen betreten hatte, konnte er für einen Moment kaum fassen, was er dort an der Wand hinter dem Tresen erblickte. Seinen Petersdom. Mit seiner für jeden sichtbaren, gut leserlichen Signatur. Er hatte den Tankwart darauf angesprochen, diesen gebeten, das Bild abzuhängen, und darauf hingewiesen, wie peinlich ihm die Angelegenheit war. Doch der hatte versucht ihn zu beruhigen und das Bild als »sehr gut« bezeichnet, da man ja sofort erkenne, was es sein soll. Cavelli hatte schließlich angeboten, es ihm abzukaufen, ihm am Ende einen geradezu horrenden Preis geboten, aber das hatte den guten Mann nur noch mehr in seiner Überzeugung bestärkt, ein wertvolles Kunstwerk sein Eigen zu nennen. Nun hing es also zu Cavellis ewiger Schande dort, und er war dazu übergegangen, die andere Vatikanische Tankstelle aufzusuchen, die zwar etwas weiter entfernt, dafür aber völlig kunstlos war.

Zum wiederholten Male wanderten seine Gedanken zu dem geheimnisvollen Gast, der hier im Vatikan irgendwo in seiner Nachbarschaft lebte: Theresa Canova. Inzwischen hatte er sie sogar ein weiteres Mal gesehen, wenn auch nur kurz und aus einiger Entfernung. Wieder hatte sie ihn bemerkt, ja, sie hatte ihn mindestens genauso forschend angestarrt wie er sie. Dann war ihm bewusst geworden, dass sie es in ihrer Situation wahrscheinlich beängstigend fand, wenn man auf sie aufmerksam wurde. Daraufhin hatte er sich schnell abgewandt und war weitergegangen. Widerwillig hatte sich Cavelli eingestanden, dass er von ihr fasziniert war. Eigentlich weniger von ihr selbst, obwohl sie durchaus eine attraktive Frau war, als vielmehr davon, dass sie eine reale Verbindung zu einer geheimen Welt war, die er nur aus Filmen kannte. Goodfellas, Casino, Der Pate, Die Sopranos – all das hatte er gern gesehen, aber auch wenn einiges davon sogar auf realen Vorkommnissen beruhen mochte, so war es doch lediglich Unterhaltung. Es hatte mit dem Leben von normalen Menschen so wenig zu tun wie ein Science-Fiction-Film. Die meisten kamen nie in ihrem Leben mit der Mafia in Berührung und lebten im Grunde so, als wenn sie gar nicht existierte. Und doch gab es diese Parallelwelt, in der zu jedem Moment so grauenvolle Dinge geschahen. Diese Welt war nicht einmal besonders weit weg, wie zum Beispiel Nordkorea, sie war überall präsent, schon an der nächsten Ecke, wo irgendein armer Kneipenbesitzer Schutzgeld bezahlen musste. Und doch war sie für die Masse unsichtbar. Cavelli hatte Mühe, sich vorzustellen, dass der Ehemann dieser Frau Mordbefehle erteilt oder vielleicht sogar selbst gemordet hatte. Was war das für eine Ehe gewesen? Hatte sie nichts gewusst, nichts wissen wollen? All das einfach ausgeblendet und sich nicht gefragt, wie ihr luxuriöses Leben finanziert wurde?

Oder hatten sie sich beim Frühstück über die anstehenden Morde unterhalten? Nein, das war lächerlich. So konnte es nicht gewesen sein. Aber wie dann? Cavelli konnte sich nichts vorstellen, was er in Einklang mit dieser Frau bringen konnte. Er erwischte sich bei dem Wunsch, sich einmal mit ihr zu unterhalten, aber dann rief er sich zur Ordnung. Dies war die Realität, diese Frau war nicht nur wahrscheinlich Mitwisserin bei zahllosen Verbrechen, sondern auch ernsthaft mit dem Tode bedroht. Das Beste, was er tun konnte, war, größtmöglichen Abstand zu ihr zu halten und zu hoffen, dass sie bald wieder verschwunden sein würde.

XV

Gabriele Cigno wischte sich mit einem schneeweißen Handtuch den Schweiß aus dem Gesicht und sah auf die protzige goldene Uhr an der Wand. Noch zehn Minuten, dann hatte er für heute genug geschwitzt. Hier in seiner luxuriösen Privatsauna, die mit ihren Marmorsäulen einem kleinen Tempel glich, kam er sich mit einem Badehandtuch, das er schräg über der Schulter trug, wie ein römischer Senator zu Zeiten Julius Cäsars vor. Er trocknete seine Hände ab und drehte den in die Wand eingelassenen Lautstärkeregler etwas herunter, woraufhin Maria Callas sofort sehr viel leiser sang. La Traviata war wunderbar, aber jetzt musste er sich konzentrieren. Seine Gedanken kehrten zu dem letzten Treffen mit Castellani und Scalfari zurück. *Das Triumvirat.* So hatte Agostino Castellani sie drei bezeichnet. Das klang gut und sollte es wohl auch. Vor allem sollte es Gabriele Cigno schmeicheln. Das war ihm völlig klar. Ja, er war eitel – aber nicht dämlich. Sie waren keine Verbündeten, sie waren Todfeinde, kurzzeitig verbündet gegen einen vierten Todfeind: Theresa Canova. Die Frau, die es in der Hand hatte, sie alle zu vernichten.

Was sie drei betraf, war es nur ein befristeter Waffenstillstand. Wie hatte schon Pablo Escobar in Cignos Lieblingsfernsehserie *Narcos* gesagt: »Es gibt eine Zeit zu kämpfen, und es gibt eine Zeit, klug zu sein.« Gut, dann würde Cigno eben klug sein, bis sie die Canova unschädlich gemacht hatten. Aber bis dahin würde er noch etwas sein: wachsam. Bildete er sich das nur ein, oder hatten Castellani und Scalfari bereits eine geheime Allianz gegen ihn gebildet? Die kurzen Blicke, welche die beiden mehrfach gewechselt hatten, wenn er etwas geäußert hatte, waren ihm keinesfalls entgangen. Es war derselbe übersteigerte Katholizismus bei den beiden. Glaubten sie den ganzen Scheiß etwa selber? Er selbst war auch ein guter Katholik, natürlich, aber in vernünftigen Grenzen. Der Glaube war eine gute und wichtige Sache, aber ganz sicher nicht die Hauptsache. Er war dazu da, einem zu helfen, und nicht, um zu schaden und einem Knüppel zwischen die Beine zu werfen. Aber Castellani und Scalfari schien es wirklich todernst damit zu sein. Keine Aktion gegen den Vatikan und gegen die Canova, solange sie unter dessen Schutz stand. Und dann dieser Gazzo! Dieser fette Widerling mit den riesigen Tränensäcken und seiner schwachsinnigen Tochter. Cigno hasste diesen selbstgefälligen Idioten, der für Scalfari und anscheinend auch für Castellani aber so eine Art Messias zu sein schien, von dessen Lippen nur Perlen der Weisheit tropften. Verstanden die beiden denn nicht, dass nicht nur jeder Tag, sondern jede Stunde, ja jede Minute zählte, in der die Canova in der Lage war, mit der DIA zu sprechen? Welchen immensen und irreparablen Schaden mochte sie bereits angerichtet haben und in diesem Augenblick gerade anrichten? Und war er nicht kompromissbereit gewesen? Gazzos Plan, die Canova mit Psychoterror aus dem Vatikan zu treiben, war gut und schön. Der Sprengstoffanschlag auf den DIA-Mann, die Postkarte – warum nicht? Aber weshalb kein langsam wirkendes tödliches Kontaktgift auf der Postkarte, wie er es vorgeschlagen hatte? Ein Gift, das langsam genug wirkte, dass sich die Symptome bei denen, die vor der Canova mit der Karte in Berührung kommen würden, erst nach der Zustellung zeigen würden. Selbst das hatten Castellani und Scalfari abgelehnt.

Immerhin hatten sie keine Einwände dagegen gehabt, dass *er* den Anschlag auf den DIA-Mann organisierte. Wahrscheinlich war es ihnen sogar sehr recht, dass er sich anbot. Niemand außer ihm hatte die Gelegenheit, an den Mann ranzukommen. Sie hatten auch keine Fragen gestellt. Er hätte sie ohnehin nicht beantwortet. Doch die Bombe war erst der Anfang gewesen. Schon über sechsunddreißig Stunden befand sich die Canova jetzt im Vatikan und redete wahrscheinlich wie ein Wasserfall. Gabriele Cignos Geduld war am Ende. Nun war es Zeit für Plan B.

ZWEITES BUCH

XVI

Von der Waldlichtung, auf der die beiden Ettores den Caravan abgestellt hatten, konnte man ungehindert aus großer Höhe auf den Ledrosee blicken und war von drei Seiten von Wald umschlossen. Natürlich war Camping hier verboten, aber die beiden würden deshalb gewiss keine schlaflosen Nächte haben. Hier waren sie von neugierigen Blicken geschützt und konnten Gazzos Villa mittels eines fünfminütigen Fußmarsches durch den Wald erreichen. Ihren Antrittsbesuch hatten sie nach ihrer Ankunft gleich als Erstes hinter sich gebracht. Es war seltsam gewesen. Die halb verfallene Villa, der verwilderte Garten mit den verrosteten Gittertüren und dem Brunnen, aus dem heraus ein modriger Geruch stieg, all das hatte etwas seltsam Surreales. Mit ihren schlammigen Schuhen hatten sie in den heruntergekommenen Räumlichkeiten gestanden, und der hässliche Ettore hatte Gazzo erklärt, dass sie jeden Morgen und jeden Abend vorbeikommen würden oder auch öfter, wenn sie entsprechende Anweisungen aus Rom erhalten würden. Gazzo hatte es mit der uninteressierten Herablassung eines regierenden Monarchen zur Kenntnis genommen und ihnen wortlos zu verstehen gegeben, dass sie für ihn auf einer Stufe mit Küchenschaben standen. Der gutaussehende Ettore hatte innerlich vor Wut gekocht, aber es zuwege gebracht, sich dies nicht anmerken zu lassen. Während der ganzen Zeit war diese geistig behinderte junge Frau, die von Gazzo als Cosima angesprochen wurde, im Hintergrund herumgestolpert, vorgeblich, um irgendwelche Hausarbeiten in dem Chaos zu erledigen, tatsächlich aber, um sie beide verstört anzustarren, was den hässlichen Ettore nervös zu machen schien. Da Gazzo ihnen nichts mitzuteilen hatte, war der Besuch kurz gewesen. Schweigend waren sie zum Caravan zurückgelaufen und hatten – jeder für sich – ihren Boss angerufen, um Meldung zu erstatten. Dann kehrte erneut Stille ein. Es gab nichts zu besprechen. Der hässliche Ettore hatte sich einen Klappstuhl geschnappt, war die achtzig Meter bis an die äußerste Kante des Berges gegangen und hatte sich dort hingesetzt, von wo er einen großartigen Blick auf den See gehabt hätte, wenn dieser nicht unter einer dichten Dunstglocke verborgen gewesen wäre. Dort saß er nun, guckte in den Nebel und rauchte. Der gutaussehende Ettore hatte ihn dabei beobachtet, und er wusste nicht, was ihn wütender machte: die Sinnlosigkeit dieser Aktion oder die Seelenruhe dieses Mannes. Der Kerl schien das hier für einen Urlaub zu halten. Er verabscheute den hässlichen Ettore geradezu körperlich, so wie ihn jeder einzelne Aspekt dieser Aktion anwiderte. Missmutig schlang er eine Portion Ravioli hinunter, während er über die grotesken Villenbewohner nachdachte. Gazzo war ein alter, kranker Fettsack, der wie ein Buddha schwer atmend auf seinem komischen Sofa hockte und sich offenbar kaum rühren konnte, und die junge Frau hatte den Verstand einer Vierjährigen. Wer kümmerte sich hier eigentlich um wen? Keiner von beiden schien dazu in der Lage zu sein. Oder ergaben sie beide zusammen so etwas wie ein gerade so überlebensfähiges Drittes? Der gutaussehende Ettore empfand Ekel. Dann trank er, wie immer nach dem Essen, einen dreifachen Grappa, haute sich in eine der vier luxuriösen Kojen und starrte an die Decke.

In der Ferne konnte er den hässlichen Ettore ein Lied summen hören, und sein Hass auf diesen Mann wurde von Minute zu Minute größer.

XVII

Es dauerte fast drei Stunden, bis das Telefon auf Vice Questore Orso Zizolas Schreibtisch klingelte und ein Beamter der Terrorabwehr ihn in nüchternen Worten darüber informierte, dass Colonnello Riettis Wagen explodiert war. Wahrscheinlich mit ihm selbst am Steuer, doch das musste noch offiziell verifiziert werden. Man würde ihn auf dem Laufenden halten. Der Mann am anderen Ende der Leitung hielt einen Moment inne. Schließlich presste er ein kaltes »Mein Beileid« heraus und hängte ein.

Orso Zizola atmete tief durch. Dann griff er erneut zum Telefon. Zuerst rief er auf Riettis Hotelzimmer an, wo niemand abnahm, dann wählte er die Nummern von Riettis Smartphone und dessen Privatwohnung. Beide Male ging die Mailbox ran. Er griff nach der zerfledderten Zigarettenpackung auf seinem Schreibtisch und nach seinem Feuerzeug. Seine Hände zitterten leicht. Wie lange hatten sie sich gekannt? Es mussten etwa fünfzehn Jahre gewesen sein. Oder auch mehr. Matteo Rietti war ein harter Chef gewesen. Für mangelnden Einsatz hatte er nie Verständnis aufbringen können, da hatte er mehr als einmal Männer mit hochrotem Kopf zusammengebrüllt. Für Fehler allerdings hatte er meistens Verständnis gehabt. Er wusste, was möglich war und was nicht. Er war einer von dieser alten Sorte, die es heute nicht mehr oft gab. Streng, aber gerecht. Und ein Praktiker war er gewesen. Einer, der keinem seiner Männer etwas zugemutet hätte, was er sich nicht auch selbst zumutete. Befreundet war Zizola allerdings nie mit ihm gewesen. Hatte Rietti überhaupt Freunde gehabt? Vielleicht, doch bei der DIA hatte er vom ersten Tag an unmissverständlich klar gemacht, dass er zwar keinen Wert auf Förmlichkeiten legte, aber dass das niemand dazu verleiten möge, sich irgendwelche Freiheiten herauszunehmen. Ein echter Römer eben, mit Wolfsmilch großgezogen. Alle Männer hier hatten das verstanden und respektiert. Rietti war beliebt und hochgeachtet gewesen. Jetzt blieb nur zu hoffen, dass der nächste Chef der DIA Rietti auch nur halbwegs das Wasser reichen konnte. Rangmäßig wäre Zizola dran gewesen, aber es wäre nicht das erste Mal, dass das Ministerium eine externe Lösung bevorzugte. Jemand, der keine Rücksichten auf alte Freundschaften nehmen musste. Wahrscheinlich würde es so kommen, doch das war fürs Erste egal. Jetzt in diesem Augenblick war Vice Questore Zizola der ranghöchste DIA-Offizier, und es gab nun unendlich viel zu tun. Für die Emotionen würde später Zeit sein müssen. Er machte ein paar Anrufe, um die wichtigsten Stellen im Hause über die Lage zu informieren, wobei er es verstand, die Gespräche kaltschnäuzig auf das dienstliche Minimum zu reduzieren und alle Gefühlsausbrüche, die Rietti betrafen, umgehend abzuwürgen. Dann überlegte er, ob er die Nachricht von Riettis Tod auch schon nach oben weitergeben sollte. Er entschied sich dagegen. Er musste jetzt handeln, die Zeit drängte, und Einmischungsversuche von übergeordneten Sesselfurzern waren jetzt das Letzte, was er brauchen konnte. Erneut griff er zum Hörer. Dann verharrte er mit der Hand in der Luft und legte sich eine volle Minute zurecht, was und wie er es sagen wollte. Erst dann wählte er die Nummer, die Nummer von Monsignore Joseph Mattlin.

XVIII

Als Monsignore Joseph Mattlin im Radio, das er während der Arbeit an seinem Schreibtisch oft laufen ließ, in den Nachrichten von der Explosion eines Autos in Rom hörte, hatte er sich instinktiv bekreuzigt. Allerdings war er nicht auf die Idee gekommen, dass ihn diese Nachricht in irgendeiner Weise betreffen könnte.

Er war gerade mit dem Terminkalender des Heiligen Vaters beschäftigt, als das Telefon auf seinem Schreibtisch klingelte. Er nahm ab und meldete sich wie immer mit einem knappen »Pronto?«. Am anderen Ende hörte er die vertraut kratzige Stimme von Estrella, einer Veteranin der Vatikanischen Telefonzentrale, die wiederum die erste Telefonanlage der Welt war, wenn auch inzwischen natürlich technisch auf dem modernsten Stand. Estrella arbeitete hier, seit er sich erinnern konnte. »Nehmen Sie ein Gespräch von einem Vice Questore Orso Zizola von der …« Eine Pause entstand und Papier raschelte. »… von der *Direzione Investigativa Antimafia* entgegen, Monsignore?«

Mattlin stutzte. Colonnello Rietti hatte sich seine Durchwahl geben lassen, da es im Notfall zuweilen schnell gehen muss, wie er betont hatte. Dieser Anruf nun, von einem Mann, dessen Name ihm unbekannt war und der im

Namen der DIA auftrat, kam ihm spanisch vor. Dennoch entschied er, den Anruf anzunehmen, dabei allerdings höchste Vorsicht walten zu lassen. »In Ordnung, stellen Sie bitte durch.« Es klickte in der Leitung, und Mattlin meldete sich erneut. »Pronto?«

Die Stimme aus dem Hörer hatte etwas Gequältes: »Monsignore Mattlin? Hier spricht Vice Questore Zizola. Ich bin der Stellvertreter von Colonnello Rietti.« Zizola wartete kurz, als wolle er Mattlin Gelegenheit zu einer Antwort geben, dann fuhr er fort. »Ich nehme an, Sie haben es schon gehört?«

Ein ungutes Gefühl beschlich Mattlin. »Gehört? Was gehört?«

Ein schwerer Atmer drang aus der Leitung. »Ich muss Ihnen leider mitteilen, dass Colonnello Rietti heute Morgen bei einer Explosion ums Leben gekommen ist.«

»Was?«

»Eine … Bombe in seinem Wagen.«

Wieder bekreuzigte sich Mattlin, dieses Mal sogar, ohne es zu bemerken. »Heilige Maria Muttergottes. Das ist ja entsetzlich!«

Am anderen Ende räusperte sich Zizola. »In der Tat, das ist es. Ich denke, er war sofort tot. Doch leider lassen uns die Umstände keine Zeit zu trauern. Die Verhöre von Signora Canova müssen fortgeführt werden.«

»Sicher, sicher«, antworte Mattlin geistesabwesend.

»Wenn es Ihnen also keine allzu großen Umstände macht, würde ich Sie bitten, alles Nötige in die Wege zu leiten, damit ich Colonnello Riettis Arbeit im Vatikan fortsetzen kann. Sicherheitsfreigaben und dergleichen. Wie Sie sicher wissen, drängt die Zeit. Und seit heute Morgen nun mehr denn je.«

»Selbstverständlich, ich werde ...« Er hielt mitten im Satz inne. War das ein Trick? Wer sagte denn, dass dieser Mann der war, für den er sich ausgab? »Entschuldigen Sie, Vice Questore, ich möchte Ihnen nicht zu nahetreten, aber ich brauche Garantien, dass dies auch wirklich offiziell ist.«

Zizola schien damit gerechnet zu haben. »Natürlich. Ich werde Ihnen meinen Dienstausweis vorlegen, und falls das nicht reicht, schlage ich Ihnen vor, dass Sie sich direkt mit dem Innenministerium in Verbindung setzen. Normalerweise geben die natürlich keine Auskunft über DIA-Mitarbeiter, unsere Anonymität ist eine unserer wirksamsten Waffen im Kampf gegen die Mafia, aber ich denke, wenn der Vatikan anruft ... Am besten, Sie lassen sich auch ein Foto von mir mailen.«

»Ich werde das umgehend veranlassen, danke für Ihr Verständnis. Es ist nur ...«

»Im Gegenteil, *ich* habe zu danken. Für Ihr Entgegenkommen und für Ihre Vorsicht. Wenn es Ihnen recht ist, bin ich in zwei Stunden im Vatikan.«

»In zwei ...?« Mattlin fühlte sich überrumpelt, stimmte jedoch zu. Zwei Stunden war lange genug, um die Identität von diesem Zizola zu überprüfen. Nachdem noch ein paar höfliche Worte gewechselt worden waren, legten beide auf. Dann ließ er sich mit dem Staatssekretariat im Innenministerium verbinden. In Anbetracht der Dringlichkeit musste dies auf höchster Ebene besprochen werden, wenn man nicht tage- oder sogar wochenlang auf eine Antwort warten wollte.

Dennoch dauerte es über vierzig Minuten, bis alles geklärt war und ihm ein Foto von Zizola vorlag.

Als Nächstes rief er den Kommandanten der Schweizer Garde, Oberst Durand, an, um ihn über die veränderte Situation zu informieren. Wie immer war Durand höflich, aber kurz angebunden. Über den Anschlag auf Rietti war er bereits informiert, und nein, eine Verschärfung der Sicherheitsvorkehrungen im Vatikan sei weder geboten noch möglich, da sie grundsätzlich auf höchster Stufe liefen. Durand hätte es niemals ausgesprochen, aber es war deutlich, dass er sich in seiner von Anfang an ablehnenden Haltung gegenüber der Beherbergung der Canova bestätigt sah, und zumindest innerlich leistete ihm Mattlin jetzt Abbitte. Er legte auf, trat ans Fenster und blickte auf den Petersplatz. Sein Rücken schmerzte heute Morgen noch mehr als gewöhnlich. Auf was hatte er sich da bloß eingelassen?

XIX

Graziella Cambi hatte einen Job, um den sie viele beneideten. Seit fünf Jahren begleitete sie jeden Tag Touristengruppen durch die Vatikanischen Gärten, und sie liebte es. Früher hatte sie die Touristen durch ganz Rom geführt. Colosseum, Spanische Treppe, Trevibrunnen und was eben noch alles dazu gehörte. Als sie noch jung war, hatten ihr die allgegenwärtigen Menschenströme und der hektische Straßenverkehr nichts ausgemacht, aber je älter sie wurde, desto dünnhäutiger war sie geworden. Hier in den Gärten war es himmlisch ruhig, es gab keinen Verkehr, keine Abgase und keine Hektik. Manchmal konnte sie selbst kaum glauben, dass sie für das Privileg, sich hier aufhalten zu dürfen, auch noch bezahlt wurde. Manchmal wurde sie gefragt, ob es ihr nicht langweilig wurde, auf einem relativ kleinen Areal wieder und wieder dieselbe Strecke abzulaufen und dabei immer wieder das Gleiche zu erzählen, und sie musste zugeben, dass es manchmal schon vorkam, dass sie sich selbst nicht mehr zuhören konnte, aber da waren ja auch noch die Menschen, die sie führte. Die meisten von ihnen sahen das alles zum ersten Mal, und jede Gruppe war etwas anders, zumindest wenn es einen interessierte, darauf zu achten. Graziella interessierte es.

Die meisten ihrer staunenden Schützlinge mochte sie. Es gab eigentlich nur zwei Ausnahmen, schreiende Kinder und die Besserwisser, meist ältere Studienräte, die es verstanden, ihr coram publico ellenlange Fragen zu stellen und dabei jede Menge Detailwissen unterzubringen, um so zu verdeutlichen, dass sie im Grunde alles viel besser wussten als Graziella. Doch sie hatte gelernt, damit umzugehen. Sie lobte das außergewöhnliche Fachwissen dieser Männer – es waren nie Frauen – über den grünen Klee und konnte am Ende der Tour mit einem besonders dicken Trinkgeld von ihnen rechnen, das sie stets mit täuschend echt dargestellter Überraschung bescheiden entgegennahm. Natürlich gab es dann und wann auch schwierigere Momente. Manche ihrer Gäste hatten eine schwere Behinderung oder sie konnte ihnen ansehen, dass diese sehr krank waren. Diese Menschen gingen ihr dann oft nicht mehr aus dem Kopf, und sie fragte sich Monate oder Jahre später ganz plötzlich, ob diese Frau oder jener Mann wohl noch lebte.

Auch heute Morgen war in ihrer Gruppe wieder so ein Bedauernswerter gewesen. Der Arme hatte schwere Verbrennungen im ganzen Gesicht gehabt, nur unwesentlich verdeckt von einer Sonnenbrille und einer Baseballkappe, sodass sie sich kaum getraut hatte hinzusehen. Zumindest hatte der Mann wohl nicht resigniert, wie es sicher viele Menschen in seiner Situation getan hätten. Sein knallrotes weites Sweatshirt mit dem riesigen gelben Smileygesicht kündete davon, dass er sich nicht unterkriegen ließ. Als diese Gruppe nach der Führung die Gärten wieder durch die Vatikanischen Museen verließ, hatte der Posten, der die Ausweise aller Besucher sowohl beim Betreten als auch beim Verlassen kontrollierte, bei diesem Mann kaum hingeguckt. Er erinnerte sich noch gut, ihn fünfundvierzig Minuten früher gesehen zu haben. Wer würde das auch nicht? Weder er noch Graziella wären im Traum darauf gekommen, dass es nicht derselbe Mann war.

XX

Den Namen Gazzo hatte Cypriano noch nie gehört, doch er empfand Respekt vor der Person, die diesen Plan entwickelt hatte. Cypriano hatte die strengen Sicherheitskontrollen des Vatikan überwunden, und dies, ohne ein Verbrechen zu begehen.

Mit der ersten Gruppe des Tages hatte er die Vatikanischen Gärten betreten. Die künstlichen Gesichtsverbrennungen, die sich mit flüssigem, schnell trocknendem Latex leicht auftragen ließen, und das rote Smileysweatshirt sorgten dafür, dass man sich an ihn erinnern würde. Als Typ. Eine halbe Stunde war er ganz normal mit der Gruppe mitgelaufen. Dann hatte die zweite Gruppe Einlass erhalten, in der sich der nächste Mann befand. Hinter einer Hecke hatten sie sich getroffen und umgezogen. Der andere Mann war in Cyprianos Smileysweatshirt geschlüpft, während dieser eine Soutane, die er darunter getragen hatte, nun von oben über seine Hose streifte. Dann hatte sich Cypriano die falsche verbrannte Haut vom Gesicht gezogen und der zweite Mann hatte sich entsprechend verunstaltet. Dies war die erste Staffelübergabe gewesen. Eine weitere halbe Stunde darauf war der dritte Mann, verkleidet wie der zweite, gekommen, und so würde es über die nächsten Stunden weitergehen. Bei der letzten Führung des Tages würde Cypriano den dort fehlenden Mann ersetzen und mit dieser Gruppe die Vatikanischen Gärten verlassen, aber bis dahin würde ihn niemand vermissen und er konnte sich frei auf Vatikanischem Gelände bewegen.

Doch bei aller Genialität des Plans, dies war der einfache Teil gewesen, darüber machte sich Cypriano keine Illusionen. Theresa Canova aufzuspüren würde sehr viel schwieriger werden und jede Menge Glück erfordern. Der Plan – wenn man es so nennen wollte – bestand aus mehreren Aspekten. Er selbst war hier und würde die Augen offenhalten. Cypriano hatte sich das Aussehen von Theresa Canova gut eingeprägt, und er rechnete auch damit, dass sie inzwischen Frisur und Haarfarbe geändert haben könnte. Dennoch: Abgesehen von Touristinnen, die sich aber nur in den Vatikanischen Gärten aufhielten, und Nonnen, gab es im Vatikan nur sehr wenige Frauen. Auch die Ehefrauen der Schweizer Gardisten konnten vernachlässigt werden, da sie, bis auf die Frau des Kommandanten, alle sehr viel jünger waren als die Canova. Cypriano war zuversichtlich, dass er sie erkennen würde, wenn sie ihm über den Weg lief. Auch die Fotos der wichtigsten DIA-Mitarbeiter hatte man ihm gezeigt und auf seinem Smartphone gespeichert. Wenn er einen von ihnen entdeckte, würde er ihm unauffällig folgen und sich von ihm zur Canova führen lassen. Und dann? Sein Auftrag bestand eher aus Verboten als aus Befehlen. Die Canova durfte im Vatikan nicht angerührt werden. Stattdessen musste sie dazu gebracht werden, das Gelände freiwillig zu verlassen. Sämtliche

Ausgänge, auch die der Öffentlichkeit unbekannten, wurden mittlerweile rund um die Uhr überwacht. Sowie die Canova den Vatikan verließ, würde man ihr folgen und dann bald zuschlagen. Doch wie konnte man sie so weit bringen? Cyprianos eigener Vorschlag, einen Feueralarm auszulösen, war umgehend vom Tisch gewischt worden.

Der Anschlag am Morgen auf den Chef der DIA war jedenfalls ein guter Anfang. Das würde der Canova klarmachen, dass man ihr bereits auf der Spur war. Die Postkarte war ein weiteres Element. Würde sie den Kopf verlieren, wenn man sie ihr aushändigte? Würde sie panisch nach draußen fliehen und dabei übersehen, dass die Karte gar keine genaue Adresse trug? Wie viel Angst würde nötig sein, bis sie freiwillig ihren Schutz aufgab und ihn gegen eine vermeintlich größere Sicherheit draußen eintauschte? Nun, er würde schon genug Druck ausüben, wenn er sie fand. Wenn! Man hatte getan, was möglich war. Nicht nur er hielt sich hier auf. Auf der Aussichtsplattform des Petersdoms befanden sich mehrere Männer mit Hochleistungsferngläsern, die jeden Meter des Geländes absuchten, und auch im Inneren des Doms und überhaupt an allen frei zugänglichen Orten hatte man Männer, die nach Theresa Canova Ausschau hielten. Doch würde das reichen? Verglichen mit dem »Üblichen« waren das alles eher verzweifelte Maßnahmen.

Unwillkürlich umfasste Cyprianos Hand den Rosenkranz fester, und ohne es zu merken, murmelte er sein Gebet mit mehr Anspannung. Die Zeit drängte. Niemand wusste, was die Canova der DIA bereits verraten hatte und was sie ihr in diesem Moment gerade erzählte. Buchstäblich jede Minute zählte. Cypriano hoffte inständig, dass Gott bald ein Einsehen haben und ihm die Canova über den Weg schicken würde. Im Vorbeigehen bemerkte er einen Priester, der ihn grüßte. Natürlich, die Soutane, er hatte ganz vergessen, dass er sie trug. Er nickte dem Mann eilig zu, und seine zerschnittenen Lippen verzogen sich zu einer Art Lächeln. Automatisch glätteten seine Hände den Stoff. Seine Körper straffte sich. Er konnte nicht gerade behaupten, dass er sich in diesem Kleidungsstück unwohl fühlte. Es war beinahe, als sei er endlich daheim.

XXI

Vice Questore Orso Zizola saß auf dem Besucherstuhl in Monsignore Mattlins Büro und war Zeuge, wie dieser mit Theresa Canova telefonierte. Zizola hatte mehrere Minuten zuvor den Vatikan betreten und war sofort vorgelassen worden. Nachdem Mattlin seinen Dienstausweis mit den gefaxten Unterlagen aus dem Innenministerium verglichen hatte, war sichtbar eine Last von ihm abgefallen. Mattlin schien heilfroh zu sein, dass Zizola da war und er nun jegliche Verantwortung für diese entsetzliche Causa Canova in dessen Hände legen konnte. Die plötzlich gänzlich veränderte Situation durch den Anschlag auf Colonnello Rietti schien dem Monsignore schwer zuzusetzen. Verständlicherweise. Für gewöhnlich hatte er es hauptsächlich mit Problemen geistiger Art zu tun.

In diesem Augenblick setzte er die Witwe von der veränderten Lage in Kenntnis, doch die schien ihn kaum zu Wort kommen zu lassen. Zizola konnte zwar nicht verstehen, was sie sagte, aber immer wieder drangen erregte Wortfetzen aus dem Hörer, und er glaubte zweimal das Wort »Bombe« vernommen zu haben. Mattlin gab sich alle Mühe, sie zu beruhigen, und Zizola zollte ihm innerlich Respekt dafür, wie gut er das machte, und dies, obwohl er selbst ja kaum weniger aufgeregt war als seine Gesprächspartnerin. Erst als er ihr mitteilte, dass der Stellvertreter von Colonnello Rietti, Vice Questore Zizola, hier bei ihm im Büro sitze und nun zu ihr herüberkommen würde, wurde es wieder laut im Hörer, und nach einigem Hin und Her willigte Mattlin ein, selbst mitzukommen. Zizola verzog das Gesicht. Es würde nicht einfach werden mit der Canova, deren Verhalten zurzeit anscheinend ausschließlich von Misstrauen und Angst diktiert wurde.

Dennoch war Zizola dankbar für Mattlins Begleitung. Rietti hatte niemandem, nicht einmal ihm, die Adresse des Gebäudes, in dem sich die Canova aufhielt, verraten. Nicht aus Misstrauen, aber je öfter eine Information geteilt wurde, desto höher war nun mal die Wahrscheinlichkeit, dass sie unabsichtlich bekannt wurde. Und da Rietti ohnehin der Einzige war, der mit der Canova sprechen sollte, war es auch nicht nötig gewesen. Nun aber hatte er die Information mit in den Tod genommen und Monsignore Mattlin war die einzige Person, die sie ebenfalls besaß. Er hatte Zizola zu Beginn ihres Gesprächs zwar die Adresse genannt, aber dieser kannte sich im Vatikan nicht im Mindesten aus. Mattlins Begleitung würde ihm zeitaufwendige Herumsucherei ersparen. Sicher, es existierte noch eine andere Möglichkeit, die Canova ausfindig zu machen, aber für die würde er sich nur in einem absoluten Notfall entscheiden, und der lag hier nicht vor.

Während sie den Apostolischen Palast verließen, redete Mattlin in einem fort; Zizola vermutete, dass er einfach nervös war. Er hörte nur mit halbem Ohr hin und brummte gelegentlich zustimmend, um nicht unhöflich zu sein. In Gedanken war er bereits bei Theresa Canova.

XXII

Irgendetwas stimmte nicht. Cavelli befand sich auf dem Rückweg vom Vatikanischen Kaufhaus, das sich inzwischen in dem 1933 erbauten, aber nur wenige Male benutzten palastartigen Bahnhofsgebäude links des Governatorats befand. Irgendein vage beunruhigender Gedanke hatte sich in Cavellis Geist verhakt, und er bekam ihn einfach nicht zu fassen. Für einen kurzen Moment hatte er ihm klar vor Augen gestanden und war dann von anderen Gedanken verdrängt worden. Aber er war wichtig. Äußerst wichtig sogar. Verärgert versuchte er seinen Gedankengang rückwärts zu rekonstruieren. Plötzlich blieb er wie angewurzelt stehen. Es war der Priester, der ihm eben entgegengekommen war. Cavelli hatte in seinem Leben zehntausende von Priestern im Vatikan gesehen. Sie sahen natürlich nicht alle gleich aus, aber dennoch gab es nur eine gewisse Bandbreite von Gesichtsausdrücken. Dieser Mann eben jedoch – er war anders. Als erstes fielen natürlich die seltsam verunstalteten Lippen ins Auge, aber das war es nicht. Cavelli hätte nicht zu sagen vermocht, was genau es war, vielleicht die Augen, vielleicht eine besondere Art der Zielstrebigkeit, oder ein … er konnte es nicht sagen, nur so viel stand fest: Er war kein Priester. Cavelli war sich absolut sicher. Unter normalen Umständen wäre ihm das wahrscheinlich ziemlich egal gewesen, aber hatten sie im Radio nicht gerade vor einer Stunde eine Bombenexplosion gemeldet? Dies alles … zusammen mit der Anwesenheit dieser Mafiawitwe im Vatikan … Cavelli spürte, wie sich sein Magen zusammenkrampfte. Oder spielte ihm seine allzu rege Phantasie mal wieder einen Streich? War das ein ganz normaler Priester gewesen, der sich hier nicht auskannte oder der einfach schlechte Laune hatte? Er musste einen zweiten Blick auf den Mann werfen. Aber möglichst unauffällig. Er machte eine Geste, als ob er etwas vergessen hätte, und wandte sich wieder in Richtung des Kaufhauses, aber der Mann war verschwunden. Eine volle Minute sah Cavelli um sich, aber der seltsame Priester schien vom Erdboden verschluckt worden zu sein. Cavelli zögerte unschlüssig. Sein erster Impuls war, den Kommandanten der Schweizer Garde anzurufen und den Vorfall zu melden. Andererseits: *War* es überhaupt ein Vorfall? Was hatte er denn vorzuweisen? Einen Priester im Vatikan, dessen Nase ihm nicht passte. Ein *Gefühl*, das er nicht begründen konnte. Oberst Durand war ein Mann der Fakten und nicht gerade ein Freund von Mutmaßungen. Wenn Cavelli nun falsch lag und er einen ehrbaren Kleriker anschwärzte? Das würde sein Ansehen hier im Vatikan nicht gerade verbessern. Cavelli holte tief Luft und tippte dann auf die Nummer. Er würde es Durand sagen, aber gleich mit dem Hinweis, dass wahrscheinlich gar nichts dran war und dass er nur für alle Fälle … Besetzt! Cavelli fluchte und sah sich um, ob er irgendwo einen Hellebardier entdeckte, dem er seine

Beobachtung melden konnte. Doch es war keiner da. Richtig, heute war man wohl wieder mit den *Schnufis* beschäftigt. So wurden intern die jungen, katholischen Schweizer bezeichnet, die sich für den Dienst in der Garde interessierten und für ein Schnupperwochenende eingeladen worden waren. Diese Informationsveranstaltungen hatten in den letzten Jahren immer mehr an Bedeutung gewonnen, da die Bewerberzahlen seit einigen Jahren stark rückläufig waren. Aber musste das ausgerechnet *heute* sein? Cavelli überlegte einen Moment, dann wählte er die Bürodurchwahl von Monsignore Mattlin.

XXIII

Cypriano war der Mann sofort aufgefallen. Der gutaussehende Bursche mit den jungenhaften Gesichtszügen in dem cremefarbenen, etwas verknitterten Leinenanzug passte nicht hierher. Er schien weder ein Kleriker noch überhaupt ein vatikanischer Angestellter zu sein. Vielleicht ein Tourist, allerdings hatten Touristen hier, nahe dem Governatorat, keinen Zutritt. Cypriano rief sich die Bilder der DIA-Mitarbeiter ins Gedächtnis. Keines passte, aber das musste nichts bedeuten. Cypriano verbarg sich hinter einem abgestellten Lieferwagen und beobachtete den Mann. Gerade noch rechtzeitig, denn plötzlich war dieser stehengeblieben und sah dorthin, wo sich einige Sekunden zuvor noch Cypriano befunden hatte. Dann blickte der Mann suchend um sich, instinktiv duckte sich Cypriano. Der Herrgott meinte es gut mit ihm und hatte ihm bei seiner nicht sehr aussichtsreichen Suche kräftig unter die Arme gegriffen. Erst jetzt bemerkte er, dass er die Luft angehalten hatte. Er wartete, bis sich der Mann wieder abgewendet hatte, erst dann atmete er aus. Es existierte allerdings auch noch eine weitere Möglichkeit. Eine, über die ihn Agostino Castellani noch heute Morgen telefonisch informiert hatte: Gabriele Cigno war schwer einzuschätzen. Er schien den

Respekt vor dem Heiligen Vater nicht in dem Maße zu teilen wie die anderen. Eine nicht abgesprochene Extratour war ihm jederzeit zuzutrauen. Cypriano hatte einen unmissverständlichen Befehl erhalten, was mit jedem zu geschehen hatte, der es *innerhalb* des Vatikan auf die Canova abgesehen hatte. Und die Tötung einer solchen Person ginge selbst hier in Ordnung. Diese Tat würde sich ja nicht gegen den Vatikan richten, im Gegenteil, sie würde einen Gast des Vatikan schützen. Cypriano wartete, bis der Mann in dem Leinenanzug beinahe außer Sichtweite war, dann nahm er die Verfolgung auf.

XXIV

Monsignore Mattlin war in seiner Eigenschaft als Erster Sekretär des Heiligen Vaters schon bei vielen Treffen dabei gewesen. Treffen mit Präsidenten, Königen, Wissenschaftlern und Prominenten aller Art. Sogar einem Gespräch mit einem afghanischen Warlord hatte er beigewohnt. Doch er konnte sich kaum erinnern, je eine seltsamere Begrüßung erlebt zu haben. Zwar hatten sich Orso Zizola und Theresa Canova höflich die Hände geschüttelt, doch das konnte das große beiderseitige Misstrauen, das sie ausstrahlten, nicht überdecken. Mattlin hatte es dann auch ziemlich eilig gehabt, sich zu verabschieden. Es war ihm anzumerken, dass er mit der ganzen Sache so wenig wie möglich zu tun haben wollte.

Sein Abgang hinterließ ein Vakuum, das die Situation noch unangenehmer machte.

Irgendetwas in Zizolas Hinterkopf registrierte, dass die Canova attraktiver war, als er erwartet hatte. Die alten mit Teleobjektiv aus großer Entfernung aufgenommenen Bilder, die sie zusammen mit ihrem Mann zeigten, wurden ihr nicht wirklich gerecht. Jetzt allerdings blickte Theresa Canova den Vice Questore feindselig an und schwieg. Schließlich brach Zizola das Schweigen.

»Signora Canova, ich möchten Ihnen zunächst versichern, dass wir alles in unserer Macht Stehende tun, um Sie zu schützen. Wir …«

Die Canova ließ ihn nicht ausreden. »Meine Sicherheit? Ach ja? Und was ist *das*?« Mit einem schnellen Schritt war sie nähergetreten und hielt ihm anklagend einen Zettel vors Gesicht. Zizola war instinktiv etwas zurückgetreten. Dann nahm er den Zettel, der sich bei näherem Hinsehen als Postkarte entpuppte.

»Das bekam ich heute Morgen.« Die Stimme der Canova war genauso scharf wie ihr Blick. »Das auf der Vorderseite ist Judas! Verstehen Sie? Judas! Die wissen, dass ich hier bin. Sie und Ihre Leute haben es nicht mal vierundzwanzig Stunden geschafft, das geheim zu halten!«

Zizola hob beschwichtigend die Hände. »Signora Canova, wir werden …«

»Mich beschützen?« Sie lachte freudlos auf. »Ich hab heute schon Nachrichten gesehen. Diese Bombe. Das war doch Colonnello Rietti. Ich war erst nicht sicher, aber Sie sind der lebende Beweis, dass er tot ist. Sie können sich anscheinend nicht mal selber beschützen. Und da erwarten Sie allen Ernstes …«

»Signora Canova.« Zizola hatte seine Stimme gesenkt und sprach nun eher wie ein Priester oder väterlicher Freund. Dies schien Theresa Canova aus dem Konzept zu bringen, denn sie brach mitten im Satz ab. Zizola lächelte ihr in einer Weise zu, die beruhigend sein sollte. Es gelang nur halb, aber immerhin gut genug, dass sie ihn weiterreden ließ. »Glauben Sie mir, wir nehmen diese Vorfälle sehr ernst und stimmen absolut mit Ihnen überein. Wie es aussieht, waren Sie hier im Vatikan nicht so sicher, wie wir es gehofft hatten. Man weiß, dass Sie hier sind, und es ist nun stündlich mit einem Anschlag gegen Ihre Person zu rechnen. Wir werden Sie daher hier rausschaffen und an einen sicheren Ort bringen.«

Theresa Canova blickte ihn mit einer unentschlossenen Mischung aus Erleichterung und Misstrauen an. »Gut. Wohin?«

Zizola verzog das Gesicht. »Das werden Sie dann schon sehen. Jetzt ist Eile geboten. Bitte packen Sie Ihre Sachen zusammen.«

Theresa Canova presste die Lippen zusammen, dann ging sie wortlos ins Schlafzimmer. Die Tür ließ sie offen. Orso Zizola zündete sich einen Cigarillo an, lehnte sich an den Türrahmen und sah ihr zu, wie sie ihren Koffer packte. Sie war gerade dabei, einige Blusen einzupacken, als sie ihn plötzlich direkt anblickte: »Sind Sie allein?«

Zizola nickte. »Ja, kein Aufsehen erregen.«

Theresa Canova kniff die Augen zusammen. »Als ich hierher kam, waren da etliche schwer bewaffnete Männer in mehreren Wagen. Und niemand wusste, dass wir hier sind. Und jetzt, wo die Gegenseite weiß, wo ich bin, wollen Sie mich hier ganz allein rausbringen. Nichts gegen Sie persönlich, aber wir kommen doch draußen keine fünfzig Meter weit.«

Zizola stöhnte verärgert auf. »Signora Canova, die Zeit arbeitet gegen uns. Wir können es uns nicht leisten, länger zu warten!«

Die Canova warf die Blusen aufs Bett und verschränkte die Arme.

»Ohne ausreichenden Schutz werde ich nirgendwo hingehen!«

Zizola versuchte mühsam, seine aufsteigende Verärgerung zu verbergen. »Seien Sie doch vernünftig, Signora Canova. Ich bitte Sie!«

Theresa Canovas Blicke schienen sich wie scharfe Klingen in seine Augen zu bohren. Es war klar, dass diese Frau sich nicht umstimmen lassen würde. Zizolas Kiefer zuckte nervös. Dann wandte er sich ab. »Ich muss mal telefonieren.« Er zog sein Smartphone aus der Tasche und schloss die Tür.

XXV

Langsam begann sich Cypriano zu fragen, ob er sich geirrt hatte. Der Mann, den er verfolgte, schien etwas unschlüssig zu sein. Selbst auf die große Entfernung wirkte er ratlos. Mehrfach war er stehengeblieben und hatte versucht, jemanden anzurufen, aber offensichtlich wurde am anderen Ende nicht abgenommen. War das wirklich ein DIA-Mann? Cypriano erwog, die Verfolgung abzubrechen. Aber was dann? Er hatte keine bessere Spur als diesen Mann, der irgendwie nicht hierher gehörte. Er musste einfach weiterhin darauf vertrauen, dass Gott ihn auf den richtigen Weg schickte.

Jetzt kam Leben in den Mann. Cypriano beobachtete, dass er plötzlich seine Richtung änderte und auf einen Priester zulief, der soeben im Begriff war, aus einem Palazzo zu treten, und nun in der noch geöffneten Tür überrascht stehenblieb. Der Priester kam ihm merkwürdig bekannt vor. Er hatte dieses Gesicht ganz sicher schon gesehen, wahrscheinlich im Fernsehen. Der Mann in dem Leinenanzug redete auf den Priester ein. Jetzt fiel es Cypriano wieder ein. Der Priester war niemand anders als Monsignore Joseph Mattlin, der Erste Privatsekretär des Heiligen Vaters. Dann geschah etwas Seltsames. Mattlin sagte etwas zu dem anderen Mann und zeigte dabei nach oben. Der andere Mann antwortete etwas, dann verschwand er in dem Haus, während Mattlin in Richtung des Apostolischen Palastes fortging. Cyprianos Herz setzte einen Schlag aus. War dies vielleicht der Palazzo, in dem sich die Canova aufhielt? So viele Wohngebäude existierten ja gar nicht im Vatikan. Und der gerade mit angesehene Vorgang war ganz und gar außergewöhnlich. Langsam, der Würde seiner Soutane angemessen, aber zielstrebig machte sich Cypriano auf den Weg zum Palazzo.

XXVI

Orso Zizola wusste, dass er jetzt auf keinen Fall die Nerven verlieren durfte. Leider hatte er Theresa Canova unterschätzt. Er war sicher gewesen, dass der Bombenanschlag auf Rietti und die Postkarte dafür sorgen würden, dass sie den Vatikan so schnell wie möglich verlassen wollte. Er musste dafür sorgen, dass dies sein einziger Fehler in einem ansonsten makellosen Plan blieb. Es war die Chance seines Lebens, und er durfte sie um keinen Preis verspielen. Sicher, das Geld, das er in all den Jahren dafür erhalten hatte, das Cigno-Kartell über bevorstehende Aktionen der DIA zu informieren, hatte er gut brauchen können, doch das war alles nichts gegen das, was er hierfür bekommen würde, das hatte ihm Gabriele Cigno persönlich versichert. Er würde sich nach einer angemessenen Wartezeit pensionieren lassen, eine Villa am Meer kaufen und nie wieder arbeiten müssen.

Und bisher hatte er alles richtig gemacht. Angefangen bei seinem Angebot, in der Nacht, in der die Canova abgeholt worden war, in der DIA-Zentrale die Einsatzleitung zu übernehmen. Das hatte ihm den Lügendetektortest erspart, den er niemals bestanden hätte. Er war auch der Einzige gewesen, der gewusst hatte, in welchem Hotel Rietti abgestiegen war, und er hatte Cigno Typ und Kennzeichen von Riettis Wagen genannt. Sie hatten noch in der Nacht die Bombe gelegt. Zizola hatte auch die Details nicht übersehen. Seine Anrufe bei Rietti, nachdem er von der Polizei über die Bombe informiert worden war. Er wusste, dass Rietti nicht mehr in der Lage sein würde, die Anrufe entgegenzunehmen, aber ein unschuldiger Zizola konnte das ja nicht sicher wissen. Nun hätte er nur noch die Canova aus dem Vatikan bringen müssen. »Auf eigenen Wunsch«, wie er später sagen wollte. Doch dazu hätte sie freiwillig mitkommen müssen. In der Nähe des Vatikan wäre sein Wagen dann von Mafiakillern gestoppt worden. Heldenhaft hätte er versucht, die Canova zu verteidigen, doch tragischerweise vergeblich. Sie würde das Feuergefecht nicht überlebt haben. Und er wäre mit an Sicherheit grenzender Wahrscheinlichkeit Riettis Nachfolger geworden und um eine Million Euro reicher gewesen. Vielleicht hätte man ihm sogar einen Orden umgehängt.

Und nun das! Er hatte das Verhalten der Canova einfach falsch eingeschätzt. Die Dame besaß mehr eigenen Kopf, als er gedacht hatte, und sie war clever. Er verfluchte sich, dass er sich von Mattlin hatte herführen lassen. Jetzt konnte er nicht mehr behaupten, dass die Canova bereits tot gewesen sei, als er die Wohnung betreten hatte. Ein Küchenmesser wäre schnell zur Hand und das Problem damit erledigt gewesen. Und nun? Sollte er auf die Forderung der Canova eingehen und zwei komplette DIA-Teams herbeordern und sie dann in eines der Safe-Houses bringen? Natürlich konnte er auch diesen Aufenthaltsort an Cigno weitergeben. Aber das würde auf ein Blutbad mit ungewissem Ausgang hinauslaufen. Es war zum …! Frustriert versetzte er der Deckenlampe einen Stoß, sodass sie einige Male wild hin und her pendelte. Dann hatte er eine Idee. Einfach, aber gut. Er öffnete behutsam die Tür zum Schlafzimmer. Die Canova stand mitten im Zimmer und rauchte. Sie wirkte angespannt. Zizola lächelte. »Alles klar. In fünfzehn Minuten sind zwei Teams hier. Gepanzerte SUVs, volle Bewaffnung, das ganze Programm. Wir bringen Sie hier sicher raus, und niemand wird das verhindern können.«

Sie sah ihn prüfend an, dann nickte sie. »Danke.«

»Nichts zu danken, das ist mein Job. Sie müssen jetzt packen.«

Theresa Canova nickte und ging zum Kleiderschrank. Mit zwei lautlosen Schritten war Orso Zizola hinter ihr. Mit dem rechten Arm umschlang er ihre Arme und ihren Oberkörper. Sie schrie auf, doch schon im nächsten Moment hielt er ihr mit der linken Hand Mund und Nase zu. Gleich darauf krümmte er sich vor Schmerz, die Canova hatte ihm ihren hohen Absatz in den Fuß gerammt. Dann packte sie die Handtasche, die neben ihrem Koffer auf dem Bett lag, und knallte sie Zizola mit aller Kraft ins Gesicht. Er spürte, wie Blut aus seiner Nase lief, und verlor das Gleichgewicht. Gleich darauf war sie aus dem Schlafzimmer und suchte im Wohnzimmer panisch nach irgendetwas, mit dem sie sich verteidigen könnte. Ein fataler Fehler, dies waren genau die Sekunden, die Zizola brauchte, um die Verfolgung aufzunehmen. Mit drei wilden Sätzen war er bei ihr, sie versuchte noch, den Flur zu erreichen, doch

Zizola sprang sie von hinten an und riss sie mit sich zu Boden. Erneut umschlang er ihren Oberkörper mit dem rechten Arm, während seine linke Hand Theresa Canova jegliche Möglichkeit, Luft zu holen, nahm. Er musste all seine Kräfte aufbieten, um sie trotz ihres wilden Gestrampels nicht loszulassen, doch er wusste, dass die Zeit für ihn arbeitete, ihre dumpfen Schreie wurden schon leiser, und nach nicht mal einer Minute sackte sie bewusstlos in sich zusammen. Vorsichtig ließ er sie zu Boden gleiten und stand auf. Dann sah er sich im Zimmer um, fand aber nicht, was er suchte. Schließlich durchwühlte er den halb fertig gepackten Koffer. Er holte einen Morgenmantel aus dunkelroter Seide hervor. Dessen Gürtel würde genau das Richtige sein. Er zog ihn aus den zwei Schlaufen des Morgenmantels, hielt ihn an beiden Enden fest und riss kräftig daran. Er hielt. Das zarte Ding war stabiler, als es aussah. Er überlegte. Er erwog, ihr ein weiteres Mal die Luftzufuhr abzuschneiden, aber es schien nicht nötig zu sein. Ihre Ohnmacht war offenbar tief, und er würde nicht lange brauchen. Er knotete einen Kleiderbügel an das eine Ende des Gürtels und legte diesen über die Schlafzimmertür. Dann schloss er die Tür. Der Bügel auf der Rückseite würde verhindern, dass der Gürtel durch den oberen Türspalt rutschte. Dann knüpfte Zizola in das andere Ende des Gürtels eine Schlinge. Es war ein Glück, dass die Canova nur etwa ein Meter sechzig groß war. So würde die Höhe der Tür genügen. Sie würde keine Chance haben, mit den Füßen den Boden zu berühren. Strampeln konnte sie so viel sie wollte. Er würde nur ihre Hände *währenddessen* festhalten müssen, damit sie sich nicht losmachen konnte. Es war einfach. Lediglich darauf, dass er keine Druckstellen an ihren Handgelenken hinterließ, würde er achten müssen. Es war eine gute Lösung. Die Canova würde nicht der erste und auch nicht der letzte Mafiazeuge sein, der unter der Angst zerbrach und sich erhängte. Zizola konnte sich nur gratulieren. Diese improvisierte Lösung war im Grunde sogar besser als die ursprünglich geplante. Gabriele Cigno würde zufrieden mit ihm sein. Er hob die Handtasche der Canova auf, die immer noch auf dem Boden lag, und stellte sie ordentlich auf den Couchtisch vor dem Sofa. Nichts durfte hier nach einem Kampf aussehen. In diesem Moment klingelte es an der Wohnungstür.

Zizola erstarrte. Er hielt die Luft an und entschied, einfach nicht aufzumachen. Komplikationen konnte er jetzt nicht brauchen. Wenn er sich ruhig verhielt, würde die Person sicher wieder verschwinden. Und wenn es Monsignore Mattlin war, der ihm noch irgendetwas mitteilen wollte? Der wusste, dass er hier war. Zizola unterdrückte einen Fluch und ging zur Tür. Warum nur hatten diese uralten Wohnungstüren im Vatikan keinen Türspion? Es half nichts, er musste antworten. Er räusperte sich nervös. »Ja bitte?«

Von der anderen Seite der Tür antwortete eine Männerstimme: »Vice Questore Zizola?«

»Ja?«

»Mein Name ist Cavelli. Monsignore Mattlin sagte mir, dass Sie hier sind. Kann ich kurz mit Ihnen sprechen? Es ist wichtig.«

In Zizolas Hirn raste es. Der Mann kannte seinen Namen. Und er kannte Mattlin? Und zwar offenbar gut. Was hatte dieser Cavelli ihm zu sagen? Offenbar etwas, das Mattlin veranlasst hatte, ihm die streng geheime Information von Zizolas Anwesenheit zu geben. Das alles ergab nicht wirklich Sinn, aber eins war klar: Ignorieren konnte er das nicht. Fing die Situation gerade an, außer Kontrolle zu geraten? Er öffnete die Tür einen Spalt weit. »Ja?«

Ein Mann in einem cremefarbenen Leinenanzug lächelte ihn etwas verunsichert an. »Ich bin ein Vatikanbewohner, es würde jetzt zu weit führen, das … wie auch immer: Gerade ist mir etwas aufgefallen … wahrscheinlich ist es nichts … aber ich dachte, Sie sollten es besser wissen.«

»Ich höre.« Zizola fiel es schwer, höflich zu bleiben. Dieser Kerl redete konfuses Zeug und kam nicht zur Sache. Zizola begann sich zu fragen, wie lange die Bewusstlosigkeit der Canova noch anhalten würde. Sicher nicht mehr lange.

»Nun, wie gesagt, ich lebe hier und kenne alle Bewohner des Vatikan, ein neues Gesicht fällt mir sofort auf. Und vor wenigen Minuten sah ich einen Mann in einer Soutane. Ich kann es nicht genau begründen, aber ich bin fast sicher, dass er kein Priester war.«

Zizola sog angespannt die Luft ein. Das konnte allerdings wichtig sein. »Beschreiben Sie den Mann.«

Cavelli tat es.

»Und wo haben Sie diesen Mann gesehen?«

»In der Nähe des Bahnhofsgebäudes.«

»Wo ging er hin?«

Cavelli machte ein zerknirschtes Gesicht. »Ich weiß es leider nicht. Als ich nochmal hinsah, war er verschwunden.«

»Gut, danke, dass Sie das gemeldet haben. Ciao.« Zizola war schon im Begriff, die Tür zu schließen, als aus der Wohnung ein Stöhnen drang. Offenbar war die Canova dabei, aufzuwachen. Zizola blickte Cavelli ins Gesicht. Der schien nichts bemerkt zu haben. Oder er verstellte sich. Oder er hatte es bemerkt, maß ihm aber keine Bedeutung bei. Noch nicht. Doch das konnte sich ändern, wenn man in einigen Stunden die Canova erhängt auffinden würde. Zu viele Wenns und Vielleichts, wie Zizola fand. Er lächelte Cavelli an. »Eine Frage hab ich noch, wenn Sie erlauben. Würden Sie wohl kurz reinkommen?«

Das Licht im Treppenhaus verlosch.

Ein Stockwerk tiefer stand Cypriano bewegungslos im Dunkeln. Den größten Teil der Unterhaltung hatte er mitbekommen. Nun trat er vorsichtig zwei Schritte vor, lugte durch die Streben des Treppengeländers nach oben und sah gerade noch den Mann in dem cremefarbenen Anzug in einer Wohnung verschwinden. Jetzt wurde die Tür leise geschlossen. Cypriano wartete einige Sekunden, dann stieg er langsam und darauf achtend, dass die alten, ausgetretenen Treppenstufen nicht unter seinem Gewicht quietschten, nach oben und besah sich das Türschloss. Es war offenbar noch aus den siebziger Jahren, und schon da war es ein billiges Modell gewesen. Der Herrgott meinte es wahrlich gut mit ihm, denn sein Türöffnungswerkzeug hätte er beim Betreten nicht durch die Sicherheitskontrolle der Vatikanischen Museen schleusen können. Doch für dieses im Grunde nur symbolische Türschloss würde zum Öffnen seine Kreditkarte reichen.

XXVII

Alles war sehr schnell gegangen. Cavelli war Zizola durch den langen Flur ins Wohnzimmer gefolgt. Dort hatte er eine Frau auf dem Teppich liegen sehen und gleichzeitig den kalten Lauf einer Waffe in seinem Nacken gespürt. Jegliche Freundlichkeit war aus Zizolas Stimme verschwunden. »Nicht einen Laut, verstanden?«

Cavellis Mund wurde trocken. Er nickte und hob instinktiv die Arme.

»Da rüber!« Cavelli spürte einen Stoß im Rücken und stolperte einige Schritte in Richtung des Fensters.

»Hinknien und Hände hinter den Kopf.« Zizolas Anweisungen kamen knapp und routiniert. Cavelli gehorchte. Zizola kniete über der Canova und verabreichte ihr ein paar Ohrfeigen. Sie schlug die Augen auf und erblickte Zizola. Ihr Mund öffnete sich, aber bevor sie schreien konnte, hatte ihr Zizola bereits den Mund zugehalten. Er hielt ihr die Waffe an die Schläfe. »Ganz ruhig, okay? – Okay?«

Mit weit aufgerissenen Augen nickte sie. Zizola erhob sich schwerfällig. Für einige Momente stand er mitten im Zimmer und dachte nach. Ein Seitenblick traf Cavelli. Dieser verdammte Idiot. Hätte er nicht ein paar Minuten später kommen können, dann wäre hier bereits alles erledigt und er verschwunden gewesen. Nun wurde alles unnötig kompliziert. Dann kam ihm ein Gedanke, der ihm gefiel. Vielleicht ließ sich aus dieser Situation sogar Kapital schlagen. Er richtete die Waffe auf Theresa Canova. »Los, rüber zu ihm.« Für einige Augenblicke starrte ihn die Canova hasserfüllt an, dann ging sie langsam und aufrecht zu Cavelli hinüber. Zizola zog ein Paar Handschellen hervor und warf es Cavelli zu. »Los, ans Heizungsrohr. Beide!«

Cavelli wollte etwas sagen. Wollte sagen, dass all dies ein schrecklicher Irrtum war, den man ganz einfach aufklären könne, doch er wusste, dass es keiner war. Langsam schloss er die eine Handschelle um sein rechtes Handgelenk und führte die Kette dann um das Heizungsrohr herum. Die Canova hielt ihm ihren Arm hin und streifte ihn mit einem verächtlichen Blick, ließ es aber stumm geschehen. Die zweite Handschelle rastete ein.

Zizola trat einige Schritte näher und kontrollierte aus sicherer Entfernung, dass die Metallbügel eingerastet waren. Er steckte seine Beretta 92A1 in den Corduraholster an seinem Gürtel, blickte seine Gefangenen drohend an, verließ dann das Zimmer und lehnte die Tür an. Die Wohnung war, wie alle in diesem Palazzo, riesig. Er musste in dem langen Flur mehrere Türen öffnen, bis er fand, was er suchte, die Küche. Er zog einige Schubladen auf und holte schließlich ein langes Brotmesser hervor, während seine Gedanken bereits weiter eilten. Dieser Cavelli konnte ihm tatsächlich von Nutzen sein. Je übersichtlicher sich die Situation im Nachhinein präsentieren würde, desto besser für ihn. Eine erhängte Canova hätte zu Spekulationen

Anlass gegeben. Doch nun würde alles ganz klar sein. Es würde einen Zeugen geben: Zizola selbst. Und seine Aussage würde eindeutig sein. Er hatte mit der Canova geredet, als es plötzlich geklingelt hatte. Dieser Cavelli war an der Tür gewesen, hatte behauptet, dass er einen Verdächtigen melden wollte – Monsignore Mattlin würde genau das bestätigen. Dann hätte Cavelli Zizola von hinten niedergeschlagen, woraufhin er zu Boden gegangen sei. Als Zizola wieder auf die Beine gekommen sei, war es bereits zu spät: Cavelli hatte bereits etliche Male auf Theresa Canova eingestochen. Zizola hatte ihn niedergeschossen und dann sofort versucht, die Blutung zu stoppen, während er nach einem Notarzt für die Witwe telefonierte, doch in der Zwischenzeit war sie tragischerweise verstorben. Zizola verzog den Mund zu einer Art Lächeln. Ja, das war eine saubere Geschichte. Manch einer würde sich natürlich fragen, was einen unbescholtenen Mann wie diesen Cavelli plötzlich geritten hatte, eine solche Wahnsinnstat zu begehen. Aber so etwas kam täglich vor. Wer kannte nicht die Berichte in den Abendnachrichten, wenn die Nachbarn eines Amokläufers fassungslos vor der Kamera standen und berichteten, dass der junge Mann immer so nett und hilfsbereit gewesen war. So sah die Realität nun mal aus. Mörder wirkten nicht wie Mörder, sondern wie ganz normale Menschen. Zizola sah auf das Messer in seiner Hand und überzeugte sich mit dem Daumen von der Schärfe der Klinge. Was jetzt kommen würde, war nicht schön, aber die beiden hatten es sich selbst zuzuschreiben. Die Canova hatte einen Mafioso geheiratet und sich dann mit seinen Feinden angelegt – und dieser Cavelli hatte sich eigenmächtig in Dinge eingemischt, die ihn nichts angingen.

Nun waren die Konsequenzen dafür zu tragen.

Als er den Schatten hinter sich wahrnahm, war es schon zu spät.

Mit einem Schritt war Cypriano hinter dem Polizisten und legte ihm in einer tausendfach geübten fließenden Bewegung mit gekreuzten Armen die Garotte, bestehend aus vierzig Zentimeter Plastikwäscheleine und zwei Holzgriffen, um den Hals und zog die Schlinge mit aller Kraft zu, während sich seine verunstalteten Lippen vor Anstrengung verzogen. Es war Cyprianos Lieblingswaffe. Leicht und fast ohne Gewicht, konnte man mit ihr jeden Metallscanner passieren. Und wenn er das todbringende Instrument erst einmal um den Hals seines Opfers gelegt und diesem damit erbarmungslos die Luft abschnürte, konnte es nicht mehr schreien. Ja, es gab nicht einmal Blut.

Zizola hatte das Messer fallen lassen, und nun zuckte seine rechte Hand panisch nach der Beretta in seinem Gürtelhalfter. Während seine Augen ihm bereits aus dem Kopf quollen, schaffte er es noch, die Corduraschlaufe, welche die Waffe gegen ein unbeabsichtigtes Herausfallen sicherte, zur Seite zu schieben und seine Hand um den Griff zu legen, dann verlor er das Bewusstsein und sackte in sich zusammen. Cypriano trat, ohne seinen Griff zu lockern, einen halben Schritt zurück und zog Zizola an sich heran. Noch eine volle Minute hielt er die Schlinge um Zizolas

Hals weiter fest gespannt, während er darauf wartete, dass das Leben aus dem anderen Mann entwich. Erst dann ließ er ihn auf den Boden gleiten. Zizolas Augen waren rot. Ein sicheres Signal, dass er tot war. Dennoch legte Cypriano seine Finger an Zizolas Halsschlagader und prüfte, ob noch ein Lebenszeichen vorhanden war. Erst dann nahm er ein kariertes Geschirrhandtuch und warf es Zizola übers Gesicht. Er konnte es nicht leiden, wenn ihn seine Opfer so vorwurfsvoll anstarrten. Als nächstes sprach er ein kurzes Dankgebet, dann suchte er in der Jacke nach Zizolas Geld und nahm es an sich. In der Innentasche fand er einen ungewöhnlichen Gegenstand. Er betrachte ihn interessiert. Dann steckte er ihn zurück, er hatte keine Verwendung dafür. Schließlich trank er einige Schlucke aus dem Wasserhahn und wischte die Armatur mit dem Ärmel ab. Man würde zufrieden mit ihm sein. Die Canova-Situation war fürs Erste unter Kontrolle. Zumindest zwei der Bosse würden zufrieden sein. Er betrachtete den toten DIA-Mann zu seinen Füßen. Er würde hier liegen bleiben. Ideal war das nicht. Viele Mafiamorde wurden nie Gegenstand einer polizeilichen Untersuchung. Die Leute waren einfach verschwunden, und ohne Leiche gab es auch keinen Mordfall. Nicht umsonst besaß die Mafia zahlreiche Beerdigungsunternehmen mit eigenen Krematorien, wo neben den offiziellen Toten auch die »inoffiziellen« auf Nimmerwiedersehen eingeäschert werden konnten. Mit Zizola würde das allerdings nicht funktionieren. Aber das spielte jetzt keine Rolle. Entscheidend war, dass Agostino Castellani recht gehabt hatte: Boss Cigno spielte nach eigenen Regeln. Die

Canova gefesselt zusammen mit dem anderen Mann an der Heizung, und der Mann, der nun tot am Boden lag, mit dem Messer, das alles ließ einfach keinen anderen Schluss zu. Doch er, Cypriano, hatte dem ein Ende gesetzt. Für jetzt zumindest. Theresa Canova würde sterben. Je früher, desto besser. Aber nicht im Vatikan. Jetzt musste er sie nur noch hier hinausschaffen. Bisher war es einfach gewesen, fast schon zu einfach. Nun kam der schwierigere Teil. Doch über den sollten klügere Männer als er entscheiden. Er zog sein Handy hervor und suchte die Nummer von Agostino Castellani. Ein seltsam unheilverkündendes Geräusch ließ ihn herumfahren. Was war das gewesen? Es war aus dem vorderen Teil der Wohnung gekommen. Aus dem Zimmer, in dem er beim Betreten der Wohnung die Canova und den Mann in dem Leinenanzug an die Heizung gefesselt erspäht hatte, ohne dass sie auch ihn bemerkt hätten. Er verließ die Küche, lief den Flur hinunter. Die Tür zum Wohnzimmer war nun geschlossen. Mit einem unguten Gefühl im Hals drückte er die Klinke hinunter, doch die Tür war offenbar von innen abgeschlossen worden. Wie konnte das sein? Die Canova und der Mann waren an die Heizung gefesselt gewesen. Befand sich noch jemand in der Wohnung? Cyprianos Nackenhaare stellten sich auf. Beinahe panisch rannte er zurück in die Küche, hob die Waffe des toten DIA-Mannes vom Boden auf und entsicherte sie. Dann lief er zurück zur Tür und warf sich mit aller Kraft dagegen. Das morsche Holz der uralten Türfüllung gab sofort nach, sodass Cypriano fast ungebremst ins Zimmer stolperte. Er erfasste die Situation mit einem

Blick. Offenbar war die Türfüllung nicht das einzige altersschwache Element in diesem Gebäude. Das Heizungsrohr, an dem Zizola die beiden angekettet hatte, war aus der Wand gerissen worden, und seine Öffnung ragte nun, Cypriano rostig angrinsend, mitten ins Zimmer. Das Fenster stand sperrangelweit offen, und die Vorhänge flatterten im Wind.

XXVIII

Cypriano stürzte ans Fenster und lehnte sich hinaus. Die Canova und der Mann waren nirgendwo zu entdecken. Heruntergesprungen konnten sie nicht sein, dafür war es zu hoch, aber der Sims, der sich etwa einen halben Meter unter dem Fenster befand, war breit genug, um jemandem, der furchtlos – oder verzweifelt – genug war, Halt zu bieten. Die beiden mussten vorsichtig bis zu einer Hausecke gekommen und so aus Cyprianos Sichtfeld verschwunden sein. In welche Richtung, ob nach links oder rechts, ließ sich nicht feststellen. Cypriano überschlug schnell, wie viel Zeit die beiden wohl gehabt hatten. Keinesfalls mehr als drei Minuten. Zu diesem Zeitpunkt hatte er die Wohnung betreten und die beiden waren noch an die Heizung gekettet gewesen. Waren sie dann an einer Feuerleiter heruntergeklettert oder in ein irgendwo im Haus offenstehendes Fenster gestiegen? Oder befanden sie sich womöglich immer noch auf dem Sims? Cypriano unterdrückte einen Fluch. Es hatte alle so gut ausgesehen, und nun das! Zum Glück hatte er Castellani noch nicht angerufen. Die Canova noch nicht gefunden zu haben, war eines. Sie zu finden und dann entwischen zu lassen, war unverzeihlich. Vielleicht meinte das Schicksal es gut mit ihm und die beiden stürzten zu Tode, dachte er hoffnungsvoll, aber damit durfte er nicht rechnen. Er überlegte einen Moment, dann schloss er das Fenster, um den Flüchtigen den Rückweg abzuschneiden, verließ die Wohnung und zog die Tür hinter sich zu. Zügig, aber nicht eilig lief er die Treppen hinunter und ins Freie. Er grüßte zwei Nonnen und begann, den Palazzo zu umrunden. Feuertreppen, Leitern oder Spaliere, die geeignet waren, nach unten zu klettern, konnte er nirgendwo entdecken, nur einige Regenrinnen von fragwürdiger Stabilität, denen zumindest er sein Gewicht niemals anvertraut hätte. Allerdings gab es zwei geöffnete Fenster, wenn auch nicht in der richtigen Etage. Es war unerklärlich, aber die beiden waren verschwunden.

XXIX

Unendlich vorsichtig öffnete Cavelli die Tür des Schlafzimmers einen kleinen Spalt und spähte ins Wohnzimmer. Es war niemand zu sehen, und aus der ganzen Wohnung war kein Laut zu hören. Er drehte sich zu Theresa Canova um, die ihn mit ihren schwarzen Augen fast zu durchbohren schien und ihm auffordernd zunickte. Leise verließen sie das Zimmer und durchquerten das Wohnzimmer. Das zerstörte Heizungsrohr ragte grotesk ins Zimmer. Es war Cavelli von Anfang an klar gewesen, dass dieses Metall, das noch aus den dreißiger Jahren stammte, bei schon bei allergeringster Gewalt brechen würde. Endlich hatte sich die Baufälligkeit der alten Wohnungen im Vatikan, über die er sich schon tausende Male geärgert hatte, einmal als Vorteil erwiesen. Und offenbar hatte die Täuschung mit dem offenen Fenster genau so funktioniert, wie die Canova es vorausgesehen hatte. Was Cavelli fast noch mehr beeindruckt hatte, war ihre Idee, zuerst das Fenster zu öffnen und erst dann seinem Vorschlag zu folgen, das Rohr abzubrechen. Dann waren sie, immer noch durch die Handschellen verbunden, ins Schlafzimmer gelaufen und hatten sich hinter die Tür gestellt. Nicht gerade das originellste Versteck, aber das einzige verfügbare. Dann waren plötzlich Schritte schnell nähergekommen. Es war nicht viel Zeit vergangen, während sie dort ohne zu sprechen mit angehaltenem Atem an die Wand gepresst dagestanden hatten, aber es war ihnen wie eine Ewigkeit vorgekommen. Noch nie hatte sich Cavelli dermaßen hilflos gefühlt. Wenn der Mann nur einen flüchtigen Blick ins Schlafzimmer warf, konnte es gutgehen, doch sowie er es betreten würde, war es aus.

Doch nichts war geschehen. Das offene Fenster schien die gewünschte Wirkung erzielt zu haben. Offenbar hatte der Stress und der gefühlte Zeitdruck bei ihrem Verfolger dazu geführt, dass er eine naheliegende Möglichkeit gar nicht erst in Betracht gezogen hatte.

Sie schlichen weiter. Cavelli registrierte, dass Theresa Canova ihre Handtasche an die Brust presste, als wenn diese wer weiß was für Wertgegenstände enthalten würde. Er wunderte sich über sich selbst, dass er sogar in einem solchen Moment bemerkte, wie unpassend das aussah. Aber vielleicht brauchte sie auch nur einfach irgendetwas Vertrautes, um sich daran festzuhalten.

Auch der Flur war leer. Die Wohnungstür stand offen, und im Treppenhaus war es still. Cavelli zuckte zusammen, als sein rechter Arm hochgerissen wurde. Theresa Canova war wie angewurzelt stehengeblieben und hatte ihre Hände vors Gesicht gerissen. Mit weit aufgerissenen Augen starrte sie auf einen Punkt am Ende des Flurs. »Sehen Sie!«

Jetzt entdeckte Cavelli es auch. Aus einem Zimmer ragte regungslos ein Bein. Langsam traten sie näher. Es war kein schöner Anblick, der sich ihnen in der Küche bot. Auf dem

Boden lag die Leiche des DIA-Mannes. Sein Gesicht war von einem Tuch bedeckt. Um seinen Hals zog sich ein roter Streifen. »Wer war das?«, entfuhr es Cavelli entsetzt. Erschrocken blickte er um sich.

Die Stimme der Canova klang tonlos. »Raus hier.«

»Okay.« Mit einem üblen Gefühl setzte sich Cavelli in Bewegung. An der Wohnungstür verharrten sie und lauschten erneut nach Geräuschen im Treppenhaus. Es war still. Sie begannen, die Treppen hinunterzusteigen, wobei sie nicht verhindern konnten, dass sie immer schneller wurden. Irgendwo in unmittelbarer Nähe musste noch der Mann sein, der den DIA-Mann getötet hatte. Jetzt mussten sie einfach raus aus diesem Haus und ins Freie kommen, dort waren zumindest andere Menschen. Wie zwei Ertrinkende, die im letzten Moment die Wasseroberfläche erreichen, stürzten sie ins Freie. Die Canova blieb so plötzlich stehen, dass Cavelli fast der Arm ausgerissen wurde. Wütend fuhr er sie an: »Was soll das? Wir müssen hier weg, jeden Moment kann …«

Die Canova rührte sich nicht. »Wohin?«

Cavelli überlegte kurz. »Zur Kaserne der Schweizer Garde. Dort sind wir sicher.«

»Nein. Gerade hat ein Polizist versucht, mich umzubringen. Ich traue hier keinem. Mir egal, wenn das für Sie paranoid klingt, ich hab meine Gründe.«

»Die haben Sie in der Tat, Signora Canova, aber …«

Die Frau fuhr ihm so blitzartig ins Wort wie eine Schlange, die nach ihrer Beute schnappt. »Woher wissen Sie, wer ich bin?«

»Ich … das erklär ich später, jetzt müssen wir hier erstmal weg, und für die Schweizer Garde lege ich meine Hand ins Feuer. Den Kommandanten kenne ich persönlich und …«

»Ist mir egal, zurzeit trau ich hier nur einem, und das sind Sie.«

Cavelli glaubte sich verhört zu haben. »Mir? Sie kennen mich gar nicht.«

»Wenn Sie mich töten wollten, hätten Sie schon Gelegenheit dazu gehabt. Zumal Sie ja sogar wissen, wer ich bin.«

»Gut, dann gehen wir in meine Wohnung, hier im Vatikan, da sind wir sicher.«

Die Canova schenkte ihm einen verächtlichen Blick. »Ganz sicher nicht. Inzwischen wissen die doch, wer Sie sind und wo Sie wohnen.«

»Das ist doch nur eine Vermutung.«

»Wollen Sie Ihr Leben drauf verwetten? Diese Leute sind gut informiert und haben auch dort Zutritt, wo sie keinen haben sollten.«

»Aber *ich* habe hiermit nichts zu tun.«

Theresa Canova schenkte ihm ein mitleidiges Lächeln. »Jetzt schon.«

Cavelli musste zugeben, dass sie recht hatte. »Also gut, was dann?«

Die Canova sah sich um. »Erstmal weg von hier, an einen Ort, wo uns keiner sieht. Und mit keiner meine ich auch keiner.«

Cavelli brauchte einige Momente, bis er eine Idee hatte. Sie gefiel ihm nicht besonders gut, aber eine bessere hatte er nicht. Ob es ihm nun passte oder nicht, solange er mit Handschellen an Theresa Canova gefesselt war, würde ihr Schicksal auch sein eigenes sein. Er biss die Zähne zusammen. »Also los!«

Während sie nach allen Seiten Ausschau hielten, liefen sie eilig in Richtung des Governatorats.

Cypriano hatte den Palazzo einmal umrundet. Die Canova und der andere Mann schienen wie vom Erdboden verschluckt zu sein. Er sah auf seine Armbanduhr. Ihm blieben noch genau einundfünfzig Minuten, bis er die Vatikanischen Gärten mit der letzten Touristengruppe wieder verlassen würde. Und vorher musste er sich noch optisch in den Mann verwandeln, der die Stelle des Mannes in der vorletzten Gruppe eingenommen hatte. Ihm stand also kaum mehr als eine halbe Stunde zur Verfügung. Wenn er die Canova heute nicht fand, wenn es ihm nicht gelang, sie heute noch dazu zu bringen, aus dem Vatikan zu flüchten, würde alles umsonst gewesen sein. Er würde morgen wiederkommen müssen, und er konnte nicht damit rechnen, ein zweites Mal wie durch ein Wunder zu ihr geführt zu werden. Verzweiflung erfasste ihn, instinktiv tastete er nach seinem Rosenkranz. Fast augenblicklich erschien ein Bild vor seinem inneren Auge. Sollte das etwa …? Für einen Augenblick blieb ihm die Luft weg. Er sah sich um, dann eilte er, so schnell es die Würde seiner Soutane gerade noch zuließ, zurück zum Eingang des Palazzos. Erneut öffnete er die Haustür mit seiner Kreditkarte. Jeweils zwei Stufen auf einmal nehmend stieg er die Treppen hinauf in den vierten Stock. Aus einer der Wohnungen drang köstlicher Pastageruch in seine Nase. Oben fand er alles vor, wie er es verlassen hatte. Durch die offene Wohnungstür trat er ein. Zunächst kehrte er ins Wohnzimmer zurück und sah aus dem Fenster. Vielleicht hatte er ja Glück und erblickte die Flüchtigen, doch das war nicht der Fall. Dann ging er in die Küche und betrachtete den toten Mann auf dem Küchenfußboden. Es war schon seltsam, wie das Gehirn funktionierte. Er hatte beim Durchsuchen des DIA-Mannes, zehn Minuten zuvor, sofort erkannt, worum es sich bei dem kleinen Gerät in dessen Tasche gehandelt hatte. Es war ein Ortungsempfänger. Mochte sich die Canova auch tausendmal freiwillig als Kronzeugin zur Verfügung gestellt haben, es war klar, dass die DIA ihr niemals völlig vertrauen würde. Irgendwo in ihren Sachen oder an ihrem Körper hatte die DIA einen Sender untergebracht, wahrscheinlich ohne ihr Wissen. Letzteres hoffte Cypriano zumindest inständig. Er fingerte das Gerät aus Zizolas Tasche. Es sah aus wie ein kleines Funkgerät mit einem runden Bildschirm. Cypriano zog die kurze Antenne heraus und schaltete es ein. Ein leises periodisches Piepen war zu hören, und ein kleines Licht blinkte im oberen rechten Viertel des Bildschirms. Ein veraltetes und reichlich primitives Gerät, das nicht im Entferntesten mit der Ortungsfunktion eines modernen Smartphones mithalten konnte, aber was die Ausrüstung anging, mahlten in italienischen Behörden die Mühlen der Modernisierung nun mal äußerst langsam. Cypriano ging ins Wohnzimmer, stellte sich erneut ans Fenster, hielt das Gerät nach draußen und schwenkte es langsam hin und her. Das Signal wurde dabei schwächer und stärker, wenn auch nur minimal. Er brauchte zwei Minuten, bis er das Gefühl hatte, es richtig zu interpretieren. Dann stieg er die Treppen wieder hinunter und machte sich auf zu dem breiten Gebäude, das er schon aus der Ferne erkennen konnte. Er hatte keine Ahnung, dass es sich um den Governatoratspalast handelte, aber das spielte für ihn auch keine Rolle. Wichtig war vorerst nur eins: Das Signal wurde mit jedem Schritt stärker. Dann, von einem Moment zum anderen, verstummte das Gerät in seiner Hand.

XXX

Die ersten dreißig Meter war die Umgebung noch hell genug gewesen, um sich orientieren zu können, doch mit jedem weiteren Schritt war es um Cavelli und Theresa Canova dunkler geworden. Niemand sprach, und Cavelli war es mehr als recht so. Denn auf alle Fragen, die auf der Hand lagen, hätte er keine besonders guten Antworten gehabt. Vor allem auf die zwei wichtigsten Fragen: *Wohin gehen wir?* und *Sind wir dort sicher?* Sie befanden sich im Eisenbahntunnel des Vatikan. In den dreißiger Jahren hatte man ihn in den Berg aus Marmorgestein getrieben, auf dem die Vatikanischen Gärten lagen und der vom unteren Teil der Vatikanstadt stark anstieg. Der Tunnel, dessen Einfahrt unter terrassenförmig angelegten, akkurat gestutzten, baumbestandenen Wiesen lag, diente als Rangiergleis und wurde selten bis niemals benutzt. Es war der einzige Ort im Vatikan, an dem sich für gewöhnlich keine Menschen aufhielten. Zumindest der einzige Ort dieser Art, der Cavelli auf die Schnelle eingefallen war. Und je weiter sie sich im Dunkeln voranbewegten, desto dämlicher kam ihm die Idee vor. Dies war keine Lösung. Der Tunnel führte nirgendwo hin. Sie konnten ihn nur genauso verlassen, wie sie ihn betreten hatten. Außerdem durften sie sich hier sicherlich gar nicht aufhalten. Zwar hatte Cavelli kraft seiner überlieferten Privilegien überall Zugang, aber hier würde man sich wahrscheinlich auf Sicherheitsbestimmungen berufen. Der Tunnel war nicht dafür gedacht, im Dunkeln auf den Gleisen herumzustolpern, selbst wenn die Gefahr, dass plötzlich ein Zug kam, gleich null war. Cavelli hoffte, dass diejenige der fünftausend Vatikanischen Sicherheitskameras, die den Eingangsbereich des Tunnels abdeckte, im Augenblick nicht kontrolliert wurde. Sicherheitshalber hatte er direkt in die Kamera gesehen, vielleicht würde man ihn erkennen und die Sache auf sich beruhen lassen. Inzwischen waren sie so weit vom Tunneleingang entfernt, dass Cavelli in der Dunkelheit seine Schuhe nicht mehr sehen konnte.

»Ich glaube, das reicht fürs Erste«, wandte er sich an Theresa Canova und blieb stehen. Für einige Augenblicke standen sie still im Dunkeln. Nur ihr Atmen war zu hören und vereinzelte Wassertropfen, die von der Decke zu Boden fielen, was einen erstaunlich lauten Hall verursachte. Es roch nach Schmieröl. Für einen Moment überkam Cavelli die Absurdität dieses Augenblicks. Noch vor einer Stunde war alles wie immer gewesen, und jetzt stand er mit Handschellen an die Witwe eines Mafioso gefesselt in einem dunklen Eisenbahntunnel und versteckte sich vor – ja, vor wem eigentlich? Wahrscheinlich erstmal vor jedem. Zumindest wenn es nach seiner Begleiterin ging.

»Mein Name ist übrigens Cavelli. Don Cavelli«, sagte er unvermittelt. Es war höchst seltsam, sich jemandem, an den man mit Handschellen gefesselt war, in völliger

Dunkelheit vorzustellen, aber Cavelli fand, dass es sogar noch seltsamer gewesen wäre, es nicht zu tun.

»Don?« Es klang misstrauisch. Cavelli brauchte einen Moment, bis er begriff. »Kein Don wie Ihr verstorbener Mann«, fügte er eilig hinzu. »Und auch kein Priester. Ich heiße nur so.«

»Verstehe. Und darf ich fragen, was Sie dann hier im Vatikan machen, Signor Cavelli?« Die Stimme der unsichtbaren Frau neben ihm hatte etwas Spöttisches.

Cavelli seufzte. Er hatte es schon lange satt, zum tausendsten Mal seine Position im Vatikan zu erklären. »Ich arbeite hier nicht, ich wohne hier nur, ansonsten bin ich als Professor an der Sapienza tätig.«

»Hm.« Cavelli hatte den Eindruck, dass die Canova diese Information einerseits zutiefst langweilig, aber angesichts der Situation auch beruhigend fand. »Sie leben hier? Wusste gar nicht, dass das erlaubt ist.«

»Wissen viele nicht«, erwiderte Cavelli einsilbig und wechselte das Thema. »Wir können nicht ewig hier bleiben.«

»Ist mir klar.«

»Was schlagen Sie vor?«

»Dass Sie jetzt mal die Klappe halten und mich nachdenken lassen.«

»Bitte sehr.« Cavelli war alles recht, was helfen würde, diese groteske Situation zu beenden. Als nächstes hörte er Theresa Canova in ihrer Handtasche wühlen, dann flammte ein Feuerzeug auf. Sie zündete sich eine dünne Zigarette an und nahm einen tiefen Zug. »Also«, die Canova sprach kalt und analytisch, »irgendjemand hat diesen Mann von der DIA, Zizola, ermordet. Wir wissen nicht, wer das war und wie derjenige aussieht. Wir wissen auch nicht, wer ihn in den Vatikan gelassen hat, und wir wissen nicht, ob er der einzige ist. Damit ist klar: Ich muss raus aus dem Vatikan.«

»Sehe ich auch so.« Cavelli überkam Erleichterung. »Wir gehen zum Tor, die Gardisten kenne ich alle, lassen uns von den Handschellen befreien, und Sie …«

»Nein!« Die Stimme der Canova hallte schneidend von den Wänden wider. »Erstmal müssen wir lebend bis zum Tor kommen, und selbst wenn wir das schaffen sollten, können Sie sicher sein, dass alle Tore von draußen überwacht werden.«

»Überwacht von …?«

»Von denen, die mich tot sehen wollen.«

Angesichts des Umstands, dass Theresa Canova ihn nicht sehen konnte, erlaubte sich Cavelli so zu gucken, wie er sich fühlte: genervt. »Okay, ich fasse zusammen. Sie wollen nicht im Vatikan bleiben …«

»Auf keinen Fall!«

»… und Sie wollen den Vatikan nicht verlassen. Korrekt? Ich fürchte, das könnte ein ganz klein wenig problematisch werden. Rein physikalisch gesehen.«

Die Canova schwieg. An ihrem angestrengten Atmen konnte Cavelli erkennen, dass sie intensiv nachdachte. Ein, zwei Minuten sagte niemand etwas, dann brach Theresa Canova plötzlich das Schweigen. »Jetzt weiß ich, wer Sie sind. In der Zeitung war mal ein großer Artikel über Sie:

Don Cavelli – die graue Eminenz im Vatikan. Der Mann, der überall Zugang hat. Das sind Sie!«

Cavelli biss verärgert die Zähne zusammen. Vor einigen Jahren hatte er sich überreden lassen, einer Zeitung ein Interview zu gewähren. Einer der größten Fehler seines Lebens. Eigentlich hatte er das Gefühl gehabt, dass es sehr gut gelaufen war, die junge Journalistin hatte viel gelächelt und genickt, oft nachgefragt, und man war in gutem Einvernehmen auseinander gegangen. Der Artikel, der bald darauf erschienen war, hatte Cavelli allerdings entsetzt. Bis auf ein paar Eckdaten stimmte praktisch nichts. Er wurde zu einer geheimnisvollen Figur hochstilisiert, die im Vatikan nach Belieben aus und ein ging und im Hintergrund irgendwelche undurchsichtigen Dinge trieb. Dann war alles noch mit vagen und völlig aus der Luft gegriffenen Andeutungen über Kardinal Richelieu und das Opus Dei vermischt worden. Es war einfach furchtbar gewesen, und es hatte einiger Mühe bedurft, das zerschlagene Geschirr im Verhältnis zum Vatikan wieder zu kitten. Cavelli hatte gehofft, dass dieser Artikel inzwischen in Vergessenheit geraten war. Offenbar war er das nicht. »An diesem Artikel ist kaum ein wahres Wort«, wiegelte er ab.

»Da hab ich ja Pech.« Der Tonfall der Canova troff geradezu vor Spott. Sie warf die Zigarette auf den Boden und trat sie aus. »Ich hatte schon gedacht, Sie kennen einen geheimen Weg hier raus.«

»Nun ja.« Cavelli kratzte sich zögerlich am Kinn. »Es gibt in der Tat ein paar Ausgänge, die weniger bekannt sind. Zum Beispiel den in der Glaubenskongregation.«

»Ach ja, wo ist das?«

»Das große Haus an der Straßenecke. Links vom Petersplatz. Man betritt es direkt von der Straße. Den meisten ist nicht bewusst, dass man sich damit im Vatikan befindet. Allerdings, ein Geheimnis ist es auch nicht gerade. Wer sich etwas informiert hat, weiß das. In Ihrem Fall würde ich lieber nicht darauf wetten, dass der Eingang unbekannt ist.«

»Und was ist mit dem geheimen Tunnel aus diesem Dan-Brown-Roman? Gibt's den wirklich?«

Cavelli seufzte. »Ja, der Passetto existiert. Ein achthundert Meter langer Tunnel auf der alten Stadtmauer. Er führt vom Vatikan in die Engelsburg. Ich besitze einen Schlüssel dafür, aber der ist in meiner Wohnung, wo wir ja nicht hinkönnen. Aber das würde uns ohnehin nichts nützen, der Passetto ist viel zu bekannt. Und er endet auf der Engelsburgseite in einem Bereich, der für Besucher frei zugänglich ist. Dort wird mit Sicherheit schon jemand auf Sie warten.«

»Sie haben recht«, ertönte die Stimme der Canova. »An dem Zeitungsartikel war kein wahres Wort. Sie sind absolut keine Hilfe.«

XXXI

Cypriano war noch bis zum letzten Moment und mit wachsender Verzweiflung kreuz und quer durch die Vatikanstadt gelaufen, aber das Signal in seinem Empfänger wollte nicht zurückkehren. Die Dämmerung war hereingebrochen, es war Zeit, für heute aufzugeben. Er warf Zizolas Waffe in einen Gully, zog sich zwischen zwei geparkten Autos um und nahm oberflächlich das Aussehen des Platzhalters in der letzten Touristengruppe des Tages an. Dann verließ er mit dieser völlig ungehindert die Vatikanischen Gärten durch das Museum. Für heute war es vorbei. Morgen früh würden er und die anderen auf dieselbe Weise wiederkommen. Mit neuem Aussehen. In der Nacht würde einiges vorzubereiten sein.

Aber hatte das überhaupt noch einen Sinn?, fragte er sich. Die Canova war nun aufgeschreckt. Gut, genau das war auch von diesem ominösen Superhirn, auf das die Bosse vertrauten, so geplant gewesen, um sie aus dem Vatikan herauszutreiben, aber dann war sie entkommen, was ganz und gar nicht geplant gewesen war. Was, wenn sie tatsächlich den Vatikan verlassen hatte? Unbemerkt. (Denn wenn man sie außerhalb aufgegriffen hätte, würde man ihn zweifellos längst informiert haben.) Nein, das war alles ganz und gar nicht gut gelaufen, und nichts deutete darauf hin, dass er morgen mehr Glück haben würde, im Gegenteil.

Gemeinsam mit einer großen Menschentraube verließ er das Museum und trat auf die Straße. Mit einer Mischung aus Wut und Verzweiflung machte er sich auf den Weg zu seinem Wagen. Er hatte ihn gerade erreicht, als er plötzlich ein schwaches Piepen vernahm. Es kam aus seiner Hosentasche. Aufgeregt riss er den Empfänger hervor. Das Signal war wieder da. Eine große Erleichterung überkam Cypriano. Er sah dankbar zum Himmel, sein zerschnittener Mund formte sich zu einem grotesken Grinsen. Die Canova befand sich immer noch im Vatikan. Morgen würde er sie finden, aus dem Vatikan treiben und dann töten. Er wusste, dass es so sein würde.

XXXII

Inzwischen war es fast vollständig dunkel. Cavelli und Theresa Canova hatten den Eisenbahntunnel verlassen und bewegten sich in westlicher Richtung durch die Vatikanischen Gärten. Sie durchquerten eine kleine Unterführung und passierten das Äthiopische Kolleg, dann bog Cavelli nach rechts ab.

»Verraten Sie mir endlich, wohin wir gehen?«, ließ sich die Canova unwirsch vernehmen.

»Das werden Sie gleich sehen«, antwortete Cavelli absichtlich nichtssagend. »Aber vielleicht bin ich ja doch nicht ganz so nutzlos, wie Sie glauben.«

Ein mürrisches Schweigen war die Antwort. Sie umrundeten den großen Gebäudekomplex von Radio Vatikan und erreichten den Teil der Vatikanischen Gärten, der von touristischen Gruppen nie betreten wurde. Den Wald. Er war nicht groß, aber Cavelli mochte ihn sehr. Hier waren zwar keine pittoresken Gebäude zu sehen, aber es gab eine ganze Reihe von plätschernden Quellen und hübschen Brunnen. Eine kleine Idylle und eindeutig der abgeschiedenste Ort in den Gärten.

Wie er so in dem dunklen Eisenbahntunnel gestanden hatte, war urplötzlich eine Erinnerung aus längst vergangenen Zeiten in ihm aufgestiegen. Er war noch ein Kind gewesen, als sein Vater ihn zu einem bestimmten Brunnen geführt hatte. Er hatte einen Kieselstein vom Waldboden aufgehoben und ihn hineinfallen lassen. Zu Cavellis Überraschung hatte es kein plätscherndes Geräusch gegeben, sondern der Stein war auf festem Boden aufgeschlagen und hatte einen erstaunlich lauten Hall erzeugt. Sein Vater hatte ihn an diesem Tag in eines der Geheimnisse der Cavelli-Dynastie eingeweiht: das Tunnelsystem unter dem Vatikan. Es gab mindestens ein Dutzend Tunnel teilweise unter dem Gebiet der Vatikanstadt, von denen zum Beispiel einer in die Vatikanbank führte, aber auch mehrere, die unter dem Petersplatz in verschiedene exterritoriale Gebäude des Vatikans führten, die größtenteils in der Straße lagen, welche direkt auf den Petersdom zuführte: die 1929 unter Mussolini angelegte Prachtstraße Via della Conciliazione, welche die Versöhnung des italienischen Staates mit der Katholischen Kirche symbolisieren sollte. Cavelli erinnerte sich daran, wie sehr der Gedanke an diese geheimen Gänge als Kind seine Lust am Abenteuer befeuert, ihn gleichzeitig aber auch immer mit etwas Furcht erfüllt hatte. Zumal ihm sein Vater in ungewöhnlicher Strenge verboten hatte, jemals in den Brunnen hinunterzusteigen. Dieses Verbot hatte er mit Schauergeschichten zu verstärken gewusst von Menschen, die sich dort unten im Labyrinth der Gänge verirrt hatten und nie wieder aufgetaucht waren. Erst Jahre später war Cavelli aufgegangen, dass sein Vater sich hier der Geschichten über die verzweigten Katakomben unter der Via Appia bedient hatte, in denen tatsächlich schon ganze Schulklassen auf Nimmerwiedersehen verschwunden waren. Dennoch hatte Cavelli den Respekt für die unterirdischen Gänge, von denen einige hier ihren Anfang nahmen, nie verloren. Viele Jahre lang hatte er nicht mehr daran gedacht, bis vor einiger Zeit der Papst begonnen hatte, Korruptionsvorwürfen innerhalb der Kurie nachzugehen und Ermittlungen einzuleiten, in dessen Verlauf zahlreiche kompromittierende Papiere zusammengetragen worden waren. Bald darauf hatte es einen Einbruch in die Präfektur für die wirtschaftlichen Angelegenheiten des Heiligen Stuhls gegeben, die im Palast der Kongregationen untergebracht war, einem exterritorialen Gebäude des Vatikans an der Piazza Pio XII., gegenüber dem Petersplatz. Die Einbrecher hatten nicht nur genau gewusst, welche der zahlreichen Tresore in dem Palazzo sie aufschweißen mussten, um an die belastenden Papiere zu gelangen, sie hatten auch die kameraüberwachten Eingänge des Gebäudes nicht angetastet. Die Ermittlungen ergaben, dass sie durch den Keller gekommen waren, durch einen der Vatikanischen Geheimgänge. Ein Insiderjob also. Ein skandalöser Vorgang, der aber immerhin dazu beigetragen hatte, längst verschüttete Erinnerungen in Cavelli aufzurühren.

Schweigend gingen sie weiter, gelegentlich knackte ein Ast unter ihren Schuhen, und da und dort schien das Mondlicht durch das Blätterdach hindurch. Das Wäldchen war klein, aber trotzdem brauchte Cavelli eine ganze Weile, bis er den richtigen Brunnen gefunden hatte. Seine Öffnung war mit einer runden Holzplatte abgedeckt, die mit zwei großen Vorhängeschlössern links und rechts an Eisenbügeln befestigt war, die im Mauerwerk saßen. Cavelli rüttelte an den Schlössern, aber sie saßen bombenfest. Er sah sich um. »Wir brauchen einen Stein oder sowas.«

»Wozu?« Misstrauen lag in Theresa Canovas Stimme.

»Um diese Schlösser aufzukriegen.«

»Und dann?«

Cavelli erklärte es ihr. Sie sah ihn ungläubig an. »Da runter?«

Cavelli nickte. »Einen anderen unbemerkten Weg aus dem Vatikan sehe ich nicht.«

Die Canova stand da wie eine Statue und schwieg, Cavelli konnte ihr Gesicht nur schemenhaft ausmachen, lediglich ihre grünen Augen funkelten aus der Dunkelheit. Er begann den Boden abzusuchen, die Canova ließ sich nur widerwillig mitziehen, beinahe so als ginge sie das alles gar nichts an. Schließlich hatte Cavelli einen faustgroßen Stein gefunden. Er hieb ein paarmal auf eines der Schlösser ein, bis der Bügel aufsprang. Dann wiederholte Cavelli die Prozedur bei dem anderen Schloss. Ohne die Hilfe der Canova schob er den schweren Deckel von der Brunnenöffnung und sah hinein. Ein modriger Geruch schlug ihm entgegen. Im Inneren des Brunnens befanden sich in die Wand eingelassene Metallbügel, die nach unten führten. Cavelli zog sein Smartphone hervor, schaltete die integrierte Taschenlampe an und leuchtete nach unten. Der Lichtstrahl war nicht stark genug, um den Boden zu erreichen. Er rüttelte an den beiden obersten Metallbügeln. Sie schienen fest verankert zu sein. Erst jetzt kam ihm ein Gedanke, der ziemlich unerfreulich war. Wegen der Handschellen würden sie nebeneinander heruntersteigen müssen, das bedeutete, dass die Metallbügel jeweils die Last von zwei Personen tragen mussten, statt nur von einer, wie es sicher eigentlich geplant war. Es ließ sich nur hoffen, dass der Konstrukteur dabei an einen besonders dicken Kardinal gedacht hatte.

»Wie tief ist der Brunnen?« Die Selbstsicherheit war vollständig aus Theresa Canovas Stimme verschwunden. Zum ersten Mal schien sie Angst zu haben.

»Daran dürfen wir nicht denken. Wir klettern einfach eine Leiter hinunter, wie wir es schon oft in unserem Leben getan haben, und dann sind wir bald wieder auf sicherem Boden.« Den ersten Satz meinte Cavelli ehrlich, und er sagte ihn genau so sehr zu sich. An den Rest glaubte er selbst nicht so recht. Noch nie war er in völliger Dunkelheit und gefesselt an eine zweite Person eine Leiter von unbekannter Länge und fragwürdiger Stabilität hinuntergeklettert. Und selbst wenn er es sich zutraute, was würde geschehen, wenn die Canova plötzlich in Panik geriet oder abrutschte und ihn mit in die Tiefe riss? Ein Grund mehr, Zuversicht auszustrahlen, sagte er sich. Er wollte schon mit dem Einstieg beginnen, als ihm noch ein Gedanke kam. Er hob den Stein, mit dem er die Vorhängeschlösser geknackt hatte, vom Boden auf und warf ihn in den Brunnen. Es dauerte eine ganze Weile, bis er irgendwo in der Tiefe dumpf aufschlug. Der Stein konnte ihnen noch nützlich sein, möglicherweise würden sie auf weitere Schlösser stoßen. Vatikanische Schlösser. Für einen kurzen Augenblick ging ihm auf, dass er seine Privilegien hier bei Weitem überschritt, das hier war praktisch Einbruch. Andererseits hatte er sich seine jetzige Situation nicht ausgesucht. Im Gegenteil, sein Freund Monsignore Mattlin hatte dies durch seine Erlaubnis, Theresa Canova Asyl im Vatikan zu gewähren, erst ermöglicht, insofern …

Cavelli wischte den Gedanken beiseite. Jetzt galt es, sich auf das Wesentliche zu konzentrieren: nicht abstürzen!

Er trat näher an den Brunnenrand heran. »Los geht's.« Er versuchte, Entschlossenheit in seine Stimme zu legen. Zu seiner Überraschung ließ sich Theresa Canova folgsam mitziehen. Er hatte das Gefühl, dass sie zitterte, aber genau ließ sich das im Dunkeln nicht feststellen. Er kletterte auf den Rand, dann half er ihr hoch. Er tastete nach dem ersten Eisenbügel im Inneren des Brunnens. Zum Glück war er ziemlich breit. Es dauerte fast zwei Minuten, bis sie es geschafft hatten, auf einem tieferen Bügel Tritt zu fassen. Die Bügel waren glitschig und eiskalt. Nach einer Weile hatten sie einen gemeinsamen Rhythmus des Hinabsteigens gefunden, allerdings kamen sie nur sehr langsam voran, zum einen aufgrund ihrer Fesselung und zum anderen, weil sie jeden Metallbügel erst mit dem Fuß auf seine Stabilität prüften. Außerdem bemerkte Cavelli, dass seine Finger langsam gefühllos wurden, und er befürchtete, dass es der Canova ähnlich ging. Zu fragen traute er sich nicht. Ihm war schon seit einiger Zeit aufgefallen, dass ihr Atem immer angestrengter ging. *Immer weiter, bloß nicht denken*, konzentrierte er sich, *Einfach Schritt für Schritt weiter nach unten*. Dann, ganz unerwartet, hatten sie festen Boden unter den Füßen. Es war das beste Gefühl, an das sich Cavelli seit längerer Zeit erinnern konnte. Er zog sein Smartphone hervor, leuchtete nach dem Stein und hob ihn auf. Dabei streifte sein Blick das Gesicht von Theresa Canova, das aschfahl aussah, aber das konnte auch an dem künstlichen Licht liegen. Dann leuchtete er die Brunnenwände ab. Die gute Nachricht war, es existierte tatsächlich eine etwa mannsgroße Öffnung. Die schlechte Nachricht: Es gab noch zwei weitere. Die Canova sprach aus, was er dachte: »Welcher Gang ist der richtige?«

Cavelli versuchte sich zu orientieren. Wo waren die Metallbügel gewesen, als sie oben gestanden hatten? Welche Wege im Wald hatten sie genommen? In welcher Richtung lag der Petersplatz? Cavelli war sich halbwegs sicher, es zu wissen, aber halbwegs war nicht gut genug. Wenn er auch nur eine Abzweigung nicht einberechnet hatte, würden sie den falschen Tunnel nehmen und sonst wo landen. Cavelli leuchte mit der Lampe in alle drei Gänge, aber es waren einfach nur drei schwarze Löcher, die keinerlei Anhaltspunkte boten.

»Der Kompass.« Die Stimme der Canova zitterte leicht, aber sie schien sich einigermaßen im Griff zu haben.

»Was?«

»Der Kompass. Ihr Smartphone besitzt einen Kompass.«

Cavelli überprüfte es, sie hatte recht. Er nahm sich zum tausendsten Mal vor, sich endlich mal mit den Geheimnissen dieses Wundergeräts auseinanderzusetzen, wusste aber gleichzeitig, dass es wohl auch dieses Mal nicht geschehen würde, es interessierte ihn einfach nicht genug. Der integrierte Kompass funktionierte allerdings tadellos, oder zumindest erschien es Cavelli so; ob es wirklich so war, würde sich erst später erweisen. Er wechselte vom Kompass wieder zur Lampe und leuchtete in den Gang zu ihrer Rechten. Dann schaltete er die Lampe wieder aus. »Ich schlage vor, wir gehen im Dunkeln und ich schalte nur von Zeit zu Zeit kurz ein. Mein Akku ist halb leer, und wir werden das Licht sicher später noch brauchen. Es wird eben einfach etwas länger dauern, bis wir raus sind.«

»Dann dauert's eben länger. Ich hab heute sonst nichts mehr vor.«

Theresa Canova klang jetzt völlig ruhig und schien bemerkenswert schnell zu ihrer spöttischen Grundhaltung zurückgefunden zu haben. Cavelli klemmte sich den Stein unter den gefesselten Arm, dann machten sie sich vorsichtig auf den Weg ins Dunkle.

XXXIII

Der gutaussehende Ettore hätte es nicht für möglich gehalten, dass sich seine Verachtung für den hässlichen Ettore noch steigern ließ, doch genau das war der Fall. Bei ihrem Besuch am Abend hatte dieser Gazzos Tochter eine Schachtel Kekse zugesteckt. Er hatte versucht, es diskret zu machen, um nicht zu sagen heimlich, aber der gutaussehende Ettore hatte es natürlich trotzdem mitgekriegt. Und nun gab es zwei Möglichkeiten, die beide kein gutes Licht auf den hässlichen Ettore warfen. Entweder versuchte dieser unattraktive Mann, bei der behinderten jungen Frau zu landen, weil er sonst aufgrund seines Aussehens keine abkriegte. Das wäre erbärmlich. Noch erbärmlicher war, was dann folgte. Gerade als sie sich verabschieden wollten, war sie hastig mit einem Tablett aufgetaucht, auf dem eine Flasche Coca-Cola und zwei nicht zueinander passende Tassen standen. Die Frau hatte ihnen das Getränk geradezu aufgedrängt, wobei dem gutaussehenden Ettore sofort bewusst war, dass es ihr nur um den hässlichen Ettore ging. Anscheinend hatte er mit seinen Keksen tatsächlich etwas bei ihr bewirkt.

Allerdings handelte es sich bei ihr um Gazzos Tochter, und Gazzo wurde von Scalfari hochgeschätzt; er stand in der Hierarchie weit über den Ettores. Sich an die Tochter – behindert oder nicht – eines solchen Mannes heranzumachen, war eine schlechte Idee. Eine ganz schlechte; das musste auch dem hässlichen Ettore klar sein. Der Mann war widerlich, aber kein Vollidiot. Blieb also nur die zweite – weit schlimmere – Möglichkeit: Der hässliche Ettore hatte Mitleid mit der jungen Frau.

XXXIV

Das Vorankommen in dem Tunnel erwies sich als einfacher, als Cavelli erwartet hatte. Der Boden war gepflastert sowie völlig intakt und die Luft erstaunlich gut. Offenbar existierten hier in regelmäßigen Abständen Röhren, die nach oben ins Freie führten und den Tunnel belüfteten. Cavelli fragte sich, wo sie endeten, denn er hatte die Öffnungen in den Vatikanischen Gärten noch nie bemerkt. Es war aber gut möglich, dass man sie kunstvoll unauffällig in Springbrunnen, Mauern und Gebäuden integriert hatte. Sowohl er als auch Theresa Canova ließen für den Fall, dass es irgendwo eine Abzweigung geben würde, jeweils eine Hand vorsichtig an der Mauer entlanggleiten, aber diese Befürchtung bewahrheitete sich nicht. Zum Glück, denn Cavellis Zuversicht, dass er die zurückgelegte Strecke halbwegs abschätzen könnte, war inzwischen verschwunden. Er hatte jegliches Gefühl für Zeit und Entfernung verloren, und Theresa Canovas Vorschlag, sich des Navigationssystems des Smartphones zu bedienen, war daran gescheitert, dass hier unten kein Signal ankam. Sie konnten nur weitergehen und das Beste hoffen. Die zusammengeketteten Arme hielten sie nach vorne, um nicht mit dem Kopf irgendwo anzustoßen. Cavelli hasste das Gefühl, nicht zu wissen, wohin er trat und was um ihn herum war, und er vermutete, dass es Theresa Canova ganz ähnlich ging. Dann, mit einem Mal, veränderte sich die Beschaffenheit des Bodens. Plötzlich waren nicht mehr Pflastersteine unter ihren Füßen, sondern ein glatterer Boden, und auch das Echo ihrer Schritte, das die Wände zurückwarfen, war lauter geworden. Cavelli schaltete für ein paar Augenblicke die Lampe ein. Vor ihnen lag eine lange Treppe und an deren Ende eine grobe Holztür, die mit einem Vorhängeschloss gesichert war.

Nachdem das Ortungssignal angezeigt hatte, dass sich die Canova noch immer im Vatikan aufhielt, war Cypriano in seinen Wagen gestiegen, einen Lieferwagen, der wie ein Polizeitransporter lackiert war und zumindest einer oberflächlichen Überprüfung standhalten würde. Die Organisation verfügte über mehrere solcher Fahrzeuge, und der Planer hatte die Auffassung vertreten, dass sich die Canova so am besten würde transportieren lassen. Im Laderaum schlüpfte Cypriano in eine Carabinieri-Uniform, dann nahm er allen Mut zusammen, den er aufbringen konnte, und rief Agostino Castellani an. Er bemühte sich, das Gespräch auf seine Erfolge zu konzentrieren, dass er die Canova gefunden und überdies auch vor ihrer Ermordung im Vatikan bewahrt hatte. Dass sie dann verschwunden war, schob er dem DIA-Mann in die Schuhe, ohne näher auf Details einzugehen. Dafür vergaß er nicht, darauf hinzuweisen, dass er nun einen Sender besaß, mit dem er die Canova orten konnte. Ein großer Schritt, der gute Aussichten für den kommenden Tag versprach. Castellani nahm es ohne Schuldzuweisungen oder überhaupt erkennbare Gefühlsregungen hin, aber das musste nichts heißen. Cypriano hatte selbst schon erlebt, wie Castellani Todesurteile ausgesprochen hatte mit einer Gleichmütigkeit, als würde er in einem Ristorante Ravioli bestellen. Jetzt schien er aber eher beunruhigt über den DIA-Mann zu sein, der fast mit Sicherheit im Auftrag von Gabriele Cigno gehandelt hatte. Nachdem sie noch einige Details besprochen hatten, beendete Cypriano einigermaßen erleichtert das Gespräch. Im selben Moment verschwand das Signal auf dem Empfänger. Für einige Momente setzte Cyprianos Herzschlag aus. Was war geschehen? Waren die Batterien dieses Geräts leer? Nein, das Kontrolllicht oben rechts leuchtete weiterhin grün. Hatte die Canova jetzt erst den Sender entdeckt, den die DIA ihr wahrscheinlich ohne ihr Wissen untergejubelt hatte, und ihn nun weggeworfen? Oder befand sie sich lediglich in einem Vatikanischen Gebäude mit dicken Mauern, die das Signal nicht durchließen? Cypriano ahnte nicht, dass er mit dieser letzten Theorie ziemlich richtig lag, auch wenn er dabei nicht an einen tiefgelegenen Tunnel dachte. Er überlegte, was er nun tun sollte, dann entschied er sich, mit dem Wagen eine Runde um den Vatikan zu drehen und zu hoffen, dass das Signal irgendwo wieder auftauchen würde. Der Vatikan war klein; vorausgesetzt, es gab nirgendwo einen Verkehrsstau, würde er ihn, wenn er sehr langsam fuhr, in fünfzehn Minuten umrundet haben, schätzte er. Er legte den Gang ein und gab Gas. Die erste Tour ergab nichts, und Cypriano entschloss sich zu einer zweiten Runde, dieses Mal noch langsamer, um keinesfalls das Signal zu verpassen, falls es auch nur einen Sekundenbruchteil auftauchen würde. Doch gerade, als er kurz davor war, an der Porta Sant'Anna vorbeizufahren, bemerkte er plötzlich einen weiteren außergewöhnlichen Vorgang. Er stieg auf die Bremse und beobachtete, wie mehrere Polizeiwagen hineinfuhren und kurz darauf auch ein Leichenwagen. Natürlich, inzwischen hatte man zweifellos den toten DIA-Mann entdeckt, und nun wurde er abtransportiert, und Ermittlungen würden beginnen. Cypriano konnte es egal sein. Keine Spur würde zu ihm führen, was ihn aber durchaus beunruhigte, war die Frage, ob die Polizei, wenn sie den Vatikan verließ, etwa auch Theresa Canova mitnehmen würde. Dann wäre alles umsonst gewesen und man würde ganz von vorne anfangen müssen, ihren Aufenthaltsort zu ermitteln. Dann war ganz plötzlich das Signal wieder da. Doch dieses Mal war es auf dem Bildschirm nicht mehr oben rechts, sondern unten links. Cypriano legte den Gang ein und fuhr langsam los. Je näher er dem Petersplatz kam, desto lauter wurde es. Er parkte den Wagen und stieg aus, um sich zu Fuß auf die Suche zu machen. Woher es genau kam, konnte er noch nicht ausmachen, aber zwei Dinge waren ihm jetzt schon klar. Das Signal bewegte sich kaum, und nun befand es sich außerhalb des Vatikan.

XXXV

Die Tür am oberen Ende der Treppe war alt, genauso wie auch das Schloss. Cavelli legte das Ohr an die Tür und horchte, doch auf der anderen Seite war es still. Er nahm den Stein und schlug kräftig auf das Türschloss, das sofort aus dem uralten Holz herausbrach und jetzt nur noch an ein paar letzten Splittern baumelte. Cavelli zog sein Smartphone hervor und leuchtete durch das Loch. Auf der anderen Seite schien sich eine Art Lagerraum ohne Fenster zu befinden. Fast alles stand voll mit Umzugskartons, aber auch ein paar Aktenschränke, alte Stühle und zwei Türme mit Mineralwasserkisten standen dort herum. Erneut lauschten beide, aber noch immer war nirgendwo ein Geräusch zu hören. Cavelli versuchte, die Tür aufzuschieben, doch sie wurde durch etwas Schweres blockiert. Erst als er sich mit seinem ganzen Gewicht dagegenstemmte, entstand ein Spalt, durch den sich die beiden hindurchzwängen konnten. Cavelli beleuchtete die Ursache des Problems: zwei Stapel Kartons, welche die ganze Tür verdeckt hatten. Offenbar wollte jemand nicht, dass dieser Ausgang zu sehen war. Leise bewegten sie sich auf eine weitere Tür zu, die sich auf der gegenüberliegenden Seite des Raumes befand. Cavelli hob den Stein, doch Theresa Canova kam ihm zuvor, indem sie die Klinke hinunterdrückte. Es war offen. Auch in dem angrenzenden Raum herrschte Dunkelheit. Allerdings gab es unzählige schwache Lichtquellen: leuchtende Schalter an Steckdosenleisten sowie etliche Betriebsleuchten an Computern und anderen Geräten. Durch eine Reihe kleiner Fenster, die sich fast unter der Decke befanden, fiel das Licht von Straßenlaternen hinein. Ein Großraumbüro mit zahlreichen unsystematisch verteilten Schreibtischen. In einer Ecke brummte ein Kühlschrank, irgendwo auf der Straße jaulte eine Katze.

»Wo sind wir hier?«, flüsterte Theresa Canova.

»Ich bin nicht ganz sicher«, antwortete Cavelli ebenso leise. »Dies ist vielleicht das Eckgebäude in der Via della Conciliazione. Oder das daneben. Und das hier könnte das Büro der beim Vatikan akkreditierten Journalisten sein.« Wieder lauschte er. »Wir müssen damit rechnen, dass hier nachts ein Wachdienst ist, es ist sogar ziemlich wahrscheinlich.«

»Worauf wollen Sie hinaus?«

»Vielleicht sollten wir uns einfach bemerkbar machen. Wir erzählen dem irgendeine Geschichte, dass wir versehentlich eingeschlossen wurden und nun raus wollen.«

»Sind Sie vollkommen übergeschnappt?«

»Warum denn? Wir sehen beide nicht wie Einbrecher aus, und ich hab meinen Dauerpassierschein vom Vatikan dabei. Die Chancen stehen gut, dass …«

Theresa Canova packte Cavelli am Revers. Ihr Gesicht war direkt vor seinem. »Wie oft muss ich es Ihnen *noch* sagen: Ich vertraue *niemandem*! Wenn der Wachmann die

Polizei ruft und die uns verhaften, wissen meine Verfolger in spätestens einer Stunde, wo ich bin, und dann ...« Sie vollendete den Satz nicht, starrte ihn aber weiter mit glühenden Augen an.

»Schon gut, schon gut«, lenkte Cavelli ein. »Dann setzen wir uns hier irgendwo hin und warten, bis morgen früh der Bürobetrieb beginnt, und dann marschieren wir einfach ganz selbstverständlich raus. Okay?«

Die Canova ließ sein Jackett los. »Okay.« Sie strich sich verlegen eine braune Haarlocke aus der Stirn. »Tut mir leid. Meine Nerven ...«

»Schon gut, ich verstehe. Meine übrigens auch. Und dann noch *das* hier!« Er hob etwas den Arm mit der Handschelle. Theresa Canova betrachtete ihre an den Handgelenken verbundenen Arme, als käme ihr diese Situation erst jetzt zu Bewusstsein. »Kommen Sie mal mit.« Langsam bewegte sie sich auf einen der vielen Schreibtische zu.

Cavelli ließ sich etwas widerwillig mitziehen. »Was haben Sie vor?«

»Wir brauchen eine Schreibmappe.«

»Schreibmappe?«

»Na, so ein Pappding, in dem man Papiere abheftet.«

»Einen Aktenordner.«

»Nein, keinen Ordner, eine Mappe, hören Sie doch richtig zu.«

»Und wozu brauchen wir die?«

»Werden Sie ja sehen.« Sie zog ihn zum nächsten Schreibtisch. Schließlich fand sie, wonach sie suchte. Einen unscheinbaren gelben Papphefter, in dem sich einige Papiere befanden. Sie öffnete den Ordner, bog die beiden Enden des Metallbügels hoch, entfernte das Metallstück mit den beiden Löchern, das half, die Papiere festzuhalten, und warf es beiseite. Dann nahm sie die Papiere aus der Mappe und legte sie auf den Schreibtisch. Cavelli kratzte sich am Kopf. War die Canova jetzt vor lauter Angst übergeschnappt und flüchtete sich in irgendeine Phantasiebürowelt, in der alles seine Ordnung hatte?

»Was zum Teufel …?«

»Seien Sie ruhig«, zischte die Canova, ohne in ihrem Tun innezuhalten. »Passen Sie lieber auf, dass niemand kommt.« Mit einem kräftigen Ruck zog sie den Metallstreifen, auf den normalerweise die gelochten Papiere gespießt wurden, aus der Mappe. »Das hab ich von meinem Mann gelernt.« Es klang mehr nach Stolz als nach Wahnsinn. Sie legte den Metallstreifen auf den Schreibtisch, glättete ihn mit dem Daumen, so gut es ging, und hob ihren gefesselten Arm in die Nähe ihres Gesichts. »So, jetzt halten Sie Ihren Teil mal fest.« Cavelli kam der Aufforderung nach. Theresa Canova verzog den Mund zu einem schiefen Grinsen. »Ich hätte nie gedacht, dass ich das wirklich mal anwenden würde.« Sie nahm den Metallstreifen und führte ihn in die Handschelle an Cavellis Arm ein. Zu dessen Überraschung aber nicht in das Schloss, wie man das aus Filmen kannte, sondern in die Öffnung, in die der Bügel verschwand. Sie drückte den Streifen so weit hinein, wie es ging, dann zog sie den Bügel einfach heraus. Cavellis Arm war frei. Verblüfft sah er sie an. »So einfach?« Die Canova war bereits mit der Handschelle an ihrem eigenen Arm beschäftigt.

»So einfach«, bestätigte sie. »Handschellen sind im Grunde sehr primitiv.« Dann öffnete sie auch den Bügel an ihrer eigenen Handfessel. Mit leichtem Klirren fiel sie zu Boden. Für einige Augenblicke standen sie beide nur da und rieben ihre wunden Handgelenke. Ihre Blicke trafen sich. Es war ein seltsamer Moment. Der erste, der zumindest ansatzweise so etwas Ähnliches wie normal war. Ganz im Gegensatz zu dem Irrsinn der letzten Stunden. Zwei Menschen, die sich nie zuvor gesehen hatten, plötzlich zusammengekettet, auf der Flucht vor unsichtbaren Mördern in einem Eisenbahntunnel, einem Brunnen und einem unterirdischen Geheimgang. Mit einem Mal kam Cavelli das alles völlig irreal vor. Und nun standen sie plötzlich ohne Fesseln in einem ganz gewöhnlichen Großraumbüro, als wenn all das nie stattgefunden hätte. Das Vergangene schien auf einmal unendlich weit entfernt zu sein. Theresa Canova brach das Schweigen. »Meinen Sie, der Wachmann wird hier reinkommen?«

»Falls die Bürotür über Nacht abgeschlossen ist, vermutlich nicht. Soll ich's mal probieren?«

Die Canova verzog nervös den geschminkten Mund, dann nickte sie. Cavelli ging leise zur Tür am anderen Ende des Raumes und legte das Ohr an das Holz. Dann drückte er langsam die Klinke hinunter. *Verschlossen.* Er machte eine Daumen-hoch-Geste zu Theresa Canova. Sie nahm es nickend zur Kenntnis, auf einmal sah sie sehr müde aus.

XXXVI

Emilio Piga hatte soeben seinen zweiten Rundgang im Palast der Kongregationen an der Piazza Pio XII. beendet. Wie immer hatte er für die vier Stockwerke ziemlich genau sechsundfünfzig Minuten gebraucht. In dem exterritorialen Vatikanischen Palast befanden sich eine geräumige Kardinalswohnung, eine weitere, weniger geräumige Privatwohnung und ansonsten verschiedene Geschäfte sowie Vatikanische Büros und Präfekturen. Wie immer war alles ruhig.

Doch das musste nichts heißen. Vor einigen Jahren hatte hier ein aufsehenerregender Einbruch stattgefunden, bei dem in der Präfektur für die wirtschaftlichen Angelegenheiten des Heiligen Stuhls brisante Dokumente entwendet worden waren. Damals war das Gebäude noch nicht bewacht gewesen. Man hatte es nicht für notwendig erachtet. Und selbst heute gab es innerhalb des Vatikan viele, welche die Katholische Kirche für unantastbar hielten. War nicht die Mauer um den Vatikan die einzige bedeutende Mauer in Rom, an die noch niemals jemand ein Graffito gesprüht hatte? Doch die Zeiten wandelten sich. Man musste sich anpassen. Im Laufe der letzten Jahre waren die Sicherheitsvorkehrungen in und um den Vatikan immer weiter verschärft worden. Sehr zum Ärger der Finanzkommission des Governatorats, die immer wieder aufs Neue beklagte, dass die enorm hohen Kosten, die den knappen Etat des Vatikan schwer belasteten, offenkundig hinausgeworfenes Geld waren; mochten ihnen die Befürworter dieser Maßnahmen auch noch so oft erklären, dass Sicherheitsvorkehrungen grundsätzlich zu einer Selfdestroying Prophecy führten, also umso sinnloser wirkten, je effektiver sie waren. Emilio Piga gehörte naturgemäß nicht zu den Sicherheitskritikern. Er war froh, in einer Zeit steigender Arbeitslosigkeit diesen Job bekommen zu haben. Gut bezahlt war er zwar nicht, aber dafür hatte er das Gefühl, sich im Zentrum der Weltkirche zu befinden und für den Heiligen Vater zu arbeiten. So leistete er einen kleinen, aber dennoch wertvollen Beitrag zum großen Ganzen. Ähnlich wie die Sampietrini, die Arbeiter, die für die tägliche Instandhaltung des Peterdoms verantwortlich waren und ihre hochbegehrten Arbeitsplätze seit Jahrhunderten von den Vätern auf die Söhne vererbten. Auch Piga war stolz auf das, was er hier leistete. Selbst wenn die meisten Nächte sehr ruhig waren und sich sein seltenes Eingreifen darauf beschränkte, Obdachlose wegzuscheuchen, die genau vor der Eingangstür ihr Nachtlager aufschlagen wollten. Auch heute würde es wohl wieder ruhig bleiben, aber das bedeutete keinesfalls, dass Emilio Piga in Routine verfallen würde. Er nahm seine Aufgabe so ernst wie am ersten Tag. Auch heute Nacht würde er keinen Meter seines Rundgangs auslassen, auch nicht beim letzten Mal gegen Morgen. Auch heute Nacht würde er an jeder Tür rütteln, um zu prüfen, ob sie verschlossen war, und er würde mit seiner großen Stablampe, die ihm, zusammen mit einem Pfefferspray, notfalls auch als Verteidigungswaffe dienen sollte, in jede dunkle Ecke leuchten.

Er schüttete etwas heißen Kaffee aus der Thermosflasche, die er hinter einer Marmorsäule in der Lobby platziert hatte, in den Plastikdeckel und kippte ihn mit wenigen hastigen Schlucken hinunter. Dann stellte er den Deckel neben die Thermosflasche und begann seine nächste Runde.

XXXVII

Cavelli und Theresa Canova hatten sich in die hinterste Ecke des Büros zurückgezogen, so weit wie möglich entfernt von der Tür, und saßen hinter einem Schreibtisch, angelehnt an die Wand, auf dem Teppichboden. Falls der Wachmann doch hereinschaute, hatten sie, zumindest solange er nicht hereinkam, gute Chancen, nicht entdeckt zu werden. Eine Weile saßen sie einfach nur da und starrten in den dunklen Raum mit seinen vielen winzigen Irrlichtern. Irgendwo zwischen Wachen und Schlafen, wie auf einem nächtlichen Langstreckenflug. Cavelli schwebten tausend Fragen im Kopf herum. Fragen an Theresa Canova. Aber er wusste, dass er sie nicht stellen würde. Es ging ihn nichts an. Für ein paar Stunden war er durch eine unglückliche Verkettung von Umständen in ihre Welt gezogen worden. Er hatte geholfen, so gut er konnte. Aber was war ihm auch übriggeblieben? Er hatte ebenso sich selbst geholfen. Morgen früh würden sie dieses Büro verlassen. Dann würde er nach Hause gehen und sein Leben weiterführen, und Theresa Canova würde … nun er hatte nicht die geringste Vorstellung, was sie tun würde, und das war auch besser so. Es war ihm auch völlig egal, sagte er sich, um fast im selben Moment festzustellen, dass dies nicht stimmte. Was hatte sie noch vor dem Palazzo gesagt? Dass es nun auch *seine Sache* war? Dass ihre Verfolger inzwischen wussten, wer er war und wo er wohnte? Ein verdammt beunruhigender Gedanke. Cavelli spürte einen kalten Schauer seine Wirbelsäule hinabfahren. Andererseits, woher sollten *sie* das wissen? Der einzige Mann, der korrupte DIA-Beamte, der sein Gesicht gesehen hatte, war tot. Doch war der wirklich der Einzige? Jemand hatte den DIA-Mann erdrosselt. Er musste sich in der Wohnung aufgehalten haben, während Cavelli mit Theresa Canova an die Heizung gekettet gewesen war. Hatte diese Person vielleicht Cavelli gesehen, ohne dass er es bemerkt hatte? Und selbst wenn nicht: Diese Person hatte Theresa Canova gefunden, obwohl ihr Aufenthaltsort geheim gewesen war. Diese Leute mussten mindestens *eine* Verbindungsperson im Vatikan haben. Eine hochgestellte Person. Der erste und einzige Name, der Cavelli augenblicklich in den Sinn kam, war Joseph Mattlin. Er wies ihn als grotesk zurück. Für Mattlin legte er seine Hand ins Feuer. Aber wer dann?

Dass er selbst es gewesen war, der Cypriano zu Theresa Canova geführt hatte, ahnte er nicht.

Er verdrängte den Gedanken an seine eigene Gefährdung. Es war mitten in der Nacht, keine gute Zeit, um über die Zukunft nachzudenken. Die nächtlichen Dämonen gaukelten ihm wahrscheinlich nur eine Horrorvision vor. Im nüchternen Licht des neuen Tages würde alles sehr viel freundlicher aussehen, dachte er, als ihm plötzlich bewusst wurde, dass die Canova ihn von der Seite anstarrte. Er drehte sich zu ihr, sie schien nur darauf gewartet zu haben und feuerte eine ganze Reihe von Fragen auf ihn ab: »Was haben Sie eigentlich in der Wohnung gewollt? Und woher haben Sie gewusst, wer ich bin? Und wo? Wer hat Ihnen das verraten?« Ihr Ton hatte etwas von einer unerbittlichen Staatsanwältin.

Er verzog unbehaglich das Gesicht. Rückblickend betrachtet war es natürlich eine schwere Verfehlung Mattlins gewesen, ihn in die Anwesenheit Canovas im Vatikan einzuweihen, aber Cavelli hatte nicht die Absicht, seinen Freund in Schwierigkeiten zu bringen. Andererseits verstand er, dass Theresa Canova es unbedingt wissen wollte. Sie hatte ein Anrecht darauf, es zu erfahren. Cavelli seufzte und legte ihr mit ein paar Sätzen den Sachverhalt dar, wobei er versuchte, Mattlin so gut es ging in Schutz zu nehmen. Bei der Canova schien das nicht besonders gut anzukommen. Sie ließ eine ganze Tirade gegen Monsignore Mattlin vom Stapel, die so ungerecht war, dass sich Cavelli genötigt sah, ihr zu offenbaren, dass sie es nur Mattlin zu verdanken hatte, dass man ihr im Vatikan überhaupt Asyl gewährt hatte und dass er damit ein großes persönliches Risiko eingegangen war. Die Canova warf Cavelli einen strafenden Blick zu, dann wandte sie sich ab, wühlte aufgebracht in ihrer Handtasche herum und zog ein goldenes Zigarettenetui hervor.

»Das ist keine gute Idee«, bemerkte Cavelli, »der Rauch könnte den Wachmann …«

Die Canova wischte seinen Einwand mit einem unwirschen »Ach!« beiseite und zündete sich eine Zigarette an. »Stellen Sie sich nicht so an. *Eine* spielt doch gar keine

Rolle in diesem großen Raum.« Sie nahm einen tiefen Lungenzug und stieß den Rauch heftig durch die Nase aus. »Und Ihr Monsignore Mattlin soll sich nur nichts einbilden auf seine Großzügigkeit. Es ist schließlich eine uralte Tradition, dass die Kirche Verfolgten Unterschlupf gewährt.«

Cavelli nickte. »Allerdings war dies auch eine Machtdemonstration der Kirche, um zu zeigen, dass sie über dem weltlichen Gesetz stand. Und was viele nicht wissen …«, Cavellis Kopf hatte nach dem ersten Satz automatisch in den Professorenmodus geschaltet, »die Gesetzesbrecher, denen Kirchenasyl gewährt wurde, mussten sich nützlich machen und hart arbeiten. So hart, dass viele schnell weiterzogen, weil sie das Leben auf der Flucht weniger anstrengend fanden.«

»Klugscheißer.« Die Betonung dieses Wortes klang wesentlich freundlicher als der Inhalt. Die Zigarette schien Theresa Canova in eine mildere Stimmung zu versetzen. Sie warf ihm einen listigen Blick zu. »Jetzt sag ich Ihnen auch mal was, was Sie bestimmt nicht wissen, und wenn Sie zehnmal im Vatikan leben.« Sie kicherte in sich hinein.

»Da bin ich aber gespannt.«

Sie hielt ihre Zigarette hoch. »Papst Johannes Paul II. und ich haben was gemeinsam: Marlboro-Zigaretten.«

Cavelli musste auflachen. »Doch, wusste ich, aber Sie haben recht, das ist wenig bekannt. Offiziell war er Nichtraucher. Zu einem Kardinal, der ihn gefragt hat, ob er im Vatikan rauchen dürfe, soll er gesagt haben: *Nur, wenn der Rauch weiß ist.*« Für einen kurzen Augenblick lächelte die

Canova. Es war der erste Moment ohne Anspannung. Bisher hatte Cavelli Theresa Canova eigentlich nur als Problem gesehen. Nun kam sie ihm zum ersten Mal wie ein normaler Mensch vor – und wie eine eigentlich sogar ziemlich attraktive Frau. Ihr Gesicht war perfekt geschnitten, sie hätte ohne weiteres auch Schauspielerin oder Modell sein können, wäre da nicht dieser wachsame Ausdruck in ihren Augen gewesen, der niemals verschwand, nicht einmal dann, wenn sie lachte. Und noch etwas, das ihm jetzt erst auffiel, trübte das ansonsten makellose Bild: Am Hals hatte die Canova eine senkrechte, etwa zwanzig Zentimeter lange Narbe, die Anlass zu wildesten Spekulationen lieferte.

Sie nahm einen weiteren Zug und blies den Rauch in die Luft. Dann fächelte sie ihn mit der anderen Hand auseinander. Offenbar fand sie Cavellis Warnung doch nicht völlig abwegig.

»Es tut mir leid, dass Sie mit in dieser ganzen Sache drinhängen«, sagte sie unvermittelt.

»Ich denke nicht, dass ich in Gefahr bin«, erwiderte Cavelli mit mehr äußerlicher als innerer Zuversicht. »An Ihrer Stelle würde ich mir mehr Sorgen um mich selbst machen.«

Theresa Canova nahm einen hastigen Zug von ihrer Zigarette.

»Ich komme schon klar. Bin ich immer im Leben. Wie sagte schon meine Mutter immer: *Bitte nicht um eine leichtere Last, sondern um einen stärkeren Rücken.*« Sie lächelte wehmütig vor sich hin. »Das war der Wahlspruch ihrer

Lieblingsheiligen. Eine große Frau, darum bin ich nach ihr benannt.«

»Teresa von Ávila?«

»Sagen Sie bloß, Sie haben von ihr gehört.«

»Selbstverständlich, immerhin unterrichte ich die Geschichte des Papsttums.«

Die Canova zog ein skeptisches Gesicht. »Und das interessiert die Studenten von heute? Päpste und Teresa von Ávila? Schwer vorzustellen.«

»Da haben Sie recht, ich muss mir schon einiges einfallen lassen dafür.«

»Lassen Sie mal hören.«

»Sicher?«

»Besser, als hier einfach nur rumsitzen.«

»Gut, damit sind Sie schon eine Stufe mehr motiviert als meine Studenten. Also: Wie Sie ja vielleicht wissen, wurde der Leichnam von Teresa von Ávila ein Dreivierteljahr nach ihrem Tod exhumiert. Er war unversehrt, was dazu führte, dass verschiedene Teile ihres Körpers als Reliquien verehrt wurden, unter anderem eine ihre Hände. 1937 entriss sie der spanische Diktator Franco den Nonnen in Ronda, die diese Reliquie in Verwahrung hatten. Von da an ging er niemals mehr ohne sie irgendwohin. Er bewahrte sie an seinem Bett auf und hatte sie bei sich, als er starb. Erst nach seinem Tod im Jahre 1975 konnten die Nonnen die Hand zurückholen. Seitdem wird sie in einem verdunkelten Raum aufbewahrt, der immer verschlossen ist. Die Hand befindet sich in einem Handschuh aus Silber, der mit Edelsteinen besetzt ist.«

»Hübsche Geschichte, erinnert fast ein bisschen an Indiana Jones.«

»Moment, das Eigentliche kommt doch erst. Aber komisch, dass Sie einen Kinofilm erwähnen, denn genau das ist es, was meine Studenten interessiert: In den Avengers-Filmen *Infinity War* und *Endgame* kommt ein mächtiger Gegenstand vor: der Thanos-Handschuh. Und der ist eine fast hundertprozentige Kopie des Handschuhs der Heiligen Teresa.«

»Aha.« Die Canova wirkte nicht sonderlich interessiert.

»Beeindruckt Sie wahrscheinlich nicht so, weil Sie diese Filme nicht kennen, aber meine Studenten …«

»Es ist traurig, wenn Katholizismus nur noch mit so einem Unterhaltungsschnickschnack vermittelbar ist.«

Cavelli kratzte sich überrascht am Kinn. »Tja, da mögen Sie wohl recht haben. Obwohl …« Er zögerte.

»Obwohl was?« Da war er wieder, der Staatsanwältinnenton der Canova. »Sagen Sie's doch frei heraus: Wie kann so eine Mafiabraut, wie ich es bin, den Verfall des Katholizismus beklagen? Das ist es doch, was Sie meinen, oder nicht? Raus mit der Sprache!«

»Nun ja …«, begann Cavelli vorsichtig. »Ich hätte das wohl anders formuliert, aber im Großen und Ganzen: ja. Das wundert mich etwas.«

»Ich will Ihnen mal was sagen.« Dass Theresa Canova trotz ihrer Wut flüsterte, machte es nur noch bizarrer. »Ich bin eine gute Katholikin, natürlich hab ich Fehler gemacht, sehr schwere Fehler, aber glauben Sie bloß nicht, dass *Sie* besser sind.«

»Nun, besser vielleicht nicht, aber Ihr Mann hat Menschen getötet. Oder es in Auftrag gegeben. Und Sie haben das zumindest irgendwie toleriert.«

»Dann lassen Sie mich Ihnen eine einfache Frage stellen.«

»Bitte.«

»Sind Sie Vegetarier?«

»Was soll *das* mit …«

»Eine ganz einfache Frage. Sind Sie's oder nicht?«

»Nein, bin ich nicht.«

»Also lassen Sie zu Ihrem persönlichen Vorteil Tiere töten.«

»Aber keine Menschen.«

»Wo ist der Unterschied?«

»Fragen Sie das im Ernst? Tiere haben kein entwickeltes Bewusstsein.«

»Also darf man Menschen, die das auch nicht haben, Ihrer Meinung nach töten?«

»Das habe ich nicht gesagt.«

»Ist aber die logische Konsequenz aus dem, was Sie gesagt haben.«

»Sie verdrehen mir das Wort im Munde.«

»Überhaupt nicht. Tiere haben auch Gefühle und Todesangst. Jetzt mal ehrlich: Sie selbst wären doch niemals in der Lage, Ihr Steak selbst zu schlachten, oder?«

»Nein, wäre ich nicht.«

»Aber solange das irgendwer anders macht und das Ganze schön abstrakt bleibt, haben Sie kein Problem damit.«

»Tja, wenn Sie das *so* sehen …«

»Tu ich.«

»Aber immerhin halte ich mich, im Gegensatz zu ihrem Mann, an die Gesetze.«

»Hat mein Mann auch.«

»Wie bitte?«

»Ja. An die heiligen Gesetze der Mafia. Die hat er niemals gebrochen.«

»Das hat doch seinen Opfern nichts genützt.«

»Genauso wenig wie es den Tieren, die Sie essen, nützt, dass Sie sich an die Menschengesetze halten. Mein Mann ist in der Mafia aufgewachsen, für ihn war das alles so normal und alltäglich wie für Sie Fleisch essen.« Sie sah ihn herausfordernd an.

»Sie haben recht«, gab Cavelli nach einer Pause widerwillig zu. »Ich bin auch nicht besser.«

Theresa Canova ließ sich zurück an die Wand sinken, als wolle sie ihren Sieg auskosten. Dann sprach sie zu Cavellis Überraschung weiter: »So, jetzt, wo Sie von Ihrem hohen moralischen Ross runter sind, sage ich Ihnen, dass ich sehr *wohl* weiß, dass ich große Schuld auf mich geladen habe, das können Sie mir glauben. Aber das Leben ist kein Film, wo für den Betrachter alles klar ist. Es gibt diese Grauzonen. Ich hab meinen Mann wirklich geliebt. Als ich ihn kennenlernte, war mir gar nicht richtig klar, wer er war und was er so trieb …«

»Sie müssen nicht …«

»Und dann rutscht man da Stück für Stück rein, macht hier ein Zugeständnis, rechtfertigt dort etwas irgendwie oder verschließt die Augen vor etwas anderem. So sind die Menschen nun mal. Alle. Später gab es dann auch andere Phasen. Und wie es die gab! Schlaflose Nächte, in denen mich mein Gewissen quälte, fürchterliche Kräche. Er hat mich geschlagen, ich habe mit Geschirr nach ihm geworfen. Und dann die Versöhnungen, wo er mir geschworen hat, dass er nur noch den Moment suche, um aus allem auszusteigen. Natürlich hat er es nie getan und auch nie vorgehabt, aber ich wollte es eben glauben. Ich hab so dafür gebetet, dass er es tut, aber ich wurde nicht erhört. Wie gesagt, im realen Leben ist es alles nicht so eindeutig, wie es Außenstehenden oder einem selbst im Nachhinein erscheint.«

Sie lächelte. »Wissen Sie, Rosario konnte auch sehr liebevoll und romantisch sein. Aber das können Sie vielleicht nicht verstehen.« Sie warf Cavelli einen geringschätzigen Blick zu.

»Doch, natürlich versteh ich das«, widersprach er. »Glauben Sie, nur weil ich Universitätsprofessor bin, habe ich keinen Sinn für Romantik?« Cavelli fand diese Unterstellung reichlich beleidigend.

Die Canova drehte sich zu ihm und sah ihn mit freundlichem Spott an. »Was war das Romantischste, was Sie je getan haben?«

Cavelli atmete tief durch. Er wusste sofort, was die Antwort darauf war. Aber es war eine kostbare Erinnerung an Elena, eine, an die er oft dachte, wenn ihn die Trauer überwältigte und er seine Ehefrau, die durch einen rücksichtslosen Autofahrer so plötzlich aus seinem Leben gerissen worden war, ganz besonders vermisste. Er hatte noch nie jemandem von dieser Sache erzählt, vielleicht auch, weil sie ihm im Nachhinein ein bisschen peinlich war, aber vielleicht war dies jetzt auf seltsame Weise der passende Moment.

»Nun, das war wahrscheinlich, als ich meiner Frau den Heiratsantrag gemacht habe. Das war am Pasquata rosata im Pantheon. Waren Sie mal da?«

»Im Pantheon? Sicher.«

»Aber nicht am Pasquata rosata.«

»Nein, ich erinnere mich dunkel, dass da irgendwas passiert. Was war's noch gleich?«

»Es ist eine alte Tradition. Nach der Messe am Pfingstsonntag regnen auf einmal minutenlang zigtausende von Rosenblättern durch das offene Fenster in der Kuppel.«

Theresa Canova verzog amüsiert die Lippen. »Ein Wunder?«

»Nein, natürlich nicht. Die Rosenblüten werden von Feuerwehrleuten auf dem Dach durch die Öffnung geworfen. Das weiß natürlich jeder, aber es ist trotzdem ein überaus magischer Moment. Zumindest wenn man dabei ist. Wahrscheinlich finden Sie das ziemlich kitschig.«

Theresa Canova lächelte. »Überhaupt nicht, Signor Cavelli, überhaupt nicht. Aber dann verstehen Sie ja wahrscheinlich auch, dass man die Fehler eines Menschen, den man liebt, mit ganz anderen Augen sieht, als wenn es die Fehler einer x-beliebigen Person wären.«

Cavelli nickte verlegen. «Natürlich.«

»Glauben Sie mir, ich weiß, dass ich eine Sünderin bin. Und was das Weltliche angeht, sehen Sie ja, dass ich versuche, es wiedergutzumachen. Was das *Andere* angeht …«

»Ja?«

»Wir werden sehen, ob das überhaupt möglich ist.«

»Ob *was* möglich ist?«

»Dass Gott mir vergibt.«

»Na ja, ich bin kein Priester und wahrscheinlich weniger gläubig, als ich sein sollte, aber so viel hab ich in all den Jahren mitbekommen: Vergebung ist *immer* möglich, wenn man bereut.«

»Das wird sich zeigen. Ich habe mir etwas überlegt. Ich verrate es Ihnen, aber Sie müssen mir versprechen, mich nicht auszulachen.«

Cavelli hob die Hand. »Hoch und heilig versprochen.«

»Na gut. Ich habe vor, den gesamten Jakobsweg entlang zu pilgern. Als Buße. Oder um zu mir zu kommen. Oder um – was weiß ich? Aber irgendwie fühle ich, dass ich das tun muss.«

»Eine gute Idee, sehr viele Menschen haben das schon getan. Es ist wohl ein ganz besonderes Erlebnis.«

»Und dann fange ich nochmal ganz von vorne an. Weit weg von hier, wo mich niemals jemand findet.«

»Australien? Es ist wunderbar dort.«

Theresa Canova schüttelte nachdenklich den Kopf. »Ich weiß nicht, ob das weit genug ist. Ich glaube, wenn das hier alles vorbei ist, muss ich mich am Ende der Welt verkriechen.«

»Am Ende der Welt? Wo ist das?«

»Das weiß ich auch noch nicht. Warten wir's ab. Vielleicht schreib ich Ihnen dann 'ne Postkarte von dort. Falls ich es bis dorthin schaffe …« Sie verfiel in Schweigen und schloss müde die Augen. Cavelli sah auf seine Armbanduhr. Bis zum Morgen war es noch lange hin. Die Nacht hatte gerade erst begonnen.

XXXVIII

Cyprianos hässlicher Mund verzog sich voller Angst. Tat er das Richtige? Sein Auftrag war es gewesen, Theresa Canova aus dem Vatikan hinauszutreiben. Anschließend hätte er eine zweite Aufgabe gehabt. Er wusste nicht, wer sich diesen zweiten Teil des Plans ausgedacht hatte, aber er musste zugeben, dass er von grausiger Schönheit war. Nun jedoch war etwas eingetreten, was nicht vorausgesehen worden war. Die Canova befand sich zwar außerhalb des Vatikan, jedoch nicht in seiner Gewalt. Allerdings besaß er das Ortungsgerät des DIA-Mannes. Das Signal hatte sich seit über einer Stunde nicht mehr bewegt. Leider führte dieses primitive Gerät ihn nur ungefähr in die richtige Richtung. Es war wie bei diesem Suchspiel für Kinder, bei dem man *kälter* oder *wärmer* rief, je nachdem, ob der Suchende sich von dem gesuchten Gegenstand entfernte oder ihm näherkam. Außerdem setzte das Signal immer wieder aus, während er herumfuhr. Cypriano vermutete, dass es an den extrem dicken Mauern lag, die sich nicht nur im Vatikan, sondern auch um den Vatikan herum überall befanden. Seit zwei Stunden fuhr er die Straßen ab, und es war ihm gelungen, den Aufenthaltsort der Canova auf weniger als einen Quadratkilometer einzugrenzen. Er parkte seinen Wagen und stieg aus. Den Rest der Suche würde er zu Fuß erledigen müssen. Bald würde er die Canova gefunden haben. Das wusste er, es war fast, als könne er ihre Nähe bereits fühlen. Doch was dann? Sollte er Castellani anrufen? Um Verstärkung bitten? Die Canova war ein paar Meter von ihm entfernt an eine Heizung gefesselt gewesen. Dennoch hatte sie es nicht nur geschafft, sich zu befreien und zu fliehen, sie hatte auch irgendwie heimlich den Vatikan verlassen. Sie war keineswegs das hilflose Opfer, mit dem er gerechnet hatte, sondern ein ernstzunehmender Gegner. Möglicherweise hatte sie auch Hilfe. Vielleicht den Mann, der mit ihr an die Heizung gefesselt gewesen war. Cypriano wusste, dass er sich keinen weiteren Fehler erlauben durfte. Wenn ihm die Canova ein zweites Mal entwischte, würde man das nicht gerade mit Wohlwollen aufnehmen. Er erschauerte bei dem Gedanken. Die Vernunft riet ihm, Verstärkung anzufordern, sobald er die Canova lokalisiert hatte. Andererseits, sollten andere die Früchte ernten, für die er gearbeitet hatte? Das war nicht gerecht. Schließlich hatte die Medaille auch noch eine Kehrseite: Sollte er die Canova im Alleingang erledigen, würde man das zweifellos zu würdigen wissen.

Vom Petersplatz kommend begann er, langsam die rechte Seite der Via della Conciliazione abzuschreiten, den Blick immer auf den DIA-Empfänger gerichtet. Auf Höhe des Hotel Columbus bemerkte er, dass das Signal schwächer wurde. Er überlegte kurz, dann wechselte er die Straßenseite und ging dort wieder in Richtung des Petersplatzes. Das Signal wurde mit fast jedem Schritt lauter, bis er das äußere Erdgeschossfenster des Eckgebäudes erreicht hatte. Dann wurde es wieder leiser. Cypriano schickte ein Stoßgebet in den Himmel und steuerte auf die Eingangstür zu.

XXXIX

Emilio Piga befand sich im zweiten Stock, als er das Klopfen hörte. Da war jemand an der Eingangstür. Er ignorierte es. Es war nicht das erste Mal, dass Betrunkene nachts im Vorbeigehen an diese oder eine andere Tür klopften. Er hatte längst gelernt, dem keine Bedeutung beizumessen. Doch nach einigen Schritten wiederholte sich das Klopfen. Diesmal lauter. Auch das war nicht allzu außergewöhnlich. Wenn penetrant weitergeklopft wurde, ging er für gewöhnlich zur Tür und sah nach, bevor noch irgendeine Sachbeschädigung angerichtet wurde. Meistens wechselte er mit der betreffenden Person ein paar Worte und versuchte sie zu bewegen, einfach weiterzuziehen. Manche wurden dann unangenehm, aber die meisten blieben friedlich und trollten sich schließlich. Früher hatten Piga solche unerwarteten Ereignisse erheblich gestresst, aber die Erfahrung hatte ihn mit den Jahren selbstsicherer werden lassen. Jetzt war er schon fast froh über jede Abwechslung während seiner ansonsten ereignislosen Nachtschicht. Noch immer war das Klopfen zu hören. Piga eilte die Treppen hinunter. Jetzt fiel ihm auf, dass es anders war als das von Betrunkenen. Präziser, energischer. Hier wollte wirklich jemand hinein, der offenbar einen guten Grund dafür hatte – oder das zumindest glaubte. Aber was immer es auch war, Piga würde ihm eine Abfuhr erteilen. Freundlich, immerhin arbeitete er für den Vatikan, aber dennoch bestimmt.

Nun hatte er die dunkle Eingangshalle erreicht. Ein kleiner Schreck durchfuhr ihn, als er durch die große Glasscheibe in der Tür sah, um wen es sich bei dem nächtlichen Besucher handelte: Es war ein Carabinieri. Piga war die Gesetzestreue in Person und stand jeglicher Polizeiarbeit außerordentlich wohlwollend gegenüber, aber aus irgendeinem Grund fühlte er sich immer unwohl, wenn er mit einem Polizisten zu tun hatte. Immer hatte er das Gefühl, der andere verdächtige ihn wegen irgendetwas, was Piga, obwohl völlig unschuldig, veranlasste, sich angestrengt unverdächtig zu benehmen. Er beschleunigte sein Tempo und winkte dem Polizisten zu, als Zeichen, dass er ihn gesehen hatte, während er schon im Laufen nach dem Schlüssel an seinem Gürtel tastete. Eilig schloss er die Tür auf. Der Carabinieri tippte sich an die Mütze und kam sofort zur Sache. »Bei uns im Revier wurde ein stummer Alarm für dieses Gebäude ausgelöst. Ist hier alles in Ordnung?«

»Alles in Ordnung«, versicherte Piga. Auch wenn der Carabinieri es nicht ausgesprochen hatte, empfand er dessen Worte als Zweifel an seiner Zuverlässigkeit. »Hier ist alles ruhig, keine besonderen Vorkommnisse. Und auch kein Alarm.«

»Das haben wir öfter bei den Gebäuden in der Via della Conciliazione«, erwiderte der Carabinieri, während er an Piga vorbei die Vorhalle betrat und sich umsah. »Der Alarm der Vatikanischen Gebäude ist so fein eingestellt, dass teilweise schon ein schwerer Lastwagen reicht, der auf der Straße fährt, um ihn auszulösen.« Piga fiel auf, dass der Carabinieri ungewöhnlich leise sprach und angespannt wirkte. Ganz so, als ob er trotz seiner beruhigenden Worte damit rechnete, dass sich jemand widerrechtlich Zutritt verschafft habe. Der Carabinieri blickte auf ein kleines Gerät in seiner Hand, das Piga für ein Funkgerät hielt. Dann bewegte er sich durch die Vorhalle, als sei er auf der Suche nach etwas. Schließlich blieb er vor einer schweren Doppeltür stehen. Langsam drückte er die Klinke hinunter. Die Tür war verschlossen. Er drehte sich zu Piga um. »Ich brauche den Schlüssel.«

»Warum?«, entfuhr es Piga.

Die Augen des Carabinieri funkelten wütend im Dunkeln, aber seine Stimme wirkte beherrscht: »Ich habe Grund zu der Annahme, dass sich jemand dort Zutritt verschafft hat.«

»Wie sollte der dort reingekommen sein? Die Tür ist doch zu.«

Piga wunderte sich über sich selbst, dass er widersprach.

Der Carabinieri trat einen Schritt auf ihn zu. »Den Schlüssel bitte. Jetzt!«

»Ich habe keine Schlüssel für die Räumlichkeiten«, versicherte Piga eilig. »Nur für den Haupteingang. Auf meinem Rundgang prüfe ich lediglich, ob alle Türen ordnungsgemäß verschlossen sind.«

Der Carabinieri steckte das Gerät in seine Hosentasche und zog aus der anderen Tasche etwas, das Piga nicht richtig erkennen konnte.

»Und was ist das dort?« Der Carabinieri wies auf einen Punkt, der sich genau hinter dem Wachmann zu befinden schien. Piga drehte sich um. Außer der marmorgetäfelten Wand in einiger Entfernung gab es nichts Außergewöhnliches zu sehen. Im nächsten Moment nahm er eine schnelle Bewegung neben seinem Kopf und vor seinem Gesicht wahr, und dann spürte er einen scharfen Schmerz, der sich blitzartig um seinen Hals gelegt hatte. Er wollte aufschreien, doch aus seiner Kehle kam nur ein kurzes Röcheln, dann war bereits alle Luft aufgebraucht. Er versuchte verzweifelt einzuatmen, aber es ging nicht. Seine Hände griffen panisch nach der Plastikschnur, die ihm die Luft abschnürte, doch er bekam sie nicht zu packen. Schon viel zu tief hatte sie sich in seinen Hals eingegraben. Er spürte, wie sich sein Kopf wild hin und her bewegte, ein letzter instinktiver Versuch seines Körpers, sich irgendwie zu befreien. Dann wurde es schwarz vor seinen Augen.

Cypriano wartete noch einige Augenblicke, bis er den Würgegriff seiner Garotte lockerte, dann ließ er Piga zu Boden gleiten. Wie immer prüfte er die Halsschlagader. Es war alles in Ordnung, der Wachmann war tot. Er kniete neben der Leiche und durchwühlte die Taschen auf der Suche nach einem Schlüsselbund. Schließlich fand er einen in der Innentasche von Pigas Jacke. Schon wollte er aufstehen, als er bemerkte, dass sich daran auch ein Autoschlüssel und ein kleiner Plastikanhänger mit dem Foto eines kleinen Jungen befand, vermutlich Pigas Sohn. Es war also nicht der Schlüsselbund für dieses Gebäude. Cypriano unterdrückte einen Fluch und suchte weiter. Aber außer dem Schlüssel an Pigas Gürtel, der, mit dem er die Eingangstür geöffnet hatte, fand er nichts. Piga hatte wohl die Wahrheit gesagt. Cypriano dachte nach, dann beschloss er, zum Auto zurückzulaufen und ein Brecheisen zu holen. Es war riskant. Was, wenn die Canova in der Zwischenzeit verschwand? Aber dieses Risiko musste er wohl oder übel eingehen. Er war schon fast aus der Tür, als ihm noch ein Gedanke kam. Er ging zurück und löste den Hauptschlüssel vom Gürtel des Wachmanns.

Dann verschloss er die Eingangstür von außen und machte sich auf den Weg zu seinem Wagen.

XL

Mehrere Minuten lang hatten Cavelli und Theresa Canova still dagesessen und kaum zu atmen gewagt. Das Klopfen am Haupteingang hatte sie aufgeschreckt. Dann waren Schritte nähergekommen und sie hatten hören können, wie eine Tür aufgeschlossen worden war. Darauf eine leise Unterhaltung, die nicht zu verstehen war, und schließlich hatten sie mit Entsetzen gesehen, wie ganz langsam die Türklinke heruntergedrückt worden war. Theresa Canova hatte sich den Mund zugehalten, um einen Schrei zu unterdrücken. Einige Momente später plötzlich schreckliche, würgende Geräusche. Instinktiv hatten sie beide gewusst, dass sie mitanhörten, wie auf der anderen Seite der Tür ein Mensch starb. Schließlich war Stille eingetreten. Dann war plötzlich Theresa Canova aufgesprungen und in Richtung des Lagerraums gelaufen, durch den sie gekommen waren. Cavelli hatte Mühe gehabt, sie einzuholen. Erst kurz vor der Tür zum Tunnel bekam er sie am Arm zu packen. Mit einem Ruck riss er sie herum. »Wo wollen Sie denn hin?«

In den Augen der Canova blitzte nackte Panik auf. »Raus hier! Die werden jeden Augenblick hier reinkommen!«

»Ja, aber nicht dort entlang! Wie haben die uns hier gefunden? Wenn sie wissen, dass wir hier sind, wissen die auch, wie wir hergekommen sind. Wahrscheinlich kommen einige von denen uns in diesem Moment durch den Tunnel entgegen.«

»Oh Gott, nein!«

»Unsere einzige Chance ist die Öffentlichkeit!«

»Aber wie…?«

»Zurück ins Büro und dann aus dem Fenster! Das ist unsere einzige Chance!«

Ohne ihre Antwort abzuwarten, riss er sie mit sich; sie leistete keinen Widerstand. Die Fenster befanden sich in großer Höhe. An der Wand unter ihnen standen vier lange Metallaktenschränke. Cavelli schnappte sich einen Stuhl und stellte ihn davor. Einen zweiten Stuhl stellte er auf einen der Aktenschränke. Dann stieg er auf den unteren Stuhl und von da auf den Schrank. Er half Theresa Canova, zu ihm heraufzusteigen, und kletterte schließlich auf den zweiten Stuhl und öffnete eines der Fenster. Er stieg wieder hinunter und half der Canova, erst auf den Stuhl und dann aus dem Fenster zu klettern. Einige Augenblicke hielt sie sich mit beiden Händen am unteren Fensterrahmen fest, dann ließ sie sich nach unten fallen. Cavelli blickte zur Tür. Noch immer war dort alles ruhig. Er zog sich hoch, kletterte nach draußen und sprang nach unten. Er unterdrückte ein Fluchen, als er mit dem Knie schmerzhaft auf den Travertinboden aufschlug. Die Canova war verschwunden. Er humpelte einige Schritte weiter, da sah er sie endlich. Sie sprach mit einem Carabinieri. Das war

Glück im Unglück. Wenige Sekunden später hatte er sie erreicht. Als sich der Carabinieri zu ihm umdrehte, merkte Cavelli, dass er einen furchtbaren Fehler gemacht hatte.

DRITTES BUCH

XLI

Der Polizei-Mannschaftswagen raste in nördlicher Richtung durch die Nacht. Cypriano war seit dem frühen Morgen auf den Beinen, aber er war hellwach, ja geradezu in aufgekratzter Stimmung. Auf seinen vernarbten Lippen lag ein schauriges Grinsen. Konzentriert blickte er auf die Autobahn vor sich, die nur von den Scheinwerfern seines Wagens und alle paar Minuten von denen eines entgegenkommenden Autos erleuchtet wurde. Längst hatte er Rom hinter sich gelassen. In ein paar Stunden würde alles vorbei sein und die verachtungswürdige Frau, die sich zusammen mit diesem Mann hinten im Wagen befand, würde keine Gefahr mehr für die Ehrenwerte Gesellschaft sein. Ja weit mehr als das: Die Ereignisse, die sich in den kommenden Stunden abspielen würden, stellten eine Botschaft dar, an die man sich auch in Jahrzehnten noch mit Schaudern erinnern würde. Eine Botschaft an jeden, der auch nur mit dem Gedanken spielte, die Omertà, das heilige Gesetz des Schweigens, zu brechen. Cypriano spürte, wie bei dem Gedanken daran seine sich auf dem Lenkrad befindlichen Handflächen zu schwitzen begannen. Er wischte sie nacheinander an seiner Hose ab. Endlich war die Zeit des Wartens vorbei. Endlich konnte er die Samthandschuhe ablegen und handeln, ohne Rücksichten nehmen zu müssen. Die Canova hatte die hinterhältige Geschmacklosigkeit besessen, den Respekt, den die Ehrenwerte Gesellschaft dem Heiligen Vater und dem Vatikan entgegenbrachte, schamlos zu benutzen. Ein Verhalten, das Cypriano mit Verachtung und Ekel erfüllte. Er empfand das Verlangen auszuspucken. Mit Mühe zwang er sich, den Blick wieder auf seinen Auftrag zu wenden. In Gedanken ging er noch einmal alle Maßnahmen bis zum gegenwärtigen Zeitpunkt durch: Seine Gefangenen waren im hinteren Teil des Polizeibusses ausbruchssicher aufgehoben. Die Handtasche der Canova und das Smartphone des Mannes hatte er an sich genommen. Beides lag neben ihm auf dem Beifahrersitz. Das Smartphone des Mannes hatte er ausgeschaltet und das Wegwerfhandy, das die DIA der Canova gegeben hatte und das den Sender enthielt, der Cypriano zu ihr geführt hatte, war von ihm, zusammen mit dem Empfangsgerät, das er dem DIA-Mann abgenommen hatte, bei der ersten Gelegenheit in einen öffentlichen Mülleimer entsorgt worden. Schließlich war damit zu rechnen, dass die DIA dieses Handy immer noch orten konnte. Nun, diese Spur würde jetzt ins Nichts führen. Dann hatte er mit einem extra hierfür mitgebrachten Scanner die beiden auf weitere Ortungsgeräte gecheckt. Es waren keine vorhanden gewesen. Von Zeit zu Zeit sah er in den Rückspiegel, an dem eine Medaille des Heiligen Christopherus baumelte, und überprüfte, ob ihnen jemand folgte; doch es war niemand in Sicht. Wie es aussah, würden sie in den nächsten Stunden ganz ungestört sein. Cyprianos Gedanken wandten sich dem Mann in Canovas Begleitung zu. Er hatte ihn sofort erkannt. Es handelte sich um denselben Mann, der ihn am Morgen im Vatikan so seltsam angesehen hatte, derselbe, der ihn, ohne es zu merken, zur Canova geführt hatte. Cypriano hatte erwogen, unterwegs an einen ruhigen Rastplatz zu fahren und ihn dort zu liquidieren, hatte sich aber dann anders entschieden. Zunächst musste er Klarheit gewinnen, wer dieser Mann war und was er wusste. Und dann war ihm noch ein weiterer Gedanke gekommen. Sicher, der Mann würde heute Nacht sterben, aber vorher konnte er sich für Cypriano noch als nützlich erweisen.

XLII

Der Schweiß rann Cavelli von der Stirn, und er bekam wegen des Klebebands über dem Mund nur schlecht Luft. Seine Hände waren auf dem Rücken gefesselt und die Fußgelenke ebenfalls zusammengebunden. Er hockte hinten im Wagen auf einer Bank. Ihm gegenüber saß, auf die gleiche Weise mit Klebeband gefesselt, Theresa Canova. Es war zu dunkel, als dass er ihr Gesicht sehen konnte, und vielleicht war das auch besser so. Die Angst schnürte ihm auch so die Kehle zu. Anfangs hatte er mit aller Kraft versucht, die Hände aus der Fesselung zu befreien, doch das Einzige, was er damit erreicht hatte, war, dass sie noch tiefer in seine Handgelenke einschnitten. Schließlich hatte er einsehen müssen, dass es sinnlos war. Er schätzte, dass sie sich mittlerweile etwa hundert Kilometer von Rom entfernt befanden. In seinem Kopf überschlugen sich die Gedanken. Was würde mit ihnen geschehen? War der Mann, der vorne am Steuer saß, ein echter Polizist, der für die Mafia arbeitete, oder ein verkleideter Mafioso? Wahrscheinlich letzteres. Es war derselbe Mann, der ihm am Morgen im Vatikan aufgefallen war. Der Mann mit den merkwürdigen Lippen und diesem speziellen Blick. Da hatte er eine Priestersoutane getragen. Wie hatte er sie bloß gefunden? Doch

das war jetzt bedeutungslos. Die Frage war vielmehr, wohin er Cavelli und Theresa Canova brachte. Warum lebten sie noch? Das war zumindest ein Anlass zur Hoffnung. Durch das vergitterte Fenster über dem Kopf der Canova sah Cavelli ein Straßenschild vorbeifliegen:
VITERBO 21 Km

Viterbo. Waren sie dorthin unterwegs? In die *Stadt der Päpste*. Was ging hier vor? In Viterbo stand der alte Palast, in dem im dreizehnten Jahrhundert nacheinander acht Päpste residiert hatten. Berühmt-berüchtigt war das Konklave geworden, das im Jahr 1268 begann. Es war das längste, das es je gegeben hatte, über tausend Tage hatte es gedauert. Drei Kardinäle waren in der Zwischenzeit verstorben, und nachdem sich die Überlebenden, selbst als man sie einmauerte und ihre Verpflegung auf Wasser und Brot reduzierte, immer noch nicht auf einen Papst einigen konnten, hatte die wütende Bevölkerung das Dach des Palastes abgetragen. Erst dann hatten sie Gregor X. zum neuen Papst gewählt.

Cavelli zermarterte sich das Hirn, was es bedeuten konnte, dass man sie vom Vatikan aus hierher brachte, aber es fiel ihm kein vernünftiger Grund dafür ein. Zum wiederholten Male warf er einen Blick auf die große Kiste, die sich mit ihnen im Wagen befand und die irgendwie nicht zur Ausstattung eines Polizeiwagens passen wollte. Was befand sich darin? Dann verdrängte er den Gedanken wieder, er hatte ein ungutes Gefühl, welches ihm sagte, dass ihm der Inhalt ganz und gar nicht gefallen würde. Der Wagen machte eine scharfe Rechtskurve, die Cavelli und Theresa Canova für einen Moment das Gleichgewicht verlieren ließ, dann verlangsamte er stark. Im nächsten Augenblick wurde klar, warum – der Weg wurde holprig. Sie hatten die Straße verlassen. Einige Minuten später kam der Wagen zum Stehen und der Motor wurde ausgestellt. Dann hörte Cavelli, wie die Fahrertür geöffnet und wieder geschlossen wurde. Schritte auf Kies, die näher kamen. Die beiden rückwärtigen Türen wurden geöffnet. Kalte feuchte Luft und der grelle Stahl einer Taschenlampe drangen ins Innere des Fonds.

Cypriano hatte inzwischen einen Mantel über die Polizeiuniform gezogen und betrachtete seine Gefangenen ausgiebig im Schein der Stablampe. Erst Cavelli, dann Theresa Canova. Cavelli kniff die Augen zusammen, die Canova wendete den Kopf zur Seite. Cypriano legte die Lampe auf einen Stein, sodass sie weiterhin ins Innere leuchtete, zog seine Beretta 92 FS aus dem Gürtelhalfter unter dem Mantel und stieg in den Wagen.

»Ganz ruhig, mein Freund.« Seine Worte klangen etwas undeutlich, aber nicht unfreundlich. Er spannte den Hahn der Waffe und hielt sie Cavelli an den Kopf. Seine Hand langte zu Cavellis Mund, und mit einem scharfen Ruck riss er das Klebeband von dessen Mund. Cavelli schnappte nach Luft. Dann zog Cypriano ein Springmesser hervor, ließ es aufschnappen und durchtrennte das Klebeband um Cavellis Hand- und Fußgelenke. Stechende Schmerzen durchfuhren Cavelli, als die Blutzirkulation plötzlich wieder einsetzte. Cypriano wartete einige Momente, dann deutete er auf die große Kiste, die sich im vorderen Teil des Fonds befand.

»Mitnehmen und aussteigen.«

Cavelli zögerte. Er deutete auf Theresa Canova. »Können Sie ihr nicht auch das Klebeband vom Mund entfernen?«

Cypriano ging nicht darauf ein. »Mitnehmen und aussteigen«, wiederholte er, und jetzt hatte seine Stimme eine gefährliche Färbung angenommen. Cavelli drehte sich zur Kiste und hob sie an den beiden metallenen Haltegriffen links und rechts hoch. Sie war schwer. Im Rausgehen warf er einen Blick auf Theresa Canova. Er wollte irgendetwas Trostreiches sagen, wusste aber nicht, was. Im grellen Licht sah er ihre vor Panik geweiteten Augen, und ihn durchzuckte der Gedanke, dass ihn dieser Anblick für den Rest seines Lebens verfolgen würde.

Mühsam wuchtete er die Kiste aus dem Wagen. Cypriano ließ Theresa Canova zurück, verschloss sorgfältig die Wagentür, dann leuchtete er mit der Taschenlampe nach rechts. »Los!«

Cavelli setzte sich in Bewegung. Offenbar befanden sie sich in einem Wald. Was um Himmels willen hatte der Mann mit ihm vor, und was war in der Kiste? Nach etwa zweihundert Metern tauchte vor ihnen eine kleine Treppe auf. Aus rohen Steinen und alt wie in einer Burgruine. Cavelli zögerte.

»Weiter.« Die ruhige Schlichtheit der Anweisungen war furchterregender, als wenn sich der Mann aggressiv verhalten hätte. Sie gingen durch vom Tau feuchtes Gras, bis plötzlich ein riesiges Gebilde vor ihnen auftauchte: eine gigantische steinerne Schildkröte, auf deren Rücken sich eine Art Burgturm befand. Cavelli schnappte vor Überraschung nach Luft. Mit einem Schlag wusste er, wo sie sich befanden.

Dies war der Sacro Bosco, der Heilige Wald. So hatte ihn zumindest Vicino Orsini genannt, ein Feudalherr, der ihn im siebzehnten Jahrhundert in der Nähe der kleinen Stadt Bomarzo hatte anlegen lassen. Im Volksmund hatte der Heilige Wald allerdings einen anderen Namen: *Der Park der Ungeheuer.*

Orsini war ein glühender Verehrer des Schriftstellers Ariost gewesen, und der Park war gewissermaßen eine steingewordene Version seines Versepos *Der rasende Roland* und anderer literarischer Vorlagen. Überall im Park fanden sich die bizarrsten Statuen und Baulichkeiten, über deren Bedeutung sich die Gelehrten bis heute stritten. Jahrhundertelang war die Anlage eine Attraktion gewesen. Byron, Goethe, Dickens, Mark Twain – sie alle waren hier gewesen und hatten voller Faszination darüber geschrieben. Doch dann war der Park für lange Zeit in Vergessenheit versunken. Erst im Jahre 1938 machte Salvador Dali ihn wieder bekannt. Heutzutage war dies eine beliebte Touristenattraktion, die tagsüber stets gut besucht war.

Cavelli schwirrte der Kopf. Was ging hier vor?

Mittlerweile waren sie seit zehn Minuten unterwegs. Da und dort, wenn der Schein der Taschenlampe flüchtig darüber hinwegstrich, erhaschte Cavelli einen kurzen Blick auf pittoreske Fabelwesen wie ein geflügeltes Pferd oder einen an eine Mauer lehnenden sitzenden Riesen mit langem Bart, aber die meiste Zeit versuchte er nur, auf den Weg zu achten, der voller Baumwurzeln war, und auf die vielen kleinen Treppen überall. Wohin waren sie unterwegs? Dann plötzlich sah er es, instinktiv wusste er, dass sie am Ziel waren. Vor ihnen lag eine kleine Steintreppe, die nach oben führte und an deren Ende ein riesiger steinerner Kopf mit einer furchteinflößenden Fratze stand. Auf seiner Oberlippe befand sich ein Schriftzug: »Ogni pensiero vola« – »Alle Gedanken fliegen«. Die weitaufgerissenen Augen und die Nasenlöcher waren Fenster, und der riesige offene Schlund, der so groß war, dass ein Mensch aufgerichtet hindurchgehen konnte, stellte den Eingang dar. Es war der *Rachen des Orcus*, dem Beherrscher der Unterwelt, dem Rächer der gebrochenen Eide. *Wie passend*, dachte Cavelli beklommen.

XLIII

Cypriano stand an die Wand gelehnt im Inneren des Kopfes. In der einen Hand hielt er seine Beretta, in der anderen die Stablampe. Beides war auf Cavelli gerichtet, der zwei Meter entfernt von ihm die Kiste auspackte und ihren Inhalt auf den Steintisch legte, der sich in der Mitte des Höhlenraums befand. Ein Stromgenerator, drei Stative, zwei leistungsstarke Scheinwerfer, eine professionelle Videokamera, mehrere Stahlketten und eine rasiermesserscharfe Axt. Außerdem diverse Kleinteile. Cypriano musste zugeben, dass der Mann, der dies alles ersonnen hatte, einiges von Öffentlichkeitsarbeit verstand. Wahrscheinlich hätte er in der Werbebranche einiges verdienen können. Nur dass es hier nicht darum ging, die Vorzüge eines Kleinwagens anzupreisen oder die Kundenfreundlichkeit einer Bank. Es ging um Furcht. Die Filmaufnahmen, die heute Nacht hier entstehen würden, waren eine Warnung, die noch in Jahrzehnten niemand vergessen haben würde. Sehr bald schon würden sie um die ganze Welt gegangen sein. Bei seriösen Fernsehsendern und Zeitungen wahrscheinlich nur mit einem Foto vom Rachen des Orcus versehen, aber im Internet würde der Film auf ewig zu finden sein. Es stimmte einfach alles für eine Mediensensation.

Allein schon der Ort. Der Park der Monster. Und dann die eigentliche Tat im Rachen des Orcus, dem Rächer der gebrochenen Eide. Was konnte passender für das Ende einer Frau sein, die den heiligsten Eid, den es überhaupt gab, gebrochen hatte?

Und dann war da noch die *Art* ihres Todes, der monströs sein würde. Gekettet auf den steinernen Tisch und dort bei lebendigem Leibe in Stücke gehackt. Der Film würde zweifellos eine Legende werden, von der auch diejenigen gehört haben würden, die nie gewagt hatten, ihn anzusehen. Selbst einen guten Filmtitel hatte man bereits erdacht: »Die Sizilianische Messe«.

Inzwischen lag der gesamte Inhalt der Kiste auf dem Tisch. Cypriano klemmte sich die Taschenlampe unter den Arm und trat ein paar Schritte vor. Er nahm die Axt an sich, zog sich wieder zurück und lehnte sie neben sich an die Wand. Die Mündung seiner Waffe hatte währenddessen ununterbrochen auf Cavellis Brust gezeigt.

»Gut. Jetzt die Scheinwerfer an den Generator anschließen.«

Cavelli zögerte. »Ich weiß nicht, wie das geht.«

Cypriano erklärte es ihm. Es war nicht besonders kompliziert. Cavelli gehorchte.

»Einschalten.«

Cavelli tat es, und im nächsten Augenblick wurde es gleißend hell in dem kleinen Raum. Aber Cypriano war noch nicht zufrieden. Er ließ Cavelli die Stative so verschieben, bis sich das ganze Licht auf den kleinen Tisch in der Mitte konzentrierte. Dann befahl er Cavelli, die Lampen abzuschalten. Es war klar, warum. Die Scheinwerfer verbrauchten sehr viel Strom, und die Betriebsdauer des Generators war begrenzt, ihre Energie durfte nicht verschwendet werden. Auch seine eigene Energie schien Cypriano nicht unnötig vergeuden zu wollen. Inzwischen hatte Cavelli verstanden, warum er noch am Leben war. Der Mann ließ ihn die anstrengende körperliche Arbeit verrichten. Vielleicht würde es später noch mehr zu tun geben, aber Cavelli gab sich keinen Illusionen darüber hin, was mit ihm geschehen würde, wenn alles erledigt war. Und angesichts dessen, was er gerade hier im Kopf des Orcus vorbereitete, würde er noch von Glück sagen können, wenn es *nur* eine Kugel in den Kopf war. Auf Rettung war nicht zu hoffen, so etwas wie einen Nachtwächter gab es hier wohl nicht, das hatte man zweifellos vorher in Erfahrung gebracht. Nein, bis zum Morgengrauen würde niemand zu ihrer Rettung kommen, und bis dahin waren es noch mehrere Stunden. Das Einzige, was er tun konnte, war Zeit gewinnen. Cavelli sagte das Erste, was ihm in den Sinn kam: »Waren Sie es, der den DIA-Mann im Vatikan getötet hat?«

Cypriano sah ihn misstrauisch an. Zu Cavellis großer Erleichterung antwortet er ihm: »Ja. Aber Sie sollten mir dafür danken. Wenn ich das nicht getan hätte, wären Sie beide schon längst tot.« Es klang fast wie eine Rechtfertigung.

Wieder redete Cavelli, ohne irgendeinen Plan, Hauptsache, es verging irgendwie Zeit, während er auf ein Wunder hoffte. Solange er redete, war er noch nicht tot. »Aber warum? Das ist doch genau das, was Sie auch vorhaben, oder nicht?« Irgendetwas in Cavelli hoffte auf ein »Nein«.

Cypriano schüttelte den Kopf. »Allerdings. Aber nicht im Vatikan. Der Heilige Vater lebt dort. Das wäre undenkbar.«

Cavelli glaubte, sich verhört zu haben. Dieser Auftragsmörder behauptete allen Ernstes, religiös zu sein. Das ergab nicht den geringsten Sinn. »Aber Sie haben den DIA-Mann dort getötet.«

»Das ist etwas völlig anderes.«

»Und warum?«

»Die Frau war ein Gast des Heiligen Vaters. Der DIA-Mann wollte sie töten, das habe ich verhindert.«

Cavelli wagte einen weiteren Vorstoß: »Wie können Sie den Heiligen Vater verehren und gleichzeitig Taten begehen, für die Sie lebenslang ins Gefängnis müssten?«

Cypriano lächelte nachsichtig. »Man muss vor *Gott* bereuen, nicht vor den Menschen.« Er warf einen Blick auf seine Armbanduhr. »Genug geredet.«

Cavelli erstarrte. War es das jetzt? War nun das Ende gekommen? Würde er hier in einer bizarren Touristenattraktion sterben? Im nächsten Moment drang aus großer Entfernung ein unüberhörbares Geräusch durch die Nacht. Irgendjemand betätigte wie ein Wahnsinniger eine Autohupe.

XLIV

Cavelli erwachte, weil er fror. Er lag auf dem Steinboden des Höhlenraumes, und sein Hinterkopf schmerzte höllisch. Stöhnend rappelte er sich auf. Es war dunkel, nur das Licht des Mondes fiel durch die Gesichtsöffnungen des Orcus ins Innere. Offenbar war er allein. Er betaste seinen Kopf, dort befand sich eine riesige Beule, aber zu seiner Überraschung war an seinen Fingern kein Blut. Was war geschehen? Das Letzte, an das er sich erinnerte, war das laute Hupen und das entsetzte Gesicht des Mannes mit der Waffe. Dann nichts mehr. Vermutlich war der Mann zum Auto gerannt, um nach Theresa Canova zu sehen, und hatte ihn mit der Taschenlampe niedergeschlagen. Aber warum hatte er ihn nicht erschossen? Wurde er noch gebraucht? Oder hatte der Mann nur zu vermeiden versucht, mit einem weit hörbaren Schuss auf sich aufmerksam zu machen, und es sollte eigentlich ein tödlicher Schlag sein? Jedenfalls hatte er unter Stress gehandelt. Was immer der Schlag hatte bewirken sollen, er war nicht heftig genug gewesen. Cavelli stellte sich an den Eingang und lugte ins Freie. Außer dem Rauschen der Blätter und dem Ruf eines Vogels in einiger Entfernung war nichts zu hören. Cavelli war unsicher, was er tun sollte. Auf jeden Fall musste er hier weg. Er machte einen Schritt ins Freie, dann kam ihm ein Gedanke. Schnell kehrte er zurück, um die Axt zu holen. Er wusste selbst nicht genau, ob er sie als Waffe wollte oder ob er nur versuchte, das zu verhindern, was der Mann mit dem entstellten Mund damit vorhatte. Doch was immer das war, er hatte sie mitgenommen.

Cavelli verließ die Höhle mit leeren Händen und versuchte, sich zu orientieren. Von wo waren sie gekommen? Sicher war er sich nicht. Irgendwie musste er versuchen, Theresa Canova zu helfen, jedoch ohne dabei dem Mann mit der Axt in die Arme zu laufen. Oder dessen Freunden? Wer hatte die Hupe betätigt? Und warum? Allerdings war der Mann ganz offensichtlich darüber erschrocken gewesen. Handelte es sich womöglich um eine dritte Partei? Jedenfalls musste Cavelli nun doppelt vorsichtig sein. Ohne besonderen Grund wandte er sich nach rechts und suchte zunächst Deckung in einer Baumgruppe, wobei er, so gut es ging, vermied, auf trockene Äste zu treten. Er lehnte sich an einen Baum und achtete auf seine Atmung, die wild und unregelmäßig war. Er zwang sich, so lange ganz langsam ein- und auszuatmen, bis er merkte, dass er ruhiger wurde. Wieder sah er um sich. Erst jetzt bemerkte er, wie nahe er dem Kopf des Orcus noch war. Er holte tief Luft und rannte über eine Wiese auf ein weiteres Waldstück zu, das er von hier aus geradeso erahnen konnte. Wie aus dem Nichts tauchte ein riesiges Etwas vor ihm auf. Es war ein steinerner Elefant in Originalgröße, auf dessen Rücken sich ein eckiger Turm befand. Cavelli lief geduckt unter seinen

Beinen hindurch und verschwand in dem dahinterliegenden Waldstück. Wieder wartete er, bis sich sein Atem beruhigt hatte. Dann lauschte er auf Geräusche in seiner Nähe, aber außer den zu erwartenden bemerkte er nichts. Er hatte ein überwältigendes Verlangen, einfach hier stehenzubleiben und abzuwarten, bis der neue Tag kam und mit ihm Menschen. Er hatte mit all dem nichts zu tun. Er gehörte nicht zu der Welt von Theresa Canova und dem Mann mit der Axt. Die Menschen, die in dieser Welt lebten, hatten gewusst, auf was sie sich einließen. Sie genossen die Vorteile und mussten eben auch mit ihren Nachteilen leben. Und selbst wenn er gewollt hätte, was konnte Cavelli schon unternehmen? Der andere Mann hatte keine Skrupel und war bewaffnet, während Cavelli nur einen Kopf besaß, der höllisch schmerzte. Er hätte verrückt sein müssen, sich hier einzumischen. Grauenvolle Bilder erschienen vor seinem inneren Auge. Der Rachen des Orcus, der Mann, die Axt, Theresa Canova.

Dann, ohne dass sich irgendetwas geändert hätte und ohne auch nur den Anflug eines Plans, begann er, sich in die Richtung zu bewegen, in der er den Wagen vermutete. Er redete sich ein, dass er nur versuchte, sich einen Überblick zu verschaffen, und dass er jederzeit abbrechen konnte. Hier im Dunkeln war er relativ sicher. Der Mann mit der Axt konnte unmöglich den ganzen Park nach ihm absuchen, und zweifellos würde er nicht länger hierbleiben, als er zum Ausführen seines grausigen Vorhabens benötigen würde. Irgendwo in Cavellis unmittelbarer Nähe raschelte etwas im Laub. Für einen oder zwei Schläge setzte sein Herz aus. Er verharrte regungslos und wagte nicht zu atmen. Er wartete fast eine ganze Minute, aber nichts geschah. Ein Vogel? Ein Eichhörnchen? Vorsichtig setzte er seinen Weg fort. Er versuchte, jede Deckung, die der Park ihm bot, zu nutzen, was ihn immer weiter von seinem geplanten Weg abkommen ließ. Nach fünf Minuten war er ganz und gar nicht mehr sicher, ob er sich tatsächlich auf den Wagen zubewegte oder ob er sich nicht vielleicht sogar von ihm entfernte. Dann, ganz plötzlich, sah er ihn nicht einmal zehn Meter vor sich. Genaugenommen sah er nur die das Mondlicht reflektierenden Seitenstreifen des Polizeiwagens. Er blieb hinter einem Baum stehen und horchte auf Geräusche, aber da war nichts. Er lugte hinter dem Baum hervor und versuchte, etwas zu erkennen. Nach einer Weile war er sicher, dass eine der beiden rückwärtigen Türen des Laderaums offenstand. Noch immer war nichts zu hören. Cavelli holte tief Luft, lief so leise er konnte zum Wagen und sah in den Laderaum. Er war leer. Hastig sah er sich um. Er hatte sich überlegt, dass er sich unter dem Wagen verstecken würde, sollte er plötzlich ein Geräusch hören. Langsam ging er um den Wagen herum. Die Scheibe auf der Beifahrerseite war eingeschlagen, und auf dem Sitz lagen überall Glassplitter. Wieder überkam ihn ein Gefühl der Schwäche. War es nicht das Beste, sich einfach in den Wagen zu setzen und so schnell wie möglich von hier zu verschwinden? Sein Blick zuckte zum Zündschloss. Der Schlüssel steckte natürlich nicht.

Wie viel Zeit war seit dem Hupen vergangen? Cavelli kam es wie Stunden vor. Jeden Moment konnte der Mann mit der Axt zum Wagen zurückkehren. Er musste sehen, dass er hier verschwand.

Geduckt lief er in das Waldstück zurück, in dem er sich zuletzt versteckt hatte. Verrückterweise kam er sich dort sicherer vor als in dem Teil des Parks, in dem er sich noch nicht aufgehalten hatte. Absurderweise kam ihm eine Zeile aus Shakespeares Hamlet in den Sinn: … *dass wir die Übel, die wir haben, lieber ertragen, als zu unbekannten fliehen …*

Ohne zu wissen, was er eigentlich vorhatte, nahm er denselben Weg, den er gekommen war. Wenn der Mann mit der Axt Theresa Canova in den Rachen des Orcus gebracht hatte, dann …

Ja, *was* dann? Konnte er vielleicht irgendein Ablenkungsmanöver starten, den Mann nach draußen locken und in einem unbeobachteten Moment …? Cavelli zwang sich, nicht weiter darüber nachzudenken. Pläne zu machen war sinnlos. In der konkreten Situation würde ohnehin alles ganz anders sein. Gab es dafür nicht einen militärischen Begriff, Cavelli meinte sich dunkel zu erinnern: The Fog of war – Der Nebel des Krieges. Wieder blieb er stehen und lauschte. Nichts. Irgendetwas stimmte nicht. Er umrundete eine Mauer und stieß auf einen chinesisch wirkenden steinernen Drachen. Sein Magen verkrampfte sich. Nicht wegen des Drachens, sondern weil ihm klar wurde, dass er irgendwie vom Weg abgekommen war und nun nicht mehr die geringste Vorstellung hatte, wo er sich befand. Auf gut Glück änderte er die Richtung. Ein Zweig voller Blätter, den er nicht gesehen hatte, klatschte ihm ins

Gesicht, sodass er erschrocken zurückfuhr. Er bemerkte, dass seine Nerven unter der Anspannung von Minute zu Minute mehr nachgaben. Gebückt ging er unter dem Ast hindurch, da sah er ihn. Den Rachen des Orcus. Hinter einer Hecke lief er gebückt in dessen Richtung. An ihrem Ende legte er sich auf den Boden und spähte hinüber. Irgendetwas war falsch. Es dauerte eine Weile, bis er es entdeckte. Dies war ein anderer Kopf. Nicht weniger furchterregend, aber ohne Treppe davor und auch etwas anders gestaltet. Cavelli hatte mal gelesen, dass dieser Adlige, Orsini, den Park angelegt hatte, um die Besucher zu verwirren. Zumindest bei Cavelli war sein Kalkül bestens aufgegangen. Offenbar hatte er sich komplett verlaufen, denn dass die beiden Köpfe sich in derselben Ecke des Parks befanden, war äußerst unwahrscheinlich. Er stand auf und lief auf die nächste Baumgruppe zu. Für einen Sekundenbruchteil meinte er vor sich einen sich bewegenden Schatten zwischen den Bäumen auszumachen, aber gleich darauf war er wieder verschwunden. Wahrscheinlich ein Ast, der sich im Wind bewegt hatte, trotzdem wechselte Cavelli seine Richtung und blieb hinter einem Baum in Deckung, um sicher zu gehen. Es ging zu schnell, als dass er noch reagieren konnte. Irgendetwas war hinter ihm, dann eine Hand auf seinem Mund. Mit einer Bewegung, die er bei seinem Vereinstraining im Ringen hunderte von Malen geübt hatte, packte er den Arm, zog ihn mit einem kräftigen Ruck zur Seite, wobei er sich mit der anderen Schulter vorbeugte, was seinen Gegner, der mit dieser Gegenwehr anscheinend nicht gerechnet hatte, aus dem Gleichgewicht und zu Fall brachte. Cavelli folgte dem stürzenden Körper im selben Moment und nahm ihn in einen Haltegriff, aus dem sich auch geübte Ringer nur selten befreien konnten. Es waren lediglich gut eingeübte Reflexe, die er ohne zu denken ausgeführt hatte; erst jetzt fiel ihm auf, dass sich der Angreifer nicht zur Wehr setzte.

»Nicht!« Die Frauenstimme an einem Ohr klang gepresst. Cavelli kniff die Augen zusammen, um im Dunkeln besser sehen zu können. Unter ihm lag Theresa Canova, was ihn aus irgendeinem Grund mehr erschreckte, als wenn es der Mann mit der Axt gewesen wäre. Er lockerte seinen Griff und ging in die Hocke.

»Gott sei Dank, ich dachte schon …«, flüsterte er so leise er konnte.

»Schon gut, es war nur zur Sicherheit, ich wollte verhindern, dass Sie uns durch einen überraschten Laut verraten«, flüsterte Theresa Canova ebenso leise. Ihre Stimme klang erstaunlich ruhig.

»Geht es Ihnen gut? Wie kommen Sie hierher? Wo ist der Mann?«

Theresa Canova setzte sich auf. »Geht so einigermaßen, nachdem Sie beide weg waren, hab ich meine Fesseln an einer Kante im Wagen durchgescheuert und mit einem Schraubenschlüssel, den ich dort gefunden habe, die kleine Scheibe zur Fahrerkabine eingeschlagen und mich da durchgeschlängelt. Dann hab ich gehupt.«

»Warum?«

»Weiß nicht genau. Mir fiel nichts Besseres ein. Einfach,

um den Kerl aus dem Konzept zu bringen, ich wusste ja nicht, was los war.«

»Sie haben genau das Richtige getan. Durch ihr Hupen konnte ich entkommen.«

»Und wo ist der Mann jetzt?«

»Ich weiß es nicht. Irgendwo hier draußen, auf der Suche nach uns. Wir müssen ungeheuer vorsichtig sein. Er hat nicht nur eine Pistole und eine Taschenlampe, sondern auch eine Axt.«

»Eine Axt, wofür denn das?«

Cavelli fand es klüger, darauf nicht zu antworten. »Keine Ahnung. Wo ist der Schraubenschlüssel?«

»Welcher Schrauben...?«

»Der aus dem Wagen, keine gute Waffe, aber besser als nichts.«

»Nach dem Hupen bin ich so schnell wie möglich verschwunden und hab versucht, Sie zu finden. An den Schraubenschlüssel hab ich in der Eile nicht gedacht.«

»Verdammt!«

»Aber immerhin hab ich *das*.« Sie nestelte einen Gegenstand hervor und hielt ihn hoch.

»Was ist ...?«

»Ihr Handy. Leider war es aus, ich kenne die PIN nicht, sonst hätte ich schon die Polizei gerufen.«

Cavelli nahm das Smartphone. »Ich denke, der trauen Sie nicht.«

»In Rom. Hier wäre es etwas völlig anderes, besonders, solange niemand weiß, wer ich bin. Jetzt geht es nur darum, hier wegzukommen.«

Cavelli schaltete das Smartphone an und gab die PIN ein. Es schien eine Ewigkeit zu dauern, bis es startbereit war. Er hatte bereits zwei Ziffern eingetippt, als er es bemerkte: »Verdammt, hier ist kein Empfang.«

»Vielleicht wenn wir zu einem höher gelegenen Ort gehen, wir sind hier in einer Senke.«

»Kann sein, aber wir sollten einfach versuchen, von hier zu verschwinden und zur Straße zurückzukommen.«

»Und wenn der Mann genau damit rechnet und uns dort erwartet?«

»Wäre natürlich möglich«, musste Cavelli zugeben.

»*Ich* würde das so machen, abgesehen davon: Wissen Sie, wo die Straße *ist*? Ich jedenfalls nicht.«

»Ich auch nicht.«

»Dann müssen wir einfach versuchen, irgendeinen Weg hier raus zu finden.«

»Und wenn wir einfach hierbleiben? Ich hab mal gelesen, so soll man sich verhalten, wenn man nachts einen Einbrecher in seinem Haus hört. Nicht im Haus rumlaufen. Derjenige, der sich nicht bewegt, ist immer im Vorteil.«

»Wir sind aber in keinem Haus.«

»Und wenn schon? Wenn wir rumlaufen, machen wir Geräusche. Und der Mann hat eine Taschenlampe. Wenn er uns hört …«

»Dann müssen wir eben lautlos sein. Unsere einzige Waffe ist Ihr Handy, wenn wir wieder Empfang haben, verbessern sich unsere Chancen erheblich. Das ist sehr viel besser, als hier im Dunkeln zu sitzen und lediglich zu hoffen, dass alles gut geht.«

»*Sie* könnten ja mehr tun als hoffen«, scherzte Cavelli mühsam.

»Was denn?«

»Beten.«

»Sehr witzig.« Es klang ganz und gar nicht amüsiert.

»Sie sagten ja, Sie wären eine gute Katholikin.«

»Ja, aber nicht gut genug.«

»Nicht gut genug für was?«

»Eher nicht gut genug für *wen*.«

»Wie?«

»Ich kenne den Mann, der uns jagt. Er arbeitet für Agostino Castellani, einen der großen Bosse. Sein Name ist Cypriano. Der Mann ist allgemein dafür bekannt, dass er ein religiöser Fanatiker ist. Päpstlicher als der Papst.«

Cavelli nickte nachdenklich. »Jetzt verstehe ich.«

»Was verstehen Sie?«

»Er hat vorhin etwas sehr Merkwürdiges gesagt. Nämlich, dass er den anderen Mann ausgeschaltet hat, weil der Sie im Vatikan töten wollte, was für diesen, wie sagten Sie heißt er noch …?«

»Cypriano. Den Nachnamen weiß ich nicht.«

»Was für diesen Cypriano wohl undenkbar wäre, da er den Heiligen Vater verehrt. Verrückt.«

»Aus Ihrer Sicht bestimmt. Aber was glauben Sie, warum ich mich im Vatikan versteckt hatte? Es war ein Fehler, ihn zu verlassen.«

»Haben Sie den falschen Polizisten vergessen? Da waren Sie auch nicht sicher.«

»Spielt keine Rolle mehr, jetzt sind wir nun mal hier. Ich wollte nur sagen, im Beten ist mir dieser Cypriano sicher über.«

»Also gut«, stimmte Cavelli keineswegs überzeugt zu. »Versuchen wir einen Ort zu finden, wo das Smartphone Empfang hat.«

»Gut, aber stellen Sie es bitte auf lautlos, wir wollen nicht entdeckt werden, weil Ihr verdammtes Handy plötzlich klingelt.«

Cavelli drückte ein paarmal auf eine Taste an der Seite des Gerätes. Anschließend regelte er auch die Beleuchtung des Bildschirms auf das absolute Minimum runter. »Erledigt.«

»Und nun?«

Cavelli überlegte. »Da, von wo ich gekommen bin, ist keine Erhöhung. Von wo sind Sie gekommen?«

Theresa Canova streckte den Arm aus. »Von dort. Da ist *auch* nichts.«

Cavelli versuchte, sich zu orientieren. »Bleiben diese zwei Richtungen. In der ist zu viel freies Feld; ich schlage vor, wir gehen in *diese* dort.«

»Einverstanden.«

»Sehen Sie gut im Dunkeln?«

»Nicht besonders.«

»Dann nehmen Sie mein Handy und lassen es nicht aus den Augen. Ob wir irgendwo Empfang haben, kann schließlich eine Sache von ein paar Metern sein, die dürfen wir keinesfalls verpassen, und ich werde Sie führen.«

Er überreichte ihr das Smartphone und fasste sie am Arm. Nachdem sie sich ein letztes Mal umgesehen und auf Geräusche gehorcht hatten, begannen sie, sich leise von der Baumgruppe fortzubewegen. Irgendwo in der Ferne war das gleichmäßige Rauschen eines Wasserfalls zu erahnen. Der Mond war nun hinter Wolken verschwunden und die Dunkelheit fast absolut. Sich so voranbewegen zu müssen, hatte Cavelli schon immer gehasst. Jeder Schatten und jeder Umriss, der plötzlich um sie herum auftauchte, konnte das Ende bedeuten. Er beneidete fast Theresa Canova, die ihre Augen nicht von dem kleinen Bildschirm wandte und sich fast traumwandlerisch von ihm führen ließ. Cavelli unterdrückte einen Fluch, als er mit dem Fuß schmerzhaft umknickte, weil das Gelände vor ihm plötzlich tiefer war. Er tastete mit dem Fuß voran. »Jetzt kommt eine Treppe«, flüsterte er. Vorsichtig bewegten sie sich nach unten. In diesem Moment verzogen sich die Wolken und das Mondlicht fiel auf ein kleines zweistöckiges Haus. Cavelli blieb stehen und versuchte ruhig zu atmen.

»Was ist los?« Die Stimme der Canova klang besorgt. »Alles in Ordnung mit Ihnen?«

»Ich weiß nicht. Dieser Cypriano hat mir auf den Schädel geschlagen. Vielleicht ist es doch schlimmer, als ich dachte.«

»Eine Gehirnerschütterung?«

»Kann sein, ich sehe auf einmal alles schief.«

Die Canova stieß ein amüsiertes Schnauben aus.

»Kriegen Sie sich wieder ein. Ich sehe dasselbe wie Sie. Das Haus ist schief gebaut.«

Cavelli sah sich um. Sie hatte recht, abgesehen von dem Haus war alles, was er sah, gerade. Dieser Orsini schien wirklich einen seltsamen Humor gehabt zu haben. »Lassen Sie uns reingehen, vielleicht hat mein Handy im oberen Stockwerk Empfang.«

Theresa Canova hielt ihn am Arm fest. »Und wenn Cypriano dort auf uns wartet?«

»Sehr unwahrscheinlich. Er weiß nicht, dass wir auf der Suche nach einem Funksignal sind. Wenn er uns finden will, muss er sich bewegen.«

»Aber wenn er hier vorbeikommt, wird er reingehen, und dann sitzen wir in der Falle.«

»Sicher, aber wir sollten es dennoch riskieren. Erwischen kann er uns überall.«

»Also gut, aber auf Ihre Verantwortung.«

»Ist recht, wenn er uns erwischt, können Sie mich verklagen.«

Als Antwort erhielt Cavelli einen Boxhieb auf den Arm. Langsam näherten sie sich dem schiefen Haus und fanden den Eingang. Eine Tür gab es nicht. Sie verharrten und lauschten in das Innere, aber außer einem stetigen Rauschen, das wohl von dem Wind verursacht wurde, der durch die scheibenlosen Fenster hineinwehte, war alles still. Langsam tasteten sie sich durch den Eingang und dann eine Treppe nach oben. Ein paar Schritte weiter befand sich ein offenes Zimmer mit einer Fensteröffnung. Cavelli wollte es eben betreten, als Theresa Canova ihn erschrocken an der Jacke festhielt. »Warten Sie!«

»Was ist?«

»Dort!« Sie zeigte mit ausgestecktem Arm vor sich auf den Boden des Zimmers. »Was *ist* das?«

Jetzt sah Cavelli es auch. Der Zimmerboden lag fast vollständig im Dunkeln, aber über ihm hing ein seltsames Glitzern, das sich zu bewegen schien. Theresa Canova reichte Cavelli das Handy. »Machen Sie das Licht an.«

»Nein, das ist zu …«

»Los! Nur ganz kurz!«

Cavelli seufzte, schirmte das Smartphone mit der Hand ab und ließ die eingebaute Lampe kurz aufflammen. Er wusste nicht, womit er gerechnet hatte, aber damit ganz sicher nicht. Der ganze Boden war voller Katzen. Es mochten hundert oder sogar mehr sein. Viele schliefen, aber einige bewegten sich mit funkelten Augen durch die Masse hindurch. Cavelli löschte die Lampe und begann sich vorsichtig auf das Fenster zuzubewegen, wobei er die Füße flach am Boden voranschob, um auf keine der Katzen zu treten. Dort angekommen, hielt er das Smartphone aus dem Fenster und schwenkte es mit nach oben gestrecktem Arm hin und her.

»Und?« In Theresa Canovas Flüstern schien mehr Verzweiflung als Hoffnung mitzuschwingen.

Cavelli lehnte sich noch weiter nach draußen und versuchte es ein weiteres Mal, aber er wusste bereits, dass es sinnlos war. »Nichts«, musste er schließlich verkünden.

»Dann weg hier.«

Cavelli steckte das Smartphone in die Jackentasche und drehte sich um. Er hatte versucht, vorsichtig zu sein, trat aber dennoch einer Katze auf die Pfote. Mit einem gewaltigen Satz sprang sie fauchend nach vorne, reflexartig zog Cavelli den Fuß zur Seite, wobei er eine weitere Katze erwischte, die sogleich ihre scharfen Krallen in sein Bein bohrte. Cavelli verlor das Gleichgewicht und stürzte nach vorne. Im nächsten Augenblick schien das kleine Zimmer förmlich zu explodieren. Die Katzen stoben fauchend und kreischend in alle Richtungen auseinander. Der Lärm war ohrenbetäubend und mit Sicherheit auch noch in großer Entfernung unüberhörbar. Cavelli sprang auf, und gemeinsam mit Theresa Canova stürzte er immer drei Stufen auf einmal nehmend die Treppe hinunter, während ihre Füße sich in einem Meer von Katzen befanden. Das Ganze dauerte kaum länger als vielleicht zehn Sekunden, dann, mit einem Schlag, trat völlige Stille ein, als hätte es sich nur um einen kurzen Albtraum gehandelt. Sie standen an die Hauswand gelehnt, und Cavellis Herz raste, er rang nach Luft. Erst nach mehreren Augenblicken bemerkte er, dass Teresa Canova ihn fest umklammert hatte und schwer atmete. Dann wurde es plötzlich hell. Jemand hatte eine Taschenlampe eingeschaltet. Zwar befand sie sich nach Cavellis Schätzung in mindestens zweihundert Metern Entfernung, aber der Strahl zeigte fast genau auf die Stelle, wo sie standen.

XLV

Cypriano war der Verzweiflung nahe. Das plötzliche Hupen in der Ferne hatte ihn bis ins Mark erstarren lassen. Entweder befand sich noch jemand im Park, oder die Canova hatte sich befreien können. Es war gar nicht zu sagen, was davon das Schlimmere gewesen wäre. Nachdem er im Rachen des Orcus den Mann mit der Taschenlampe niedergeschlagen hatte, war er wie ein Besessener zum Polizeiwagen gerannt. Die Ladetür hatte offen gestanden, das Fenster auf der Beifahrerseite war eingeschlagen gewesen, und von der bösen Frau hatte jede Spur gefehlt. Ein weiterer Schreck fuhr ihm in die Glieder, als er feststellen musste, dass das Smartphone des Mannes vom Beifahrersitz verschwunden war. Er hatte sofort sein eigenes Handy aus der Tasche gerissen und zu seiner Erleichterung festgestellt, dass es hier keinen Empfang hatte. Wenigstens etwas, aber das musste nicht überall im Park so sein. Er war zurück zum Rachen des Orcus gelaufen, um zumindest den Mann zu erledigen, wobei er sich verfluchte, dies nicht sofort getan zu haben. Dann der nächste Schock: Der Mann war verschwunden gewesen. In Panik war Cypriano planlos im Park herumgeirrt, um die beiden zu finden. Der Schweiß lief ihm in Strömen herunter. Wie viel Zeit war inzwischen vergangen? Zehn Minuten, dreißig? Eine Stunde? Er wusste es nicht. Er wusste nur, dass die Zeit gegen ihn arbeitete. Irgendwann würde die Sonne aufgehen, und bald darauf würden die Touristen kommen. Anfangs hatte er mit seiner Stablampe großflächig das ganze Gelände abgeleuchtet, dann war er darauf gekommen, dass er so zwar mehr sah, aber auch selbst weithin sichtbar war. Er hatte die Lampe ausgeschaltet und in den Gürtel gesteckt. In der einen Hand hielt er die Axt, mit der anderen Hand umklammerte er die Wundertätige Medaille mit der Muttergottes, die er stets bei sich trug und die ihn schon so oft aus verzweifelten Situationen errettet hatte. Stumm formten seine schiefen Lippen Gebete, doch alles Hoffen, Suchen und Beten schien sinnlos zu sein. Dann jedoch, ganz plötzlich, geschah das Wunder. Direkt vor ihm in einigen hundert Metern Entfernung vernahm er ein Geräusch, wie er es noch nie zuvor gehört hatte. Instinktiv war er in die Hocke gegangen und hatte seine Waffe gezogen. Erst nach und nach begriff er, was er dort hörte. Eine Unzahl von Katzen, die durch irgendetwas aufgeschreckt worden waren. Durch irgendetwas oder noch wahrscheinlicher durch irgendjemanden. Er schickte der Jungfrau Maria einen stummen Dank und überlegte. Dann löste er die Krawatte seiner Polizeiuniform und band die Taschenlampe an einen Ast, der sich im Wind leicht hin und her bewegte. Er schaltete die Lampe ein und schob sie so lange zurecht, bis sie auf die Stelle zeigte, aus der der von den Katzen verursachte Krach gekommen war.

XLVI

Cavelli und Theresa Canova rannten, ohne noch darauf zu achten, ob sie dabei Lärm machten. Es spielte keine Rolle mehr. Die Katzen hatten sie verraten, und sie waren entdeckt worden. Jetzt kam es nur noch darauf an, möglichst schnell viel Abstand zwischen sich und das schiefe Haus zu bringen, bevor Cypriano dort auftauchen würde. Zum Glück hatte der Mann einen Fehler gemacht: Statt sich im Dunkeln anzuschleichen, hatte er in ihre Richtung geleuchtet und damit seine eigene Position preisgegeben. Das Licht war aus südöstlicher Richtung gekommen und hatte nach Nordwesten geleuchtet. Der sicherste Bereich schien also nordöstlich zu liegen, einerseits weg von Cypriano und andererseits raus aus dem Lichtschein. Sich an den Händen haltend, wobei je nach der Beschaffenheit der Umgebung mal er sie zog, mal sie ihn, rannten sie querfeldein. Sie überquerten eine Steinbrücke, unter der munter ein Bach plätscherte, was Cavelli selbst im Laufen angesichts ihrer Situation geradezu grotesk unpassend erschien, und steuerten auf einen griechischen Tempel zu. Es bedurfte keiner Worte zwischen den beiden, um sich darüber klar zu sein, dass sie dort auf keinen Fall Zuflucht suchen würden. Die Katzen hatten gereicht. Wer wusste schon, was sie diesmal erwarten würde, vielleicht Fledermäuse oder Schlimmeres. Drei oder vier Minuten rannten sie weiter, bis es nicht mehr ging. Zwischen einigen Bäumen blieben sie stehen, um zu verschnaufen.

Bislang schien Cypriano ihnen nicht auf der Spur zu sein. Sie hatten einen guten Vorsprung. Allerdings, sobald dieser am schiefen Haus angelangt wäre und es – hoffentlich – durchsucht hatte, würde er logisch rekonstruieren können, in welche Richtung sie geflohen waren. Zeit, einen Haken zu schlagen, fand Cavelli. Wortlos änderte er die Route und zog Theresa Canova mit sich. Vor ihnen lag eine große Wiese, an deren anderem Ende sich wieder ein Waldstück anschloss. Schemenhaft nahm Cavelli in der Mitte der Wiese eine weitere Statue wahr. Für einige Momente überkam ihn ein wahnwitziger Gedanke. Er erinnerte sich an eine Detektivgeschichte Edgar Allan Poes, in der die Polizei das Haus eines Mannes Zentimeter für Zentimeter durchsucht, um einen kompromittierenden Brief zu finden, diesen aber nicht entdecken kann, weil er nicht wie angenommen raffiniert versteckt ist, sondern scheinbar achtlos auf dem Schreibtisch liegt. War diese Statue möglicherweise das beste Versteck im ganzen Park?, fragte sich Cavelli. Gerade *weil* sie so offen auf freiem Gelände stand, gerade *weil* es so widersinnig war, würde Cypriano sie keines zweiten Blickes würdigen und stattdessen zwischen den Bäumen und in den Gebäuden des Parks nach ihnen suchen. Cavelli verwarf den Gedanken wieder. Sicher, die Statue stand im Dunkeln, aber dies war eine trügerische Sicherheit, denn der Mann, der sie suchte, besaß eine starke Taschenlampe.

»Stopp!«

Die Stimme war kalt, entschlossen und ganz nah. Es klang in seiner ruhigen Selbstverständlichkeit grauenvoll siegesgewiss. Es war das Falscheste, was sie tun konnten, aber Cavelli und Theresa Canova blieben stehen. Die Statue auf der Wiese. Cypriano hatte keineswegs einen Fehler begangen, als er mit seiner Lampe zum schiefen Haus herübergeleuchtet hatte. Er hatte gewusst, was er tat. Cavelli und Theresa Canova waren genau in die Richtung gelaufen, die er dafür vorgesehen hatte. Raus aus dem Lichtschein und direkt in seine Arme.

Und er hatte genau den Trick ausgeführt, den Cavelli nicht gewagt hatte anzuwenden. Welcher Verfolger würde sich schon mitten auf eine Wiese stellen und dort bewegungslos auf seine Beute warten? Es war viel zu auffällig und deshalb so abwegig, dass er genau das getan hatte.

XLVII

Schweigend durchquerte die kleine Gruppe den dunklen Park. Es waren nicht gerade die günstigsten Umstände für das Fortführen von zwei Gefangenen. Die Taschenlampe hing immer noch an einem Baum, und Fesseln oder Handschellen führte Cypriano nicht mit sich. Er musste improvisieren. Den Griff der Axt hatte er in den Gürtel gesteckt, sodass sie wie ein Schwert an seiner Seite hing, und er hielt sich hinter Theresa Canova. Mit der linken Hand hatte er sie an ihren langen Haaren gepackt, in der rechten befand sich die Beretta. Cavelli ging ganz vorne. Cypriano war sich bewusst, dass dies ein Risiko bedeutete. Falls der Mann plötzlich flüchtete, konnte er ihm nicht folgen. Er konnte höchstens zwei-, dreimal hinterherschießen und hoffen, ihn zu erwischen, aber falls es misslang, musste er das akzeptieren. Aber der Mann war nicht wichtig, sagte sich Cypriano. Vor allem durfte er nicht riskieren, die Canova noch einmal zu verlieren. Und auch erschießen konnte er sie hier nicht. Dann wäre alles fast umsonst gewesen. Nicht zum ersten Mal wunderte sich Cypriano, was Menschen alles mit sich machen ließen, wenn man sie mit einer Waffe bedrohte. Auch wenn ihnen der sichere Tod bevorstand, hofften sie bis zuletzt. Auf was nur? Auf ein Wunder? Doch bisher hatte Cypriano alle diese Menschen liquidiert, ohne dass ein Wunder sie gerettet hatte. Obwohl, so vermutete Cypriano, der eine oder andere unter ihnen vielleicht sogar eins verdient gehabt hätte. Eines aber wusste Cypriano ganz sicher: Theresa Canova war die Letzte, für die Gott ein Wunder geschehen lassen würde. Sie hatte den heiligen Eid der Ehrenwerten Gesellschaft gebrochen und tausend Mal das verdient, was ihr nun bevorstand. Doch sollte sie ruhig bis zum Schluss hoffen. Wie hieß es so schön: »Die Hoffnung stirbt zuletzt.« Ihm hatte diese menschliche Schwäche die Arbeit wieder und wieder sehr erleichtert. Was los wäre, wenn seine Opfer erkannten, dass ihre einzige, wenn auch minimale, Chance darin bestand, sich zu wehren oder einen Fluchtversuch zu unternehmen, durfte er sich gar nicht ausmalen. Ein weiterer Trumpf war seine gute Ortskenntnis. Jetzt zahlte es sich aus, dass er sich zuvor die Karte mit der Parklandschaft genau eingeprägt hatte. So würde er nicht nur sinnloses Umherirren vermeiden, sondern auch dafür sorgen können, dass sie keine Waldstücke durchquerten, deren Unübersichtlichkeit seine Gefangenen vielleicht zu irgendwelchen wahnwitzigen Fluchtaktionen ermutigen würde. Stattdessen hatte er den Weg so berechnet, dass sie sich nur über freie Flächen bewegten, bis sie das Ziel erreicht hatten.

Nach nicht einmal fünf Minuten war es so weit. Und offenbar sah Gott mit Wohlgefallen auf das, was nun folgen würde. Wie aufs Stichwort hatten sich die Wolken verzogen, das Mondlicht fiel perfekt auf den Rachen des Orcus und ließ ihn geradezu fürchterlich erscheinen. Offenbar verstand Theresa Canova instinktiv, dass »es« hier stattfinden würde. Sie fing an, sich zu sträuben, wollte nicht weiter, und Cypriano sah sich gezwungen, ihr mit dem Revolver so hart zwischen die Schulterblätter zu schlagen, dass sie laut aufschrie. Er ahnte, dass er sehr bald schon mit noch weit heftigeren Reaktionen von ihr rechnen musste, aber fürs Erste schien ihr Widerstand gebrochen zu sein.

Nacheinander betraten sie den steinernen Kopf. Cypriano blieb neben der Eingangsöffnung stehen, lehnte die Axt an die Wand und richtete die Beretta auf Theresa Canova. »Da rüber und hinknien.« Die Waffe zuckte kurz zur Seite und zeigte auf den von Cypriano entferntesten Punkt. Die Canova gehorchte, dann wanderte der Lauf der Waffe zu Cavelli. »Die Scheinwerfer!«

Cavelli schaltete zögernd die Lampen ein. Cypriano verzog seinen schiefen Mund zu einem grausigen Lächeln und kniff die Augen zusammen. Im Grunde waren die Lampen viel zu hell für die kleine Kammer, aber auf dem Film, den er drehen würde, sollte schließlich jedes grausige Detail bestens zu erkennen sein. Außerdem musste die von innen erleuchtete Fratze des Orcus draußen geradezu gespenstisch aussehen. Man hatte ihm genau erklärt, wie er den Kopf auch von außen zu filmen hatte, nachdem seine Arbeit im Inneren erledigt war. Das im Freien Gedrehte würde man dann an den Anfang des Films schneiden, quasi als gruseliger Auftakt des folgenden Horrorfilms. Der Mann, dessen Hirn dieser Film entsprungen war, hatte wirklich bis ins Detail alles bedacht. Nun kam der Teil, in dem die Canova den Tisch, auf dem sie sterben würde, selbst vorbereiten musste. Es war wichtig, dass man sie lebend herumlaufen sah. Niemand sollte hinterher behaupten können, es sei lediglich eine lebensgroße Puppe zum Einsatz gekommen. Es musste eindeutig klar sein, dass es sich um eine lebendige Frau gehandelt hatte. Cypriano befahl Cavelli, sich mit dem Gesicht zur Wand und mit hinter dem Kopf verschränkten Armen neben die Canova zu knien, dann schaltete er die Kamera ein und vergewisserte sich am Sucher, dass der Bildausschnitt stimmte. Anschließend hatte Theresa Canova aufzustehen und zwei Stahlketten parallel mit fünfzig Zentimeter Abstand über den Tisch zu legen und sie dann unter dem Tisch mit zwei Vorhängeschlössern zu verbinden, sodass sie nun straff gespannt über die Tischplatte liefen.

Cypriano fragte sich, wie lange die Canova noch mitspielen würde, bevor sie in Panik geriet. Sie musste doch langsam begreifen, worauf all dies hinauslief. Der Tisch, die Ketten, die Axt, die Scheinwerfer, die Kamera. Er deutete auf vier Paar Handschellen, die auf dem Boden lagen. »Los! Je eine um Hand- und Fußgelenke.«

Theresa Canova sah ihn aus weitaufgerissenen Augen an. Ihre Wimperntusche war tränenverschmiert. »Bitte!«

»Los!« Cypriano hob die Stimme und spannte den Hahn seiner Beretta. Nur um des dramatischen Effekts willen. Er durfte nicht schießen, das wäre zu einfach. Doch offenbar blieb diese naheliegende Tatsache der Canova verborgen. Gehorsam schloss sie die Handschellen um ihre Fuß und Handgelenke, sodass überall die zweite Schelle frei blieb.

»Gut. Jetzt auf den Tisch.« Cypriano machte eine kleine Kopfbewegung. Die Canova blieb regungslos stehen. Kam jetzt das Unvermeidliche, das Cypriano so oft schon erlebt hatte? Das Verhandeln? Und wenn das nichts nützte, das Flehen und schließlich der Zusammenbruch? Entweder als Hasstirade gegen ihn oder als unkontrollierbares Stammeln und Winseln.

Theresa Canovas Stimme klang heiser und erstickt. »Ich habe Geld, sehr viel Geld. Sechs Millionen Euro. Die können Sie haben. Sie liegen in einem Schließfach. Ich …«

»Schhhhh!« Cypriano legte den Finger auf seine zerschnittenen Lippen. »Erst auf den Tisch. Dann können wir über Geld reden.«

Theresa Canova sah ihn flehend an. Ihre Augen bohrten sich geradezu in die seinen, als suche sie verzweifelt darin nach einem Anhaltspunkt, dass er die Wahrheit sprach. Unerbittlich zeigte er mit der Waffe ein weiteres Mal auf den Tisch. Ohne ihn aus den Augen zu lassen, setzte sie sich vorsichtig auf die Steinplatte.

Cypriano lächelte sie schief an. »Sehr gut, Sie haben's fast geschafft. Nun die Schellen an den Fußgelenken mit der unteren Kette verbinden, bitte.«

Die Tränen strömten Theresa Canova unkontrolliert übers Gesicht, als sie seiner Aufforderung folgte. Cypriano überkam eine Welle der Erleichterung. Das Schwerste war geschafft. Ein Entkommen der Canova war nun unmöglich. »Nun hinlegen und das linke Handgelenk mit der oberen Kette verbinden, bitte.« Er wusste aus Erfahrung, dass selbst in einer solchen Situation ein »Bitte« von ihm wahre Wunder wirkte. *Gerade* in einer solchen Situation. Dieser winzige Rest Zivilisiertheit war der Strohhalm, an den sich seine Opfer klammerten, bis zuletzt. Jemand, der »Bitte« sagte, konnte »es« doch nicht wirklich tun. Die Leute wollten das verzweifelt glauben, und Cypriano half ihnen dabei. Es machte alles einfacher – für beide Seiten. Auch jetzt geschah das Wunder. Die Canova folgte seiner Anweisung. Schnell trat er an den Tisch und schloss nun die vierte Handschelle an die obere Kette. Es war geschafft, Theresa Canova lag an Händen und Füßen gefesselt auf dem steinernen Tisch. Die Show konnte beginnen.

Im Kopf ging Cypriano die nächsten Schritte durch. Zuerst würde er der Canova ihren Willen lassen. Sollte sie ihm ruhig Geld anbieten. Er würde jedes ihrer Worte filmen. Das machte das Ganze nur noch echter. Jeder könnte sehen, dass es sich tatsächlich um die Canova handelte und wie verzweifelt sie gewesen war. Und es würde deutlich machen, dass die Ehrenwerte Gesellschaft unbestechlich war. Nachher würde Cypriano das Geld natürlich dennoch aus dem Schließfach holen, das sie erwähnt hatte. Falls dieses Geld überhaupt existierte und nicht nur einen verzweifelten Versuch darstellte, das Unvermeidliche abzuwenden, wie er es schon so oft erlebt hatte.

Als Nächstes würde der Teil kommen, wo er ins Bild trat und ihr Angebot vor laufender Kamera ablehnte. Dann würde er das Urteil verkünden. Man hatte ihm sogar eine Art Urkunde mitgegeben, von der er den Text feierlich ablesen konnte. Das machte das Ganze noch offizieller. Das i-Tüpfelchen auf dem ganzen Szenario waren jedoch die Robe und die Kapuze, die er tragen würde. So hatte alles eine hochtheatralische Komponente. Eine Mischung aus Inquisition, Horrorfilm und Ku-Klux-Klan. Kapuze und Robe waren weiß, eine weitere kluge Überlegung des Mannes, der all dies ersonnen hatte. Wenn Cypriano die Canova bei lebendigem Leibe in Stücke hackte, würde man ihr spritzendes Blut auf seiner Robe gut erkennen können.

Nachdenklich betrachte Cypriano das Szenario vor ihm. Die Canova atmete schwer, aber schwieg. Auch das kannte er gut. Viele Opfer versuchten bis zum Schluss, ihn nicht zu provozieren.

Er trat an den Tisch und zog ihr Kleid, das über die Oberschenkel gerutscht war, nach unten über die Knie. Dieser Film sollte die Vollstreckung eines Urteils zeigen und keinesfalls von abartigen Perverslingen dazu missbraucht werden, ihrer Lustbefriedigung zu dienen.

Er durchquerte die Kammer und betrachtete einen Moment Cavelli, der immer noch mit den Händen hinter dem Kopf und den Augen zur Wand auf dem Boden kniete. Dann versetzte er ihm einen wohlgezielten Tritt in den Rücken, der ihn mit dem Gesicht gegen die Höhlenwand fliegen ließ. Es war nichts Persönliches, nur eine prophylaktische Maßnahme. Wenn Frauen im Spiel waren, meinten manche Männer, den Helden spielen zu müssen. Davon hatte niemand etwas, und es verursachte nur unnötige Umstände. Cypriano richtete die Beretta auf Cavelli: »Aufstehen!«

Cavelli erhob sich und wischte sich Blut von der Stirn.

»Langsam rausgehen.«

Cavelli gehorchte, während Cypriano zwei Meter dahinter folgte und überlegte, wie weit sie Abstand vom Rachen des Orcus gewinnen sollten. Der Mann war nur zufällig in die Sache verwickelt worden. Er war nicht Teil der Geschichte, wie man sie der Welt präsentieren würde. Es sollte eine einfache Geschichte sein. Eine Geschichte von Schuld und Strafe. Dieser Mann war nur ein ungeplantes Detail, das vom Eigentlichen ablenken würde. Cypriano entschied, dass er ihn bis vor die Außenmauer des Parks bringen und dort erschießen würde. Manche Berichte würden den Mann vielleicht erwähnen, aber wohl eher am Rande. In Erinnerung bleiben würde nur der Film, in dem Theresa Canova die Hauptrolle spielte.

XLVIII

Mit knappen Anweisungen dirigierte Cypriano Cavelli vor sich her, die Waffe immer auf dessen Rücken gerichtet. Es war derselbe Weg, den sie beim ersten Mal genommen hatten. Der von innen hell erleuchtete Rachen des Orcus ließ Cypriano und Cavelli lange Schatten werfen, die mit jedem Schritt schwächer wurden, bis sie schließlich vollständig von der Finsternis verschlungen wurden. Offenbar waren sie auf dem Weg zum Wagen oder zumindest in dessen Nähe, denn nun gelangten sie in ein höher gelegenes Terrain. Mit erhobenen Händen stolperte Cavelli vor Cypriano durch die Dunkelheit. Er konnte dessen Rasierwasser riechen. Es war das gleiche, das er auch selbst benutzte. Eine groteske Gemeinsamkeit, die ihm natürlich nichts half. Er machte sich keine Illusionen darüber, was mit ihm geschehen würde. Dieser Cypriano war hier, um Theresa Canova bestialisch mit einer Axt zu töten; mit einer schnellen Kugel, die sein Leben beendete, würde sich Cavelli dagegen geradezu noch glücklich schätzen können. Nun liefen sie an einer langen Mauer aus groben Steinen entlang. Die Gedanken in Cavellis Hirn überschlugen sich. Wie weit noch? Wie viel Zeit blieb ihm noch, bis *es* geschehen würde? Und *wie* würde es geschehen. Würde es wie bei einer Hinrichtung sein, oder würde Cypriano ihm einfach plötzlich ohne Vorwarnung in den Hinterkopf schießen? Er hatte mal gehört, dass eine Pistolenkugel schneller flog als der Schall. Man war tot, bevor man den Schuss hören konnte. Einfach ganz plötzlich ewige Dunkelheit? Cavellis Fuß blieb an einer Baumwurzel hängen, und er geriet ins Stolpern. Cypriano erschrak. Durch sein Voranstolpern war Cavelli plötzlich zwei, drei Meter entfernt. Cypriano blieb keine Zeit, darüber nachzudenken, ob dies ein Versehen oder ein Fluchtversuch war. Reflexartig riss er die Beretta hoch und schoss. Zu hastig, um gut zu zielen, denn Cavelli hörte, wie die Kugel neben ihm in die Mauer einschlug. Es war ein hässliches Geräusch. Er wusste nicht, ob es Adrenalin oder einfach nur nackte Panik war, die ihn durchfuhr, egal, er schlug einen Haken und rannte so schnell er konnte auf eine Baumgruppe zu. Eine weitere Kugel pfiff so dicht über seinen Kopf hinweg, dass er glaubte, den Luftzug zu spüren. Einige Meter rannte er weiter, dann zwang er sich, still zwischen zwei Bäumen stehenzubleiben, auch wenn ihn noch nie in seinem Leben etwas solche Überwindung gekostet hatte. Es war völlig dunkel, und sein Verfolger hatte keine Taschenlampe. Das war zu Cavellis Vorteil. Cypriano konnte natürlich einfach auf gut Glück in die Gegend schießen. Zwei Kugeln hatte er schon verbraucht. Wie viele passten in eine Beretta? Mindestens acht, schätzte Cavelli. Er konnte nur bewegungslos dastehen und beten. Einige Momente tat sich gar nichts. Dann hörte er einen Ast knacken und dann noch einen. Dann wieder Stille.

In seiner Jackentasche begann etwas zu vibrieren. Ein eiskalter Schauer durchfuhr Cavelli. Sein Smartphone. Ausgerechnet jetzt.

Dann verstand er. Sie befanden sich nun auf dem höchsten Teil des Parks, hier gab es Empfang, und offenbar hatte er gerade eine Benachrichtigung erhalten. Cavelli riss das Gerät aus der Tasche und tippte auf die App, damit sich das Vibrieren nicht wiederholen würde. Fast gegen seinen Willen registrierte er, dass er vier Anrufe und eine SMS von Monsignore Mattlin verpasst hatte. Er steckte das Gerät zurück in seine Jackentasche und bedeckte es von außen mit der Hand, für den Fall, dass ein weiterer Anruf kam. Jetzt konnte er nur hoffen, dass Cypriano das leise Brummen nicht gehört hatte. Jede Faser in seinem Körper schrie danach, so schnell wie er nur konnte wegzulaufen, aber er musste diesem Verlangen widerstehen. Er musste die Gefahr ausblenden und an etwas Positives denken. An irgendetwas! *Ogni pensiero vola.* Was war *das* für ein Gedanke? Egal, solange er ihn nur davon abhielt, zu zittern und so Cypriano seinen Standort zu offenbaren. *Ogni pensiero vola.* Wieso fiel ihm das jetzt ein? Was hatte es damit auf sich? Cavelli konzentrierte sich auf diesen Gedanken, der so gut wie jeder andere war. *Ogni pensiero vola.* Erst kürzlich hatte er das irgendwo gelesen. Aber wo? Richtig, es war in die Oberlippe des Rachen des Orcus gemeißelt. *Ogni pensiero vola. – Alle Gedanken fliegen.* Aber da war noch mehr. Irgendetwas nagte an Cavellis Unterbewusstsein und versuchte, an die Oberfläche zu gelangen. *Alle Gedanken fliegen.* Warum fiel ihm das *jetzt* ein? Dann hatte er die Antwort. Sein Unterbewusstsein versuchte, ihn an sein Smartphone zu erinnern. War nicht gerade eine SMS mit den Gedanken von Monsignore Mattlin durch die Luft zu ihm geflogen? Das Smartphone war seine letzte Chance. Er musste die Polizei verständigen. *Ogni pensiero vola!* Nein, das war es nicht. Die Polizei würde viel zu spät kommen, um ihm oder Theresa Canova zu helfen. *Ogni pensiero vola.* Aber warum dann diese Eingebung? Eine wahnwitzige Idee begann sich in seinem Hirn zu formen. So wahnwitzig, dass Cavelli sie zunächst gar nicht als real betrachtete. Es war die schiere Verzweiflung, die hier aus ihm sprach. Aber es war die einzige Idee, die er hatte. Sicher, es war verrückt, aber dieser Cypriano war *auch* verrückt, oder zumindest nicht normal. Wenn Cavelli … Ein Ast neben ihm knackte, vielleicht in zwei Metern Entfernung. Er wagte nicht, den Kopf zu drehen oder zu atmen. Er schloss die Augen, damit sie nicht möglicherweise einen verirrten Mondstrahl reflektierten. Oder gab es das nur bei Katzen? Egal, er durfte kein Risiko eingehen. Dann ein weiteres Knacken, dieses Mal noch näher. Cavelli hatte das Gefühl, Cyprianos Atem in seinem Gesicht spüren zu können, und hoffte, dass es lediglich Einbildung war.

Dann spürte er eine Hand in seinem Gesicht. Doch es war kein Angriff. Cypriano tastete sich in der Dunkelheit zwischen den Bäumen hindurch und hatte anscheinend nicht bemerkt, dass Cavelli kein Baum war. Es mochten nur ein oder zwei Sekunden vergangen sein, bis sich die Hand von Cavellis seit fast einem Tag nicht rasierter Wange entfernte, aber es waren die längsten Sekunden seines

Lebens. Schritt für Schritt entfernte sich Cypriano von ihm, er hatte offenbar keinen Plan, wo er suchen sollte. Cavelli dachte kurz darüber nach, zum Rachen des Orcus zu laufen und Theresa Canova zu befreien, verwarf die Idee jedoch sogleich wieder. Den Lärm, den er auf dem Weg dorthin verursachen würde, wäre unmöglich zu überhören. Nein, vorerst blieb ihm nichts anderes übrig, als wie angewurzelt hier stehenzubleiben und zu warten, dass sich Cypriano weiter entfernen würde. Es dauerte mehrere Minuten, bis Cavelli meinte, *es* wagen zu können. Vorsichtig fingerte er sein Smartphone aus der Jackentasche und tippte auf die Benachrichtigung von Monsignore Mattlins Anruf. *Nimm ab! Nimm ab! Auch wenn es mitten in der Nacht ist! Nimm ab!* Cavellis Lippen sprachen seine Gedanken lautlos mit. Nach dem zehnten Klingeln ging die Mailbox dran. »Hier ist Joseph Mattlin. Ich bin zurzeit nicht …« Cavelli beendete mit zitternden Fingern die Verbindung und vergewisserte sich hastig, dass er immer noch allein war. Dann tippte er ein weiteres Mal auf Mattlins Nummer. Wieder tutete es leise im Lautsprecher. Einmal, zweimal … Cavelli biss sich so heftig auf die Lippe, dass sie anfing zu bluten. Fünfmal, sechsmal … In Gedanken verwünschte Cavelli seinen Freund Joseph, der rücksichtslos weiterschlief, während er sich in einer verzweifelten Situation befand. Achtmal, neunmal …

»Ja?« Mattlins Stimme klang schwach an sein Ohr. Müde und verärgert, aber hauptsächlich müde. Cavelli versuchte so leise wie nur möglich sein Anliegen zu erklären. Danach herrschte für einige Sekunden Stille im Hörer. »Ist das ein

Scherz?«, fragte schließlich Mattlin. »Ich kann doch nicht …«

Erneut redete Cavelli auf ihn ein, diesmal noch eindringlicher und unvorsichtigerweise nicht ganz so leise. Wieder blieb es geradezu eine Ewigkeit still im Hörer. Und dann: »Ich versuch's.« Erneut schwieg das Telefon, dieses Mal für mehrere Minuten. Cavelli warf einen Blick auf die Akkuanzeige, die etwa auf ein Viertel stand. Sechs Minuten vergingen. Cavelli wischte sich mit dem Ärmel den Schweiß aus dem Gesicht. Von Cypriano war nichts mehr zu hören. Was, wenn er bereits aufgegeben hatte, ihn zu suchen, und zu Theresa Canova zurückgekehrt war, um sie …? Jetzt drangen einige Geräusche aus dem Smartphone und schließlich auch eine Stimme. Ein paar knappe Sätze wurden gewechselt, das musste reichen. Es war so weit. Cavelli holte tief Luft und brüllte in die Richtung, in die Cypriano sich zuletzt bewegt hatte. »He, hallo!«

Er wartete einige Augenblicke, bis er ein weiteres Mal rief. Dann lief er geduckt etwa zehn Meter zur Seite, um seine Position zu wechseln. Zunächst Stille. Dann plötzlich schienen überall um ihn herum Äste zu knacken und Laub zu rascheln. Erst nach einigen Momenten bemerkte er, dass die Geräusche nur aus einer Richtung kamen. Allerdings nicht aus der, in die er gerufen hatte, sondern aus der entgegengesetzten. Offenbar hatte Cypriano ihn inzwischen lautlos umrundet und kam nun von hinten. Sein schweres Atmen war auf mehrere Meter Distanz zu hören, anscheinend stand er extrem unter Stress. Cavelli hatte sich eine Taktik überlegt, seinen Plan durchzuführen, eine

Taktik, die ihm mit jedem Schritt, den Cypriano näherkam, armseliger erschien. Er stellte sich hinter einen Baum und tastete vorsichtig am Waldboden nach zwei möglichst dicken Ästen. Dann warf er den ersten Ast, so stark er konnte, zur Seite in die Dunkelheit. Leider flog er nicht so weit wie erhofft, sondern krachte bereits nach etwa zwei Metern gegen einen Baum und fiel ins Laub. Ein Schuss fiel. Cyprianos Nerven schienen blank zu liegen. Seine zerschnittenen Lippen öffneten und schlossen sich wie bei einem Fisch, der an Land gespült worden war.

»Jetzt«, flüsterte Cavelli in sein Smartphone. Nun konnte er nur noch darauf vertrauen, dass man sich am anderen Ende der Leitung nach seinen Instruktionen richten würde.

»Cypriano …«

Der Angesprochene wirbelte herum. Die Stimme war nicht von der Stelle gekommen, auf die er gerade geschossen hatte. Erneut riss er die Waffe hoch, wartete, dass der Mann weitersprach. Warum sprach der mit ihm? Was konnte er sich davon erhoffen, etwa Gnade? Was für ein dummer Gedanke. Erneut ein Geräusch, diesmal viel weiter rechts. Cyprianos Waffe fuhr herum. Dann wieder die Stimme. Nun wieder weiter links.

»Cypriano, hörst du mich?«

Wer sprach dort? Cypriano hatte das Gefühl, dass es sich nicht um den Mann handelte, den er verfolgte. Wie konnte das sein? Die Stimme klang sehr viel älter und sogar auf seltsame Weise vertraut. Offenbar spielten ihm seine Sinne hier in der Dunkelheit einen Streich. Er beschloss zu antworten, um den Mann besser lokalisieren zu können.

»Ja, ich höre.«

Wieder ein Geräusch, wie ein Ast, der in Laub fiel, diesmal von einer anderen Position aus. Was ging hier vor? Dann erneut die Stimme, nun weiter weg. Cypriano wusste, was er zu tun hatte. Er musste ganz still dastehen und seine Kugeln sparen. Er durfte sich nicht ablenken lassen und musste sich nur auf diese Stimme konzentrieren. Alle anderen Geräusche waren nur irgendwelche Tricks zu seiner Ablenkung.

Cypriano schwieg und lauschte auf die Stimme …

XLIX

Theresa Canova schrie auf, als Cavelli den Rachen des Orcus betrat. Sie hatte mit Cypriano gerechnet. Cavelli hatte Mühe, sie vom Gegenteil zu überzeugen, panisch zuckte sie auf dem Steintisch gefesselt umher, wie in einem letzten sinnlosen Versuch, das abzuwenden, was sie für unabwendbar hielt. Es war furchtbar mitanzusehen. Hilflos packte Cavelli sie an den Schultern und versuchte, durch ihr Geschrei zu ihr hindurch zu dringen. Schließlich – endlich – begriff sie, dass es Cavelli war, der sich da über sie beugte. Cavelli verschwendete keine Zeit mit Erklärungen; er war sicher, dass Theresa Canova sie in ihrem jetzigen Zustand ohnehin nicht verstehen würde. Er wiederholte nur immer wieder das einzig Wichtige: Cypriano war fort, und sie war in Sicherheit. Langsam glitt sie in einen anderen Zustand hinüber und begann, hemmungslos zu schluchzen. Cavelli nahm sie in die Arme und hielt sie fest, bis ihre Kräfte etwas nachließen. Cavelli spürte, wie er nervös wurde. Sicher, Cypriano war verschwunden, aber wer konnte schon sagen, ob er es sich nicht noch anders überlegen würde? Cavelli nahm ihr Gesicht in seine Hände und sah ihr in die Augen. »Theresa, wir müssen hier verschwinden. Verstehen Sie mich?«

Sie nickte.

»Gut.« Er ging zu der großen Kiste, in der sich Cyprianos ganze Ausrüstung befunden hatte, und fand tatsächlich die Schlüssel für die Handschellen. Sie lagen immer noch am Boden der Truhe. Cypriano hatte keine Verwendung für sie gehabt, er wusste, dass diese Handschellen nur dazu da waren, geschlossen zu werden, und nie wieder geöffnet werden würden. Cavelli nahm sie und schloss erst die Handschellen an Theresa Canovas Handgelenken auf, dann die an den Fußgelenken, und half ihr, vom Tisch herunterzusteigen. Noch immer wirkte sie verstört und stand nur teilnahmslos da. Cavelli legte den Arm um sie und führte sie zum Ausgang. Einen Moment später kamen ihm Zweifel, ob es richtig war, hier alles so zu lassen, wie es war, dann verwarf er den Gedanken. Wahrscheinlich würden die Mitarbeiter des Parks, die den Rachen des Orcus in ein paar Stunden so vorfinden würden, davon ausgehen, dass hier illegal ein Amateurhorrorfilm gedreht worden war. Das volle Ausmaß dieser teilweise richtigen Annahme würden sie niemals erfahren. In letzter Sekunde fiel Cavelli noch etwas ein. Er entnahm der Digitalkamera, die immer noch auf den Steintisch gerichtet war, den Speicherchip und steckte ihn ein. Dann führte er Theresa Canova ins Freie, sie ließ es willenlos geschehen. Die aus allen Öffnungen leuchtende Fratze des Orcus schien ihnen höhnisch hinterher zu grinsen.

L

Es war eine lange Nacht gewesen. Vorsichtig hatten sie sich durch den Park der Monster bewegt und den Ausgang gesucht, immer in der Angst, dass Cypriano zurückkehren würde. Doch die Sorge hatte sich als unbegründet erwiesen. Der Polizeiwagen war fort, und nur Theresas Handtasche auf dem Waldboden zeugte noch davon, dass er jemals dort gestanden hatte. Cypriano war und blieb verschwunden. Sie hatten das Gelände verlassen und sich bis Bomarzo zu Fuß durchgeschlagen. Dort hatte Cavelli ein Taxi gerufen, gerade noch rechtzeitig, bevor der Akku seines Smartphones leer gewesen war. Während sie auf den Wagen warteten, hatte Cavelli den Speicherchip auf die Straße geworfen und mit einem Stein zertrümmert.

Der Taxifahrer hatte sie dann nach Rom gebracht und während der gesamten Fahrt immer wieder neugierig in den Rückspiegel auf seine mysteriösen Fahrgäste geschielt. Die Frau hatte ein völlig verschmiertes Make-up und zerrissene Strümpfe und der Mann einen verdreckten Anzug. Was mochte da vorgefallen sein? Genüsslich erging er sich in diversen nicht jugendfreien Gedankenspielen. Dann hatte er das seltsame Pärchen in Rom an der Kirche Santa Maria Maggiore abgesetzt. Der Mann hatte ihm einige

Geldscheine in die Hand gedrückt, die mindestens dem Dreifachen des Fahrpreises entsprachen, und ihm diesen speziellen Blick zugeworfen, den er schon so oft gesehen hatte: Diese Fahrt hatte nie stattgefunden.

LI

Während der Fahrt hatte sich Theresa Canova an Cavelli angelehnt und meistens geschlafen, und auch Cavelli selbst war einige Male eingenickt. Das Einzige, was sie zuvor noch gesagt hatte, war, dass sie zum Bahnhof in Rom wollte. Sofort irgendwohin zu verschwinden, war sicher das Beste, was sie tun konnte, fand Cavelli, er hatte nur zu bedenken gegeben, ob es nicht noch sicherer wäre, von einem kleineren Bahnhof außerhalb Roms abzufahren, schließlich war keineswegs auszuschließen, dass die Mafia auch den Hauptbahnhof überwachen ließ, doch Theresa Canova war von ihrem Plan nicht abzubringen gewesen. Zumindest hatte Cavelli noch genug Geistesgegenwart besessen, dem Taxifahrer nicht den Bahnhof als Fahrtziel zu nennen, sondern die nahe gelegene Kirche Santa Maria Maggiore. Falls Cyprianos Auftraggeber Erkundigungen einziehen und alle Taxifahrer befragen würden, die in der Nacht eine Frau und einen Mann von Bomarzo nach Rom gefahren hatten, würde die Spur an der Kirche enden. Hoffte Cavelli zumindest. Jemand, der sich in Rom auskannte, würde schnell auf die Nähe des Bahnhofs aufmerksam werden. Ein zusätzliches Bestechungsgeld konnte daher nicht schaden. Dann – während sie sich in einem

Waschraum so gut es ging wieder herrichtete – hatte Cavelli an verschiedenen Bahnschaltern für Theresa Canova je ein Ticket nach Triest, Mailand und Neapel gekauft. Ein weiterer Versuch, jede Spur zu verwischen. Als er ihr die Tickets überreichte, hatte er auch nicht gefragt, welches davon sie benutzen wollte und ob sie beabsichtigte, tatsächlich bis zum Zielort im Zug zu bleiben.

Der früheste der drei Züge ging in fünfzehn Minuten. Cavelli fand es beinahe unheimlich, wie gefasst Theresa Canova bereits wieder wirkte, nach alldem, was sie gerade erst vor einer Stunde erlebt hatte. Sie wirkte beinahe entspannt und lächelte sogar, auch wenn ihre Blicke dabei unablässig wachsam die Bahnhofshalle durchwanderten. Sie standen in einer Ecke und verabschiedeten sich. Beide wussten nicht recht, was sie sagen sollten. Es war alles unpassend. Sie hatten gemeinsam Furchtbares durchgestanden, und dennoch kannten sich erst seit ein paar Stunden. Eine zufällige Kreuzung zweier Lebenswege, zwischen denen es ansonsten keinerlei Berührungspunkte gab. Noch ein oder zwei Minuten, dann würden sie beide wieder in ihre unterschiedlichen Leben zurückkehren, und das war auch das Beste so. Die Canova sah nervös auf ihre kleine Armbanduhr: »Sie müssen mich nun entschuldigen, Don. Bevor der Zug abfährt, hab ich noch etwas zu erledigen.«

Cavelli nickte. »Dann lasse ich Sie jetzt allein, ich sollte ohnehin nicht wissen, wohin Sie fahren.«

Sie zögerte. »Eins müssen Sie mir noch sagen: Was ist mit Cypriano passiert? Haben Sie ihn …?«

»Nein. Ganz sicher nicht. Er ist freiwillig gegangen. Nun ja, *fast* freiwillig.«

»Aber wie? Sagen Sie es mir, Don, ich muss es wissen. Ich muss einfach!«

»Nun, es gab Argumente, die ihn überzeugt haben.«

»Argumente? Was für welche? Was haben Sie ihm gesagt?«

»Ich? Gar nichts. Als ich da draußen mit ihm war, hatte mein Telefon plötzlich wieder Empfang. Da habe ich ihn mit jemandem verbunden, dem er zugehört hat. Jemanden, der für einen so gläubigen Menschen wie Cypriano eine hohe Autorität hat.«

»Mit wem, Don?« Ihre Augen weiteten sich ungläubig. »Doch nicht etwa mit …«

»Nun – sagen wir mit einer hochgestellten Persönlichkeit.« Cavelli lächelte angespannt. »Wie sagt man doch in Ihren Kreisen: Cypriano bekam ein Angebot, das er nicht ablehnen konnte.«

»Moment, Moment, wollen Sie etwa sagen …«

»Lassen wir's dabei, Theresa.«

Sie sah ihn mit einem seltsamen Blick an, den Cavelli nicht zu deuten wusste. »Gut, ich frage nicht weiter, ich habe auch so verstanden, obwohl ich es kaum glauben kann. Wie haben Sie das nur geschafft, Don?«

Cavelli kratzte sich verlegen am Kopf. »Nun, ich habe denen auch schon ein oder zwei Gefallen getan.« Er deutete auf die große Bahnhofsuhr an der Decke. »Sagten Sie nicht, Sie müssten vor der Abfahrt noch etwas erledigen?«

Erneut sah sie hastig auf ihre Armbanduhr. »Ja, muss ich.« Sie blickte ihm fest in die Augen. »Danke, Don.« Sie lächelt verkrampft, dann gab sie ihm einen flüchtigen Kuss auf die Wange, und ehe Cavelli etwas erwidern konnte, hatte sie sich abgewandt und eilte davon. Cavelli sah ihr noch einige Momente hinterher, dann verlor er sie aus den Augen.

LII

Noch plötzlicher, als all dies nicht einmal vierundzwanzig Stunden zuvor begonnen hatte, war es vorbei. Ebenso abrupt, wie Theresa Canova in seinem Leben aufgetaucht war, war sie auch verschwunden. Einfach so. Cavelli blickte noch einige Momente in die Richtung, in die sie gegangen war, dann verließ er die Bahnhofshalle und ging zum Taxistand. Ein letztes Mal sah er sich um, aber es war niemand da, der sich für ihn zu interessieren schien. Dennoch ließ er sich nicht zum Vatikan fahren, sondern nur bis zum Hotel Columbus in der Via della Conciliazione und ging die letzten paar hundert Meter zur Porta Sant'Anna zu Fuß.

Sein Körper war todmüde, aber sein Bewusstsein konnte nicht abschalten. Er setzte sich mit einem Glas Rotwein auf seine Terrasse und sah in den klaren Sternenhimmel über ihm. Seine Gedanken wanderten zu Theresa Canova. Wo mochte sie inzwischen sein? Vermutlich war sie bereits nach ein paar Stationen wieder ausgestiegen und hatte weitere Zugtickets in verschiedene Richtungen gekauft. Wenn sie dieses Manöver einige Male wiederholte, war sie – solange sie keine Kreditkarten benutzte – kaum noch auffindbar. Und dann? Was würde sie als nächstes tun?

Würde sie tatsächlich eine Pilgereise antreten, um für ihre Sünden zu büßen, fragte sich Cavelli, oder hatte sie das nur so dahingesagt?

Wohin würde ihre Flucht sie schließlich führen? Cypriano hatte von ihr abgelassen, aber er war nur ein austauschbarer Handlanger. Dies war noch nicht vorbei, die Bosse würden weiter nach ihr suchen lassen. Musste sie für den Rest ihres Lebens auf der Flucht sein, oder gab es irgendwo einen Ort, an dem sie sicher war? Wie hatte sie noch gesagt: »Ich muss bis ans Ende der Welt.« Cavelli dachte darüber nach, was sie damit gemeint haben konnte. War dies ein konkreter Ort, den sie bereits im Blick hatte? Wo mochte das sein? Neuseeland? Bora Bora? Aus europäischer Sicht konnte man diese Orte durchaus als das Ende der Welt betrachten. Oder war das nur ein Synonym gewesen für einen entlegenen Ort, wie zum Beispiel ein verschlafenes Bergdorf in der Schweiz? Das war durchaus denkbar. Allerdings hatte Cavelli Mühe, sich vorzustellen, wie sie dann leben würde. Wie würde sie durchkommen? Zu den Menschen, die sie kannte, durfte sie keinen Kontakt mehr aufnehmen, zweifellos würden viele von ihnen überwacht werden. Möglicherweise auf Jahre. Hilfe konnte sie also von niemandem erwarten. Wovon würde sie leben? Hatte sie einen Beruf erlernt? Cavelli bezweifelte es. Papiere hatte sie auch nicht, zumindest keine, die sie noch benutzen konnte. Doch irgendetwas sagte Cavelli, dass Theresa Canova einen Weg finden würde, möglicherweise einen, den er sich nicht einmal vorstellen konnte. Die Frau war entschlossen und verlor selbst in der größten Verzweiflung nicht die Nerven. Er musste daran denken, wie sie, bereits auf dem Tisch gefesselt, daran gedacht hatte, mit Cypriano zu verhandeln und geistesgegenwärtig die Geschichte mit den sechs Millionen Euro in einem Schließfach erfunden hatte, das war wirklich ziemlich … Cavelli verschluckte sich an seinem Wein, als ihm die Wahrheit aufging. Darum hatte Theresa Canova darauf bestanden, vom Hauptbahnhof in Rom abzufahren, obwohl dies ein größeres Risiko barg, entdeckt zu werden. Und das war es auch, was sie noch vor der Abfahrt zu erledigen gehabt hatte. Das Schließfach. Cavelli lachte leise in sich hinein: Theresa Canova würde ganz sicher gut klarkommen.

LIII

Gabriele Cigno war bleich und hatte einen widerlichen Geschmack auf der Zunge. Er hatte die ganze Nacht in seinem Arbeitszimmer gesessen, mehr Zigarren geraucht, als er vertrug, und auf *den* Anruf gewartet. Noch am gestrigen Mittag hatte ihn Orso Zizola persönlich informiert, dass er im Vatikan Zugang zur Canova erhalten würde. Damit war die Sache für Cigno praktisch erledigt gewesen. Zwar nicht auf die Weise, wie Agostino Castellani und Dario Scalfari es gewünscht hatten, aber das spielte für Cigno keine Rolle. Er war in Hochstimmung gewesen. Doch dann hatte er Stunde um Stunde gewartet. Der erlösende Anruf von Zizola war ausgeblieben, und der Mann war auch nicht mehr an sein Handy gegangen. Am späten Abend dann hatte ihn Scalfari angerufen und ihm mitgeteilt, dass einer seiner Männer die Canova außerhalb des Vatikan geortet hatte und nun alles nach Plan ablaufen würde. Das war eine gute Nachricht, allerdings hatte Cigno genau auf jeden Zwischenton geachtet. Wusste Scalfari von seinem Alleingang? Falls ja, hatte er sich zumindest nichts anmerken lassen. Zum Schluss hatte ihm Scalfari versprochen, sich sofort bei ihm zu melden, wenn die Aktion beendet sein würde. Doch auch dieser Anruf war nicht gekommen. Cigno war mit den Nerven am Ende. Was bedeutete all das? War auch Scalfaris Mann gescheitert? Oder hatten Castellani und Scalfari inzwischen entdeckt, dass er sein eigenes Spiel trieb, und ihm, ohne es auszusprechen, den Krieg erklärt?

Ungewissheit war etwas, das Gabriele Cigno nur schwer ertragen konnte. Er war kein Mann des Wartens. Wer in dieser Welt zu den Siegern gehören wollte, durfte nicht reagieren, er musste agieren, und das würde er tun. Nun war die Zeit gekommen, gründlich aufzuräumen. Er würde sich um die beiden kümmern, doch zuvor gab es noch etwas anderes zu erledigen.

LIV

Zum dritten Mal durchquerten der gutaussehende Ettore und der hässliche Ettore Seite an Seite das Waldstück, das zu Gazzos heruntergekommener Villa führte. Inzwischen hatten sie rausgefunden, wie man den schlammigen Teil umgehen konnte, was es etwas weniger unangenehm machte. Der gutaussehende Ettore dachte an seine Frau und seinen Sohn. Wenn es keinen Stau auf der Autobahn nach Rom gab, würde er in acht oder neun Stunden zu Hause sein. Jetzt musste hier nur noch alles sauber zum Abschluss gebracht werden. Gabriele Cigno hatte ihm schon vor der Abfahrt befohlen, sich auf ein solches Ende vorzubereiten. Es war allerdings noch nicht ganz sicher gewesen. Vor einer Stunde war dann Cignos Befehl über das Satellitentelefon gekommen.

Der gutaussehende Ettore hatte schon etliche Leute liquidiert, meistens leidenschaftslos, er hatte nichts gegen die Leute, aber was den hässlichen Ettore anging, da war es etwas Anderes. Der gutaussehende Ettore empfand eine gewisse Genugtuung, diese hässliche Kreatur bald los zu sein. *Er* würde als Erster drankommen. Dann Gazzo, dann die Kleine. Zwar hatte er starke Zweifel, dass sie ihn hätte beschreiben können – konnte sie überhaupt sprechen? – aber wozu ein Risiko eingehen? Cigno wollte einen sauberen Abschluss, und den sollte er bekommen. Keine Mitwisser. Keine Zeugen.

Sie durchquerten den überwucherten Garten, und er war froh, zum letzten Mal hier zu sein. Lag es daran, dass ein heftiger Wind blies, oder war der faulige Geruch aus dem alten Brunnen inzwischen noch übler geworden?

Sie erreichten die Villa – wie immer war die Eingangstür nicht verschlossen – und betraten den dunklen Salon, wo Gazzo auf seinem komischen Sofa thronte und sie ungnädig anstarrte. Die Tochter ließ sich nicht blicken, aber der gutaussehende Ettore war sicher, dass er sie leicht finden würde. Sie war zu dumm, um sich gut zu verstecken. Wie immer ließ er den hässlichen Ettore mit Gazzo reden. Gazzo war schließlich Scalfaris Mann. Er trat drei Schritte zurück und zog dabei seine 9mm Tanfoglio hervor, die hinten in seinem Gürtel steckte. Er richtete den Lauf auf den Nacken des hässlichen Ettore und drückte ab. Wann immer es möglich war, machte er es so. Es war die beste Art des Tötens, schnell, sicher und sauber. Das Opfer kriegte gar nichts mit und fiel einfach um. Vor allem spritzten nicht Blut und Knochensplitter durch die Gegend wie bei Anfängern, die es für eine gute Idee hielten, Leuten in den Kopf zu schießen. Im nächsten Moment lag der hässliche Ettore auf Gazzos zerschlissenem Perserteppich und der gutaussehende Ettore stellte mit einer gewissen Genugtuung fest, dass Gazzo nun endlich doch noch Interesse für ihn aufbrachte, jedenfalls starrte er mit weitaufgerissenen Augen in seine Richtung. Ettore vergewisserte sich mit einem kurzen Blick, dass sein Namensvetter wirklich tot war. Ein dünnes Lächeln erschien auf seinem Gesicht. Das war erledigt, nun war der Fettsack dran.

Es kam so plötzlich, dass er kaum reagieren konnte. Er versuchte, sich wegzuducken, konnte aber nicht verhindern, dass ihn die halbvolle Ein-Liter-Glasflasche Coca-Cola mit großer Wucht am Kopf traf. Er fiel auf die Knie und riss schützend den Arm hoch, aber es war zu spät. Wie eine Besessene schlug die junge Frau auf seinen Kopf ein, bis er das Bewusstsein verlor, und auch dann hörte sie nicht auf, das Leben aus ihm herauszuprügeln. Sein letzter Gedanke war banal: *Die verdammten Kekse!*

LV

Cavelli hatte wie ein Toter geschlafen, war zu spät aufgewacht und hatte es gerade noch rechtzeitig zur Universität geschafft. Die Erlebnisse der Nacht saßen ihm noch in den Knochen. Um eine reguläre Vorlesung vor seinen Studenten zu halten, hätte es mehr Disziplin gebraucht, als er am diesen Morgen aufbringen konnte. Also zeigte er stattdessen einige Dokumentationen aus der DVD-Box »Discovering the Vatican«, die in den Vatikanischen Museen verkauft wurde und bei Touristen fast so beliebt war wie bei Cavellis Studenten.

Während des Mittagessens dann hatte er mit sich gerungen, ob er die DIA über das Vorgefallene informieren solle. Zunächst war es ihm als die selbstverständliche Option erschienen, aber als er an Orso Zizola dachte, überkamen ihn Zweifel. Zizola hatte für die DIA und gleichzeitig für die Mafia gearbeitet; wer konnte wissen, wie viele DIA-Mitarbeiter ebenfalls auf deren Gehaltsliste standen? Und abgesehen davon, was hätte Cavelli schon an wirklich Relevantem auszusagen gehabt? Sicher, er hätte eine Beschreibung von Cypriano liefern können, aber wahrscheinlich gehörte der zu den zahllosen Mafiosi, die der Polizei längst bekannt waren, denen man aber nichts nachweisen konnte.

Und die Canova? Es widerstrebte Cavelli zutiefst, ihr die DIA hinterher zu hetzen. Sie war ohnehin nur eine Zeugin und keine Angeklagte. Außerdem: Was wusste er schon, wo sie war? Und vor allem, was ging ihn das alles an? Die Antwort darauf war ganz einfach: nichts.

Am Abend hatte er dann wieder mit Monsignore Mattlin auf der Terrasse gesessen. Mattlin sah mitgenommen aus. Seine Gesichtshaut wirkte grau, und seine Augen lagen noch tiefer in ihren Höhlen als gewöhnlich. Verständlicherweise. Mattlin hatte nicht nur, ohne Rücksprache mit dem Heiligen Vater, gestattet, dass Theresa Canova im Vatikan Asyl erhielt, er hatte auch höchstpersönlich Orso Zizola zu ihr geführt. Während Cavelli ihm berichtete, was sich zugetragen hatte, war Mattlin von einem Entsetzen ins andere gefallen, und nun ging er hart mit sich ins Gericht. Auch Cavellis Argument, dass Mattlin ja in der Nacht entscheidend dazu beigetragen hatte, alles zum Guten zu wenden, nahm er kaum zur Kenntnis. Am meisten schien ihn zu bedrücken, dass dem Heiligen Vater, den Mattlin aufgrund Cavellis Anruf ja mitten in der Nacht aus dem Bett geholt und notgedrungen in alles eingeweiht hatte, den ganzen Tag kein Wort dazu über die Lippen gekommen war. Offenbar hatte dieser entschieden, die ganze Angelegenheit auf sich beruhen zu lassen. Das war für Mattlin offenbar schwerer zu ertragen, als wenn er harte Vorwürfe zu hören bekommen hätte oder gar entlassen worden wäre.

Das Einzige, was ihn mit Erleichterung erfüllte, war, dass Theresa Canova sich nicht mehr im Vatikan befand.

Zumindest war es vorbei. Mit dem Rest würde er irgendwie klarkommen müssen.

Cavelli beneidete ihn nicht darum.

LVI

»Ich glaube an Gott, den Vater, den Allmächtigen …«

Während der alte, dürre Priester das Gebet sprach, wurde der protzige Sarg langsam in die Erde gesenkt.

»… den Schöpfer des Himmels und der Erde, und an Jesus Christus, seinen eingeborenen Sohn, unsern Herrn, empfangen durch den Heiligen Geist, geboren von der Jungfrau Maria …«

Ein unangenehmer, feuchtkalter Wind kroch den zahlreichen Menschen, die sich auf dem Campo Verano in Rom eingefunden hatten, unter die Kleidung und ließ sie frösteln. Irgendwo läutete eine Kirchenglocke.

»… gelitten unter Pontius Pilatus, gekreuzigt, gestorben und begraben, hinabgestiegen in das Reich des Todes …«

Am allermeisten schien der alte Priester zu frieren, denn er trug als einziger keinen Mantel, sodass es wohl kaum jemanden allzu sehr verwundert hätte, wenn ihm eine Lungenentzündung schon bald ebenfalls einen Platz auf diesem Friedhof bescheren würde.

»… am dritten Tage auferstanden von den Toten, aufgefahren in den Himmel …«

Die Trauergäste, die sich zu Dario Scalfaris Beisetzung eingefunden hatten, schienen einen Querschnitt durch Roms bessere Gesellschaft zu sein. Männer in teuren schwarzen Maßanzügen, Damen in noch teureren schwarzen Kostümen, eingehüllt in edle Parfums, hochrangige Polizeioffiziere in Uniform mit glänzenden goldenen Knöpfen, Politiker, Künstler und hohe Angehörige des Klerus. Darunter viele Gesichter, die man aus den Medien kannte.

»... er sitzt zur Rechten Gottes, des allmächtigen Vaters; von dort wird er kommen, zu richten die Lebenden und die Toten.«

Es war nicht die erste große Mafiabeerdigung in dieser Woche. Auch nicht die zweite – es war die dritte. Gabriele Cigno war während einer Aufführung der Tosca in der Herrentoilette der Oper in Rom erdrosselt worden, und Agostino Castellani hatte man auf offener Straße hinterrücks erschossen. Am meisten Aufsehen hatte das Ende Dario Scalfaris erregt, der mit seinem Wasserflugzeug unterwegs gewesen war, als es über einem Waldstück plötzlich explodierte. Auch hier fehlte von dem Mann, der die Bombe unter dem Pilotensitz deponiert hatte, jede Spur.

In allen drei Fällen erwähnten Zeugen, einen Mann mit einem hässlich entstellten Mund gesehen zu haben, aber dies war die einzige Spur und sie führte ins Nichts. Sicher war nur, dass es sich nicht um Revierkämpfe unter den Clans handelte, denn alles war ruhig geblieben. Es war eher so, als sei hier ein Wahnsinniger auf einer Rachemission unterwegs gewesen. Ein Wahnsinniger, der getan hatte, was zu tun war, und nun verschwunden war.

Domenico Scalfari schlug fröstelnd den Kragen seines Armani-Mantels hoch und hoffte, dass der Priester endlich zum Schluss kommen möge.

Domenicos Vater, Dario Scalfari, war vieles gewesen: angesehener Geschäftsmann, Mäzen, Philanthrop, Ehemann und Großvater. Und nicht zu vergessen: ein religiöser Spinner. Jüngere Männer wie Domenico, die Erben der alten Generation, ließen wohl ihre Kinder taufen und gingen auch zu Weihnachten zur Kirche. Sie mochten die Feierlichkeit. Den Rest des Jahres aber waren sie nüchterne Geschäftsleute, die Betriebswirtschaft und Jura studiert hatten. Sicher, die Zeit der Väter und Großväter war eine andere gewesen, sie hatten getan, was sie tun mussten, und dabei an das ganze göttliche Brimborium geglaubt, doch jede neue Generation musste auch neue Wege einschlagen. Zug um Zug würde man in legale Geschäfte investieren, und bereits in wenigen Jahren würde man genauso ehrlich, angesehen und seriös sein wie Goldman Sachs. Nur eben sehr viel reicher.

»Ich glaube an den Heiligen Geist, die heilige Katholische Kirche, Gemeinschaft der Heiligen, Vergebung der Sünden, Auferstehung der Toten und das ewige Leben. Amen.«

Der Priester schlug ein Kreuzzeichen über dem offenen Grab, und die Trauergäste begannen einer nach dem anderen heranzutreten, um Dario Scalfari die letzte Ehre zu erweisen.

Nun ruhte er in Frieden. Ein neues, moderneres Zeitalter hatte begonnen.

Epilog

Ein Jahr später

I

Cosima stand in der Küche und blickte durch das trübe Glas des Küchenfensters in ihren verwilderten Garten. Wie lange war *es* jetzt her? Sie wusste es nicht. Nur ganz dunkel erinnerte sie sich noch an das, was sie in ihrem Kopf den *schlimmen Tag* nannte. Ihr Vater hatte ihr etwas Wichtiges erklärt, es hatte ihr nicht gefallen, und darum hatte er es mehrmals wiederholt. Irgendwann hatte sie dann die verrostete Schubkarre aus dem Schuppen geholt und danach zuerst den hässlichen Ettore und dann den vormals gutaussehenden Ettore, dessen zermatschter Kopf nun noch hässlicher war als der des hässlichen Ettore, nach draußen transportiert. Dann war der schwierigste Teil gekommen, es hatte über eine Stunde gedauert, aber am Ende hatten sie es geschafft und die beiden Ettores lagen auf dem Grunde des alten Brunnens. Anschließend hatte sie den Perserteppich vom Blut des gutaussehenden Ettore gereinigt, bis nichts mehr zu sehen gewesen war.

Zum Schluss hatte sie im hinteren Teil des Gartens alle Petunien ausgegraben und um den Brunnen herum wieder neu eingepflanzt, weil sich das so gehörte.

Die ersten Tage war sie jedes Mal, wenn sie die Blumen sah, so seltsam traurig geworden, doch mit jedem Tag, der verging, war diese Trauer weniger und weniger geworden, bis sie eines Tages völlig verschwunden war. Die Petunien waren einfach wunderschön und verströmten einen köstlichen Duft.

II

Auch in diesem Jahr hatte der unaufhörliche heftige Regen in der Zeit des Monsuns das Lager im indischen Bihar in eine Schlammwüste verwandelt. Wie viele der anderen Hilfskräfte aus vierzehn Ländern war auch die leitende Ärztin, Dr. Sona Monénembo aus Guinea, am Limit ihrer Kräfte. Die Flut von Ausgehungerten, Kranken und Verletzten, die täglich hier eintrafen, nahm nie ein Ende, und es fehlte an allem. Zweimal täglich fiel der Strom aus, die Wasserversorgung war äußerst unzuverlässig, Proviant- und Medikamentenlieferungen blieben häufig im Schlamm stecken und kamen verspätet oder überhaupt nicht an. Das größte Problem war jedoch fehlendes Personal, insbesondere im medizinischen Bereich, wo gerade bei Operationen das Hilfspersonal knapp war. Umso dankbarer war sie für Paolo, der zwar nur ein regulärer Freiwilliger ohne spezielle Schulung war, dennoch aber zu den ganz Wenigen gehörte, die für Hilfstätigkeiten bei Operationen einsetzbar waren. Viele der Menschen, die hier halfen, waren voller Arbeitseifer und Idealismus, klappten aber unweigerlich zusammen, wenn es blutig wurde. Paolo nahm es mit stoischem Gleichmut und war auch sonst durch nichts aus der Ruhe zu bringen. Er redete wenig und arbeitete unermüdlich, irgendetwas schien ihn ohne Unterlass anzutreiben. In den kurzen Verschnaufpausen sah man ihn häufig geradezu inbrünstig beten. Unter den Helfern waren nicht wenige, die sich in der normalen Welt irgendwie immer fehl am Platze gefühlt hatten und die erst hier zu ihrer wahren Bestimmung gefunden hatten. Dr. Monénembo hatte das starke Gefühl, dass auch Paolo, der es mit seinen wohl durch Messerschnitte verunstalteten Lippen sicher nicht leicht im Leben gehabt hatte, zu diesen Menschen gehörte.

III

Die Beule an Cavellis Kopf, die von Cyprianos Schlag hergerührt hatte, war längst verschwunden, aber noch immer wurde Cavelli von Albträumen heimgesucht. In manchen davon musste er hilflos mitansehen, wie Theresa Canova auf dem Tisch im Rachen des Orcus von Cypriano mit der Axt zerstückelt wurde, ohne dass er in der Lage war, etwas dagegen zu unternehmen; in den anderen, noch schlimmeren Träumen lag Cavelli selbst auf dem Tisch.

Und noch immer wurde er von Zeit zu Zeit von plötzlichen Anflügen von Hass auf Cypriano überwältigt, der auf so brutale und nachhaltige Weise in sein Leben eingegriffen hatte. Cavelli hatte versucht, nicht daran zu denken, aber das hatte nicht geholfen. Sicher, er und Theresa Canova waren mit dem Leben davongekommen und Cavelli hatte Entscheidendes dazu beigetragen, dass es so gekommen war, aber letztlich war dies Cypriano zu verdanken. Er allein hatte seine Entscheidung über Leben und Tod getroffen, und sie war zu ihren Gunsten ausgefallen. Die Vorstellung, dass Cypriano genauso gut auch anders hätte entscheiden können, das Gefühl, der Gnade oder Ungnade dieses Psychopathen ausgeliefert gewesen zu sein, war Cavelli unerträglich.

Eines Abends hatte er mit dem einzigen Menschen darüber gesprochen, der ohnehin schon so viel wusste, dass er ihm auch dies noch anvertrauen konnte: Monsignore Mattlin. Der hatte etwas gesagt, was Cavelli nutzlos erschienen war. Mattlin hatte gefragt, ob Cavelli sich vorstellen könne, Cypriano zu vergeben.

Cavelli hatte höflich reagiert, geantwortet, dass er darüber nachdenken wolle, aber innerlich hatte alles in ihm dagegen rebelliert. Das war einfach nicht fair. Warum sollte er Cypriano von seiner Schuld freisprechen, ohne dass dieser dafür bezahlt hatte? Es fühlte sich an wie eine feige Niederlage, wie ein Akt der Schwäche. Einfach sich in das Unabänderliche zu fügen, klein beizugeben und sich dabei noch einzureden, dass es einem nichts mehr ausmache. Nein, das kam einfach nicht in Frage.

Eines Morgens – ein Morgen wie jeder andere – hatte er sich ohne besonderen Anlass entschlossen, es zu versuchen. So verlogen und sinnlos es sich auch anfühlte, er konzentrierte sich und vergab Cypriano alles, was er ihm angetan hatte. Es war wie ein Wunder. Von einem Augenblick zum anderen fühlte sich Cavelli wie befreit. Es war kein Eingeständnis der Machtlosigkeit, im Gegenteil, das alles hatte nun keine Macht mehr über ihn. Es fühlte sich an, als ob er nun über der Situation schwebte. Ein großartiges Gefühl.

Zwei Monate später übergab ihm der Vatikanische Briefträger Maurizio Bovo eine Postkarte. Sie war in Spanien aufgegeben.

Auf ihr stand, in Druckbuchstaben geschrieben, nur ein Wort: »Danke!«

Cavelli drehte die Karte um. Das Bild zeigte einen kleinen Hügel am Meer. Darauf befand sich eine Mauer mit einem christlichen Kreuz und davor eine Feuerstelle. Es war kein besonders spektakuläres Bild. Cavelli fragte sich schon, warum man daraus eine Postkarte gemacht hatte. Dann las er den kleinen grau gedruckten Text, der das Bildmotiv benannte, und musste unwillkürlich grinsen. Nun verstand er. Das offizielle Ende des Jakobsweges war Santiago de Compostela, aber für viele Pilger lag das wahre Ende sechzig Kilometer weiter westlich. Dorthin zogen sie und verbrannten feierlich ihre Wanderschuhe. Erst dort waren sie wirklich angekommen. An einem kleinen Punkt am Atlantik: Kap Finisterre – dem Ende der Welt.

Dichtung und Wahrheit

Wie in allen Don-Cavelli-Romanen ist zwar die Handlung frei erfunden, aber die meisten Fakten stimmen. Die DIA und ihr seltsam schlangenförmiges Hauptquartier existieren wirklich, außerdem alle erwähnten geschichtlichen Mafiaereignisse. Ebenfalls alle im Vatikan beschriebenen Orte und die Basilika S. Giovanni in Laterano mit ihrer Heiligen Treppe.

Alle Angaben zur Vatikanischen Bibliothek sind korrekt.

Tatsächlich hat Papst Johannes Paul II. auf Sizilien eine Messe gehalten, die zur Folge hatte, dass mehrere hochrangige Mafialeute ausstiegen und sich als Zeugen der Anklage zur Verfügung stellten.

Auch die Unterbringung zahlreicher Flüchtlinge im Zweiten Weltkrieg im päpstlichen Sommersitz Castelgandolfo hat stattgefunden.

In der Tat führen unter dem Vatikan und dem Petersplatz zahlreiche Geheimgänge zu Gebäuden innerhalb und außerhalb der Vatikanstadt, zum Beispiel zur Vatikanbank und zu exterritorialen Gebäuden auf der Via della Conciliazione. Der von Insidern begangene Einbruch, bei dem Akten aus dem Safe der Kongregation gestohlen wurden, hat stattgefunden.

Auch ist es leider traurige Realität, dass im weit verzweigten Labyrinth der Katakomben an der Via Appia Antica in Rom schon zahlreiche Menschen und ganze Schulkassen für immer verschwunden sind.

Der Park der Monster des Vicinio Orsini existiert wirklich. Er befindet sich nahe der kleinen Stadt Bomarzo, vierundachtzig Kilometer nördlich von Rom.

Bis heute verbrennen viele Pilger des Jakobsweges ihre Schuhe feierlich an dem kleinen Kap im spanischen Galizien, das Finisterre, also Ende der Welt, heißt.

Und ja, Papst Johannes Paul II. rauchte Marlboro.

D. C.